D1677629

Peter Meisenberg, geboren 1948. Studium der Geschichte, Philosophie und Germanistik. Lebt als freier Autor in Köln. Bei Emons erschienen: »Geh mal zur Seite, Kleiner«, »Freitags kommt der Klüttenmann«, die Köln-Krimis »Schmahl«, »Haie« und »Leidenschaft« sowie Kommissar Löhrs erster Fall »Schwarze Kassen«.

Dieses Buch ist ein Roman. Handlungen und Personen sind frei erfunden. Ähnlichkeiten mit lebenden oder toten Personen sind rein zufällig.

Peter Meisenberg

Löhr und das OB-Patt

Kommissar Löhrs zweiter Fall

Emons Verlag Köln

© Hermann-Josef Emons Verlag
Alle Rechte vorbehalten
Umschlaggestaltung: Atelier Schaller, Köln
Umschlagzeichnung: Heribert Stragholz
Umschlaglithografie: Media Cologne GmbH, Köln
Druck und Bindung: Clausen & Bosse GmbH, Leck
Printed in Germany 2001
ISBN 3-89705-205-9

Für Nela

Er hatte keine Ahnung, wie er hierhergekommen war, noch war ihm klar, was er überhaupt hier sollte. Doch, jetzt fiel es ihm ein: Er mußte zum Büfett, das in der Mitte des Zwischendecks aufgebaut war. Die bunte Pracht der Fischhäppchen, zu meterhohen Türmen aufgeschichtet, zog ihn magisch an. Dabei verspürte er gar keinen Hunger. Es war etwas anderes, das ihn zu diesem Büffet hinzog, das dringende, unaufschiebbare Bedürfnis, diese Häppchen *haben*, sie zu Dutzenden und Aberdutzenden auf seinen Teller schaufeln zu wollen. Was er dann damit machen würde, spielte überhaupt keine Rolle bei seinem Verlangen. Er wollte sie nur haben, auf seinem Teller haben, mußte sie in seinen Besitz bringen. Jedoch waren zwischen ihn und das Objekt seiner Begierde schier unüberwindbar scheinende Hindernisse geschoben. Anzugträger in dichtgedrängter, beinah unüberschaubarer Menge. Mit Beklemmung wurde er gewahr, daß er der letzte in der Reihe der Anstehenden war, wobei gleichzeitig seine Gier, endlich an die Türme der Krabbenschwänze, Heringsröllchen und mit rosafarbenem Schaum gefüllten Lachsrouladen zu kommen, immer unerträglicher wurde. Er umklammerte seinen leeren Teller und stieß ihn fordernd und drängend in den Rücken seines Vordermannes. Der drehte sich um, und er sah in das zorngerötete Gesicht des Polizeipräsidenten. »Ein *bißchen* Geduld, ja!?« fauchte der Präsident. Und er, weil er glaubte, die Schamesröte stiege ihm augenblicklich flammendhell ins Gesicht, wandte sich ab. Doch vergeblich. *Alle* in der Schlange vor ihm drehten sich nach ihm um und sahen ihn in sämtlichen Variationen von Empörung, Mißbilligung und offenem Haß an. Alle. Er erkannte neben dem Polizeipräsidenten und anderen hochrangigen Beamten des Präsidiums seine Kollegen vom KK11, Schuhmacher, den Chef, Engstfeld von der Geschäftsstelle, alle waren sie da, alle, bis auf Esser. Er fragte sich gerade, welches gnädige Schicksal ausgerechnet Rudi vor dieser peinlichen Veranstaltung bewahrt haben mochte, da sah er zu seinem Erstaunen, daß nicht nur Polizeibeamte zum Fisch-Büffet drängten, sondern daß sich unter sie eine stattliche Anzahl von Lokalpolitikern gemischt hatte. Auch sie starrten ihn haßerfüllt an: Siegbert Geyer, der noch regierende Oberbürgermeister, die Fraktionsvorsitzenden der CDU, der SPD, ein Grünen-Politiker, dessen Funktion im Stadtrat er nicht genau kannte, die FDP-Kandidatin für die bevorstehende Oberbürgermeisterwahl, ebenso ein oder zwei unabhängige Kandidaten von anderen aussichtslosen Splittergruppen. Er kam sich nackt und elend vor unter all diesen empörten Blicken, und wenn nicht diese unaufschiebbare Gier nach den Fischhäppchen gewesen wäre, hätte er sich umgedreht und wäre davongelaufen. So aber, mit diesem absoluten Verlangen, seinen Teller mit der bunten und doch noch so fernen, fast unerreichbar scheinenden und deswegen um so anziehenderen Pracht zu füllen, blieb er in der Schlange stehen, drehte aber jetzt den Kopf so weit von den ihn Anstarrenden weg, daß er sie aus dem Blick verlor. Er sah das westliche Rheinufer, die Silhouetten der Frankenwerft, von Groß St. Martin, Dom, Bahnhof und St. Kunibert an sich vorbeiziehen und wurde gewahr, daß er sich auf einem Ausflugsdampfer befand. Er hatte immer noch keine Ahnung, wie er hierhergekommen war und was er hier sollte, – außer, daß er ein sehr klares Bild davon hatte, daß er an diese Fischhäppchen herankommen mußte. Plötzlich erkannte er die Chance, entdeckte eine Lücke zwischen den vor ihm Drängenden. Mit einer Flinkheit, die er sich bis dahin nicht zugetraut hätte, zwängte er sich durch sechs, acht, zehn Anzugträger hindurch, stand am Büffet und schaufelte sich mit affenartiger Geschwindigkeit silberne Heringshappen, rote Krebsschwänze, goldene Schillerlocken und schwarzglänzenden Kaviar auf den Teller. Er spürte, wie sein Herz vor Freude an dem neuen Besitz hüpfte, und erst als sein Teller keinen einzigen Happen mehr zu fassen vermochte, hörte er auf und machte kehrt. Er wollte seinen Schatz gerade in Sicherheit bringen, da spürte er, wie sich ein dunkler Schatten auf seinen Teller senkte und er nicht mehr weiterkam, weil sich ihm jemand entgegenstellte und ihn aufhielt. Er sah hoch und erkannte das ein wenig dümmlich-feiste, nun aber durch Gier und Haß völlig entstellte Gesicht Geyers. »Geben Sie schon her, Sie Lump!« Mit diesen Worten entriß ihm der Oberbürgermeister den Teller, drehte sich um und verschwand in der Menge der schwarzen Anzüge. Einen Augenblick lang stand er da wie vor den Kopf geschlagen, fassungslos. Dann rollte eine übermächtige Zorneswelle in ihm hoch, ein aus tiefster Ohnmacht und Erniedrigung aufbrausendes Rachebedürfnis, der brutale Wille, sich das ihm Geraubte sofort wiederzubeschaffen. Mit unglaublicher Kraft drückte, schob und preßte er die um und vor ihm Stehenden zur Seite, arbeitete sich durch sie hindurch, dem Dieb auf den Fersen. Aber bald schon mußte er erkennen, wie hoffnungslos dieses Unterfangen war. Immer, wenn er fünf oder sechs dieser Lackaffen zur Seite gestoßen hatte, tauchten neue vor ihm auf, es war kein Durchkommen, das dichte silberne Haar des Oberbürgermeisters unerreichbar weit vor ihm, sich immer weiter in der Masse der dunklen Anzüge von ihm entfernend. Er ruderte durch die Menschen hindurch wie durch die schweren dunklen Wogen eines zähflüssigen Meeres, dessen Widerstand gegen seine Bewegungen umso größer wurde, je mehr ihm die Kraft ausging. Sein Rudern erlahmte zu einem erschöpften, ohnmächtigen Paddeln, das ihm die Luft aus den Lungen saugte. Der silbrige Schopf des Oberbürgermeisters war verschwunden.

Löhr erwachte mit rasendem Herzschlag und schweißgebadet, richtete sich ruckartig auf und vergewisserte sich mit einem tiefen Atemzug und einem kurzen Blick durch das Schlafzimmer, daß alles nur ein Traum gewesen war. Ein furchtbarer Traum, aber eben bloß ein Traum. Erschöpft ließ er sich zurück aufs Kopfkissen sinken und sah auf die Uhr. Es war kurz nach acht. Er konnte weiterschlafen. Heute war Sonntag, er brauchte nicht ins Büro, die einzige Verpflichtung, die heute auf ihn wartete, war gegen Mittag die Kommunion seiner Nichte Denise. Er zog die Bettdecke wieder hoch. In den Schlaf zurück fand er allerdings nicht mehr. Wieso träumte er einen solchen Quatsch? *Fischhäppchen*! Gut, daß man im Traum unbedingt und mit aller Macht etwas haben wollte, das kam vor. Aber ausgerechnet Fischhäppchen? Und dann diese Politiker! Was hatten die in seinen Träumen verloren? Verfolgten ihn vielleicht die unübersehbaren Plakate zur Oberbürgermeisterwahl, mit denen die ganze Stadt seit Wochen zugepflastert wurde? Löhr war dieses ganze Spektakel zuwider. Diese dummdreisten Visagen. Diese nichtssagenden Sprüche und hohlen Versprechungen auf den Plakaten. Leicht zu durchschauende Lügen. Keiner dieser Kandidaten formulierte Inhalte, Ziele. Sie wollten nur Macht, Geltung, Einfluß. Um das zu erlangen, war ihnen keine Intrige zu abgefeimt, kein Betrug zu obszön. Löhr haßte sie. Alle. Egal welcher Couleur. Umso erstaunlicher war es, daß sie sich in seine Träume hineindrängten. Oder war das vielleicht gar nicht so erstaunlich? Hatten sich diese Politiker etwa in seinem Traum an ihm gerächt für die Verachtung, die er ihnen in seinem Tagesbewußtsein entgegenzubringen pflegte? Unsinn! Oder hatte er gar ein schlechtes Gewissen wegen seiner massiven Ablehnung dieser menschlichen Spezies? Noch größerer Unsinn! Löhr schüttelte heftig den Kopf, so, als könne er damit diese unangenehmen Fragen loswerden, und stand auf. Er maß sonst seinen Träumen keine allzu große Bedeutung bei, versuchte weder, sie in Bezug auf seine Biographie oder seine unmittelbaren Lebensumstände zu deuten noch ihnen eine prophetische Kraft zuzumessen. Doch jetzt, heute morgen, hatte er das Gefühl, daß dieser Traum, der ihn aus dem Schlaf getrieben hatte, daß dieser Traum ein Signal aus der Zukunft gewesen sein könnte, eine böse und unheilschwangere Vorahnung von etwas sehr Unangenehmem, das ihn bald erwarten würde.

***

»Das Blumenkohlparfait mit Scampi«, nuschelte der Kellner beim Servieren eines wie eine Auster geformten Schaums von undefinierbarer Farbe. Aus dem Schaum ragten drei gegabelte, krebsrote Schwänze. Weniger eine Vorspeise als eine Installation von extremer Künstlichkeit, die zudem absolut nicht zum Verzehr bestimmt schien. Die Gespräche ringsum verebbten. Löhr sah sich an der Tafel um und stellte fest, daß dies alle taten. Und aller Blicke wanderten allmählich zu seiner Schwägerin Ute hinüber, die Löhr gleich gegenüber saß. Die schien das plötzlich eingetretene Schweigen überhaupt nicht registriert zu haben, sondern machte sich konzentriert über ihren Teller her, nahm umstandslos einen der Schwänze zwischen zwei Finger, bog ihren Kopf leicht nach hinten, ließ das am Schwanz hängende leicht gekrümmte Tier in den Mund gleiten und biß dann knapp vor dem Schwanzende ab. Das legte sie auf den Tellerrand und griff gleich nach dem nächsten Tier. Während ein Gast nach dem anderen Utes Beispiel folgte und die Gespräche langsam wieder in Gang kamen, warf Löhr einen Blick auf seine rechts neben ihm sitzende Mutter. Sie sah sich nicht an der Tafel um, sondern blickte wie erstarrt, die Hände flach neben den Teller gelegt, auf das dreischwänzige Kunstwerk vor sich. Zögernd griff sie nach einer Gabel, sah dann aber zu Löhr. Ihre Blicke begegneten sich, und er glaubte, so etwas wie Verzweiflung in ihrer Miene lesen zu können. Er räusperte sich und beugte sich ein wenig zu ihr.

»Ich glaube, die darf man mit den Fingern essen«, flüsterte er ihr zu.

Sobald er das gesagt hatte, wußte er, daß er sich das hätte sparen können. Denn erstens würde seine Mutter nie – zumal nicht in einem Restaurant wie diesem – mit den Fingern essen. Und zweitens würde sie nie etwas so Exotisches wie einen Krebsschwanz essen. Dergleichen existierte einfach nicht innerhalb ihres kulinarischen Horizonts. Folglich war es auch nicht genießbar. Löhr schaute nicht weiter hin, nachdem er gesehen hatte, wie sie sich ein winziges Portiönchen des Schaums auf die Gabel lud und ihn mit einer Miene, als führe sie sich Lebertran zu, probierte. Löhr erinnerten die Krebsschwänze an seinen Traum, und er lachte in sich hinein bei der Vorstellung, mit welcher Inbrunst er dieses Zeug begehrt hatte. Lächerlich! Er tat es wie alle anderen in der Familienrunde seiner Schwägerin Ute gleich und zog die Tiere eins nach dem anderen mit den Fingern aus dem Schaum. Bei näherer Betrachtung und vor allem, was den Geschmack betraf, schienen sie ihm weniger frisch als ihre Farbe verhieß. Nun ja, er selbst wäre ja auch nie auf die Idee gekommen, im »Haus am See« essen zu gehen.

»Dein Irmgard ist bestimmt ald wieder op Jöck, Jakob, ne?« Ein Flöckchen Blumenkohlschaum zierte die Oberlippe von Onkel Karl-Heinz, der links neben ihm saß, und das Flöckchen setzte hinter den unüberhörbar gehässigen Unterton des Onkels sozusagen ein Ausrufezeichen. Löhr beschloß, ihm aus Rache für diese Bemerkung die kleine Verunzierung zu verschweigen.

»Sie ist verreist«, sagte er.

»Hä!« machte der Onkel, senkte die Gabel wieder in den Blumenkohlschaum und aß schweigend. Am liebsten hätte Löhr jetzt auch geschwiegen. Aber da er wußte, daß Onkel Karl-Heinz ein begeisterter Fernreisender war, dessen Reisen allerdings teils aus Geiz, teils aus einer hypochondrischen Furcht vor Tropenkrankheiten meistens im Planungsstadium verblieben, ergriff er die Chance einer weiteren Revanche.

»Auf Kreta«, sagte er in seinem beiläufigsten Ton. Er hätte noch hinzufügen können, daß Irmgard sich dort in einem Malkurs mit den Feinheiten der Tuschezeichnung vertraut machen wollte, doch ihm genügte die dicke und neidvolle Falte, die sich bei Onkel Karl-Heinz durch die hohe Stirn grub. Aber statt seinen Neid zu artikulieren und auf Kreta und Irmgards Reise dorthin einzugehen, überfiel ihn der Onkel ohne Vorwarnung mit einem Witz.

»Kennst du den? Kommt der Tünnes nach Haus, da liegt sein' Frau mit ‘nem fremden Kerl im Bett. ›Ja, wat macht ihr denn da?‹, fragt der Tünnes. Sagt die Frau zu dem Kerl: ›Siehste! Hab ich et dir nit gesagt? – Der hat von nix ene Ahnung!‹«

»Den kannte ich schon«, sagte Löhr, ohne eine Miene zu verziehen. Obwohl das nicht stimmte.

»Aber den kennst du bestimmt noch nicht«, setzte Onkel Karl-Heinz nahezu kampflustig nach. »Weil der ist eso uralt, dat den kein Mensch mehr kennt.«

»Ist nicht nötig, Onkel Karl-Heinz. Ich hab schon verstanden, was du meinst.«

Wieder ließ sich der Onkel nicht beirren: »Kommt der Schäl den Tünnes besuchen. Der Tünnes sitzt in der Küche und schält Kartoffeln. Der Schäl schaut sich ein bißchen in der Wohnung um, kommt in die Küche zurück und sagt zum Tünnes: ›Sag mal, seh ich dat richtig? Da liegt ene fremde Kerl bei deiner Frau im Bett!‹ Darauf der Tünnes: ›Gut, dat du dat sagst. Dann schäl ich gleich en paar Kartöffelchen mehr.‹«

Löhr setzte bloß ein dünnes, gequältes Lächeln auf. Das erschien ihm im Augenblick die geeignetste Methode, den Witz des Onkels samt der dahintersteckenden Absicht zu torpedieren. Er hatte unter keinen Umständen vor, sich von diesem scheinheiligen Sabberkopf, den er im Grunde nicht zu seiner Verwandtschaft zählte, weil er bloß ein angeheirateter Onkel, der Mann von Sabine, der jüngsten Schwester seines verstorbenen Vaters, war, etwas über seine Ehe erzählen zu lassen. Löhr war klar, daß sich seine gesamte Verwandtschaft hinter vorgehaltener Hand das Maul über die ständige Abwesenheit seiner Frau Irmgard zerriß und die wildesten Gerüchte darüber kursierten, was Irmgard wohl so alles während ihrer allzu häufigen Urlaube trieb. Sollten sie. Hätte Löhr dazu irgendeine Erklärung abgegeben, hätte ihm erstens niemand geglaubt und zweitens hätte er offenbaren müssen, daß Irmgard ihre Malkurs-Reisen meist mit Bedacht auf die Termine legte, an denen Familienfeiern der Löhrs oder der Hövelers – der Familie seiner Mutter – angesetzt waren. Wie zum Beispiel die Heilige Kommunion seiner Nichte Denise an diesem Sonntag. Irmgard haßte Löhrs Familienfeiern und hatte für den ausgeprägten Familiensinn ihres Mannes bestenfalls ein mitleidiges Lächeln übrig. Und zuallerletzt hätte Löhr mit diesem schmierigen Witzeerzähler Karl-Heinz über sein Verhältnis zu Irmgard gesprochen.

Obwohl er nicht nach links blickte, merkte Löhr, wie sich der Onkel an seiner Seite zu einem neuen Angriff sammelte, tief einatmete, sich räusperte – aber in dem Augenblick, als der Onkel sagte: »Den kennst du bestimmt noch nicht ...«, wurde der nächste Gang serviert. »Das Selleriesschaumsüppchen«, nuschelte der Kellner, und Onkel Karl-Heinz verstummte augenblicklich mit vor Ehrfurcht erstarrter Miene angesichts der mit hauchdünnen Möhren-Rosetten reichverzierten Pfütze auf seinem Teller. Zum Essen kam er allerdings ebensowenig wie der Rest der Verwandtschaft, denn Bernd, Löhrs ältester Bruder und Vater des Kommunionkindes, hatte sich plötzlich erhoben und verharrte, wenn auch leicht schwankend, in einer fast aufrechten Position, brachte dabei mit einer Gabel ein halbvolles Sektglas zum Klingen und hob jetzt zu seinem dritten Toast an diesem Mittag an: »Liebes Kommunionkind, liebe Freunde und Verwandte. An einem so schönen Weißen Sonntag im April ...«

Löhr brauchte nicht weiter der mit schwerer Zunge vorgetragenen Ansprache seines Bruders zuzuhören – Bernd hatte, wie immer bei solchen Gelegenheiten, schon gleich nach der Messe ordentlich Sekt getankt –, denn seine Mutter berührte ihn leicht am Arm.

»Ja, Mama?«

»Wo bleibt denn der Gregor? War der nit einjeladen?«

»Doch Mama, bestimmt ist der eingeladen. Ich hab keine Ahnung, warum der noch nicht hier ist.« Das war nicht gelogen. Obwohl Löhr wußte, daß Bernd und sein jüngster Bruder Gregor nicht eben die besten Freunde waren, sah er keinen Grund, weshalb Bernd Gregor von einer solchen Familienfeier ausschließen sollte. Und umgekehrt war Gregor bisher immer zu solchen Anlässen erschienen, auch wenn sie, wie dieser hier, religiöser Natur waren und Gregor den Ruf eines der Religion nicht besonders Nahestehenden hatte.

»Ich hab dem extra 'ne Stuhl freijehalten, un dann kütt der nit!« Seine Mutter wies auf den freien Stuhl und das unbenutzte Gedeck zu ihrer Rechten.

»Der wird schon noch kommen«, tröstete Löhr die alte Frau. »Du weißt doch, der hat immer viel zu tun.«

»Aber an 'nem Sonntag!?«

Löhr, der ohnehin nicht gewußt hätte, was er darauf sagen sollte, konnte die Antwort schuldig bleiben, denn der Kellner stand plötzlich hinter ihm und schob ihm einen neuen Teller vor die Nase. »Der Zander auf Paprikaschaum«, näselte er dabei. Löhr sah zu seiner Mutter, die eben auch ihre neue Portion in Empfang nahm und den von einem grünen Kranz aus atomisierter Petersilie umgebenen roten Schaumklecks neben dem bleichen Fischfilet mit deutlichem Entsetzen in Augenschein nahm. Dann trafen sich ihre Blicke.

»Jibt et denn hier *nur* Schaum?« hörte er seine Mutter flüstern.

***

Nachdem es noch Lammrücken in Tomaten-Kräuterkruste, Olivengnocchi und Ratatouille und als Dessert Bananenschaum mit Krokantblättern gegeben, seine Mutter von allem bloß winzige Anstandportionen gegessen, Onkel Karl-Heinz einen erneuten Versuch unternommen hatte, Löhr wegen der angeblichen Untreue seiner Frau zu düpieren, und Bernd einen weiteren, diesmal kaum mehr zu verstehenden und von seiner Frau mit hellem Gelächter kommentierten Toast ausgesprochen hatte, war endlich Gregor erschienen. Ganz in weiß. Fast ganz in weiß: weiße Hosen, weiße Schuhe, weiße Socken, weißes Dinnerjackett, darunter allerdings kein weißes Hemd, sondern ein blaßrosafarbenes T-Shirt.

»Wo kommst du denn her?« begrüßte ihn die Mutter, nachdem Gregor Denise das Kommunionsgeschenk gegeben und seinem inzwischen Marienlieder singenden Bruder Bernd und seiner Schwägerin zu dem hohen Ereignis gratuliert hatte.

Gregor zuckte die Schultern. »Ich hatte 'nen Termin beim Pfarrer. Und danach mußte ich mich noch umziehen.« Er lüftete ein wenig sein Jackett.

»Beim Pfarrer? Du?« Die Mutter starrte ihn an.

»Und ich dachte, du würdest zuerst was über meine Klamotten sagen, Mutter ...?«

Die Mutter blickte an Gregor herunter. Sie war es gewohnt, daß ihr Jüngster in exaltierter Kleidung auftrat, und sie pflegte das ansonsten ausführlich mit Bemerkungen wie »Dat mer heute so wat tragen kann ...« oder »Meinste nit, dat wär en bißchen sehr auffällig ...?« zu kommentieren. Doch daß Gregor, der mehr als laue Katholik und somit in weltanschaulicher Hinsicht das Schwarze Schaf der Familie, sonntags einen Termin bei einem Pfarrer gehabt haben wollte, das hatte ihr die Sprache verschlagen.

»Weißer Sonntag – ganz in weiß!« sang Gregor und drehte sich dabei ein wenig zur Seite, grinste breit und zeigte der Mutter sein Profil. »Nur das Rosa als kleiner Kontrast.«

»Was machst du denn sonntags bei 'nem Pfarrer, Gregor?«

»Ach, Mama, das erzähl ich dir später. Da wollte ich eigentlich zuerst mit dem Jakob drüber sprechen.«

Löhr sah seinem jüngsten Bruder in die Augen. Gregor zwinkerte ihm zu. Um Himmels Willen! Was hatte der vor? Doch nicht etwa wieder so etwas, wie damals die Geschichte mit dem Benefizkonzert für die Aids-Hilfe, das Gregor auf der Domplatte geben wollte – völlig unbekleidet? Es hatte ihn Tage angestrengtester Überzeugungsarbeit gekostet, Gregor von dieser Idee abzubringen, weil unweigerlich ein Foto von ihm in der Zeitung erschienen wäre und ihre Mutter alles erfahren hätte.

Die Tafel wurde aufgehoben, und die Gesellschaft ging ins Freie auf eine für sie reservierte Terrasse des Restaurants, wo bereits das Kaffeegeschirr eingedeckt war. Löhr und Gregor begleiteten ihre Mutter hinaus, und Löhr wollte sich schon neben sie an einen der Tische setzen, da zupfte ihn Gregor am Ärmel: »Komm! Wir verdrücken uns für 'ne Viertelstunde!«

Gregor war der Nachkömmling in der Löhrschen Familie. Als er geboren wurde, war Jakob schon zehn, ging auf die Realschule, trieb sich den restlichen Tag auf den Straßen des Eigelstein- und Kunibert-Viertels herum, erschien lediglich abends zum Essen in der elterlichen Wohnung und nahm die Existenz des kleinen Bruders auch in den folgenden zehn Jahren allenfalls am Rande wahr. Später, nach Jakobs Auszug von zu Hause, hatte sich das nicht wesentlich geändert. Er hatte den Kleinen, wie die älteren Geschwister Gregor nannten, weder sonderlich gemocht noch abgelehnt, hatte lediglich mit verhaltenem Interesse und sozusagen aus der Ferne, nämlich über die Berichte seiner Mutter, dessen Entwicklung verfolgt. Gregor war ein Musterschüler gewesen und hatte auf der Schule, dem Dreikönigsgymnasium, an der ihr Vater als Hausmeister arbeitete, ein glänzendes Abitur gemacht. Anschließend hatte er an der Musikhochschule Cello studiert, ein zweijähriges Stipendium in San Francisco bekommen und war als achtundzwanzigjähriger Starcellist nach Köln zurückgekommen. Er hatte hier gleich eine Anstellung im Gürzenichorchester erhalten, tingelte aber in der spielfreien Zeit des Orchesters mit verschiedenen Musikgruppierungen durch ganz Deutschland und Europa. Gregor war zweifellos aus der Art geschlagen. Keiner der typischen Spießbürger, zu deren katholischer, heimatverbundener und vaterstadtliebender Existenz sonst alle Löhrs – und die Höveleres nicht minder –

verurteilt schienen. Löhr sah sich selbst zwar als eine weniger typische Variante dieser Löhrschen Spezies an, doch war ihm sein Bruder zeitlebens ein exotischer, wenn auch nicht unsympathischer Fremder geblieben. Um so erstaunlicher war ihm immer die Treue vorgekommen, mit der Gregor trotz seiner Weltläufigkeit der Familie verbunden geblieben war. Es gab kaum ein Familienfest, das er bisher ausgelassen hatte, Gregor kannte die Namen sämtlicher Nichten und Neffen und Vettern und Kusinen und Onkeln und Tanten und selbstverständlich auch die Namenstags- und Geburtsdaten der engeren Familienmitglieder. Vielleicht war der hochentwickelte Familiensinn ein Löhrsches Erbe, das neben Löhr selbst auch Gregor abbekommen hatte? Jedenfalls war das etwas, was Löhr mit seinem kleinen Bruder verband und ihn, trotz all dessen Exaltiertheiten, für sich einnahm. Wer und wie Gregor aber eigentlich war, davon hatte Löhr nie eine Ahnung gehabt, bis zu dem Tag, es war bei der Beerdigung ihres Onkels Willi, dem Bruder ihres Vaters, gewesen, als Gregor ihm von seinem Plan erzählte, nackt mit seinem Quartett auf der Domplatte zugunsten der Aids-Hilfe zu spielen.

Sie gingen gemeinsam um das Restaurant herum, am Minigolfplatz vorbei, wo bereits reger Betrieb herrschte. Gregor blieb stehen, bog den Zweig eines Haselnußstrauchs herunter und schnupperte an den Kätzchen und den frischen, hellgrünen Blättern.

»Gott, was für ein Frühjahr! Wo hat der Bernd eigentlich all die Kohle her, um sich so ein teures Restaurant leisten zu können? Soweit ich weiß, ist der doch wieder arbeitslos? – Ich meine, über seinen Geschmack, so 'ne Spießerbude auszusuchen, brauchen wir gar nicht erst zu reden.«

Gregor ließ den Zweig zurückschnellen und ging weiter. Er erweckte nicht den Anschein, als erwarte er von seinem Bruder eine Antwort. Also schwieg Löhr und brauchte auch nicht lange zu warten, bis Gregor sie sich selbst gab.

»Hast du eigentlich gewußt, daß es von dieser Sorte, wie Bernd einer ist, 'ne ganze Menge Männer in Köln gibt? Und nur in Köln! Auf solche Typen bin ich noch in keiner anderen Stadt der Welt gestoßen!«

»Was für Typen?« fragte Löhr.

»Schnurrbart, untersetzt, Weltmeister in allen Lebenslagen, vor allem im Thekenstehen und Saufen, Weiberhelden, zumindest Maulerotiker – und zeitlebens arbeitslos. Und alle haben den gleichen Schnäuzer!«

»Ja, da ist was dran.« Löhr lachte auf. »Bernd hat, glaube ich, noch nie gearbeitet, ich meine, noch nie richtig.«

»Und woher hat er das Geld für so 'n Fest?«

»Für so was hat Bernd immer Geld gehabt. Hochzeit, Taufe, Kommunion ...«

»Aber woher? Wenn er nicht arbeitet?«

»Solche Typen«, sagte Löhr, »die haben immer was zum Maggeln, die haben immer ein paar Geschäftchen und Lappöhrchen nebenbei laufen. Folglich haben die auch Geld. Zumindest ab und zu. Und wenn sie kein Geld haben, pumpen sie sich was.«

»Ach!« Gregor sah Löhr mit einem Anflug von Bewunderung von der Seite an. »Du kennst diesen Typus also auch?«

»Natürlich«, sagte Löhr.

»Ach schau mal! Die Bötchen sind schon draußen!« Gregor wies auf die Anlegestelle des Decksteiner Weihers unterhalb des Restaurants, an der tatsächlich der Bootsbetrieb schon im Gang war.

»Sollen wir?«

Bevor Löhr antworten konnte, war Gregor schon hinunter zur Anlegestelle gelaufen, zog sich im Laufen das Jackett aus und schwenkte es wie eine Fahne über seinem Kopf.

Gregor ruderte, und Löhr saß ihm gegenüber auf der Bank, hielt auf seinen Knien das weiße Jackett des Bruders, sah ihm zu, wie er mit kraftvollen Bewegungen das Boot auf die Insel in der Mitte des Teichs zuruderte und betrachtete dessen Gesicht. Es war ein überaus ebenmäßiges Gesicht. Vielleicht ein wenig zu ebenmäßig, zu hübsch, vielleicht noch ein wenig kindlich. Aber es war ein Gesicht, dessen hervorstechendste Eigenschaft eine Art von Beglücktheit zu sein schien. Die Stirn schien glücklich darüber, daß sie über solchen Augen thronen durfte, die Augen waren glücklich darüber, daß sie in solch einem Gesicht stehen durften; die Nase, der Mund, das Kinn, der Hals – alles an ihm schien glücklich über alles, was sonst noch an ihm war. Gregor war wirklich kein typischer Löhr. Kein Durchschnittsmensch wie er selbst. Früher hatten die älteren Geschwister untereinander gemunkelt, Gregor stamme nicht von ihrem Vater, sondern von einem Liebhaber der Mutter. Was natürlich Unsinn war. Ihre Mutter hatte gar nicht die Fähigkeit, sich so etwas wie einen Liebhaber auch nur vorzustellen.

»Über was wolltest du eigentlich mit mir sprechen?« fragte Löhr schließlich.

Gregor grinste. »Könnte wieder so 'ne peinliche Geschichte für dich werden wie damals die mit dem Benefiz-Konzert ...«

»O nein!« machte Löhr. Hatte er es doch gewußt.

»Aber diesmal laß ich mich nicht weichklopfen, das schwör ich dir!«

»Also was denn?« grummelte Löhr.

»Ich will heiraten«, sagte Gregor.

Damit hatte Löhr zu allerletzt gerechnet. »Du? Heiraten? Ich denke du bist ...?«

»Nein, nein, nicht was du denkst!« Gregor lachte. »Keine Frau. Natürlich keine Frau.«

»Einen *Mann*?«

»Dachtest du ein Pferd?«

Bevor Löhr sich fassen und Gregor bitten konnte, doch nicht solche Scherze mit ihm zu machen, wurde seine Aufmerksamkeit von einem über die Uferböschung zum Wasser hin laufenden, wild gestikulierenden Mann in Anspruch genommen. Der Mann hatte, wie vorhin auch Gregor, sein Jackett ausgezogen und schwenkte es um seinen Kopf. Löhr konnte erkennen, daß das Hemd des Mannes unter den Achseln durchgeschwitzt und der Mann ziemlich außer Atem war.

»Jakob! Jakob!« schrie der Mann. Es war Esser, sein Kollege Esser.

***

Natürlich war er an der Uferböschung ausgerutscht und mit beiden Füßen ins Wasser geraten, als Gregor ihn zu der Stelle am Ufer gerudert hatte, wo Esser keuchend und mit in die Hüften gestemmten Händen wartete und zusah, wie er vom schwankenden Boot hinüber aufs Trockene sprang.

Löhr hielt seine Socken aus dem Fenster von Essers Privatwagen, wrang sie aus und hielt sie in den Fahrtwind. Ohne trockene Socken konnte er nicht laufen. Zumal nicht in nassen Schuhen. Aber wie lange die Socken, wenn sie denn trocknen würden, in den nassen Schuhen trokkenbleiben würden, war eine Frage von weniger als einer halben Stunde. Eigentlich war das Unsinn, was er da machte.

»Tut mir leid«, brummte Esser.

»Bin ich doch selbst schuld«, gab Löhr zurück. Er war froh, daß der kleine Unfall Essers Mißmut offenbar hatte verfliegen lassen. »Sollte mich in meinem Alter nicht mehr auf Akrobatik einlassen.«

»Na, so alt bist nun auch wieder nicht.«

»Trotzdem.«

Sie schwiegen eine Weile, und Löhr ließ weiter seine Socken im Fahrtwind flattern und dachte darüber nach, welch heilsame Wirkung doch die Mißgeschicke der anderen auf die eigene Befindlichkeit haben können. Denn zweifellos war Esser stocksauer gewesen, als er ihn da gemütlich im Bötchen hatte sitzen und den Sonntag genießen sehen. Und zweifellos hatte sich Esser wieder einmal fluchend gefragt, warum dieser Trottel von Löhr sich stur wie ein Esel gegen ein Handy sträubte. Wenn der kleine Unfall nicht gewesen wäre, wäre jetzt zweifellos Essers notorisches: »Wenn du ein Handy hättest ...« gekommen. So aber hatte ihn Löhrs Mißgeschick zu Mitleid – und zum Schweigen über das leidige Handy-Thema – verurteilt.

»Ich weiß, daß dir das zu den Ohren rauskommt«, sagte Esser und schaltete einen Gang höher, »aber wenn du ein Handy hättest, dann wär das nicht passiert.«

»Oohhm!« stöhnte Löhr und schloß die Augen.

»'tschuldigung«, sagte Esser. »Ich wollte eigentlich nicht davon anfangen.«

»Hast du aber«, sagte Löhr. »Und ich sage dir: Wenn ich ein Handy hätte, dann wär das gleiche trotzdem passiert mit dem einen Unterschied, daß das Handy jetzt naß wäre und sechshundert Mark im Eimer.«

»So teuer sind die inzwischen gar nicht mehr.«

»Trotzdem wär's jetzt naß.«

»Nein! Denn wenn du ein Handy hättest, hätte ich dich in diesem Restaurant erreicht und hätte überhaupt nicht da rausfahren und dich abholen brauchen.«

»Ach? Und wieso nicht?«

»Du hättest dir 'n Taxi nehmen können. Der Fundort ist gleich hinterm Verteiler auf der Bonner Straße.«

»Was hat denn das Handy mit dem Taxi zu tun?«

Darauf schwieg Esser und kniff die Lippen zusammen. Den Satz hätte er sich sparen können, dachte Löhr mit einem Anflug von Reue. Esser auch noch darauf hinzuweisen, daß er in solchen Fällen frag- und klaglos den Chauffeur für ihn, den überzeugten Nichtautofahrer, spielte. Wenn sie, wie an diesem Wochenende, gemeinsam Bereitschaftsdienst hatten und einer von ihnen nicht zu Hause war, dann gaben sie sich gegenseitig die Telefonnummern, unter denen sie jeweils zu erreichen waren, und in aller Regel war es dann Esser, der Löhr mit dem Wagen abholte, wenn es einen Einsatz für sie gab. Es sei denn, Löhr war zufällig ganz in der Nähe des Einsatzortes. Aber das war bisher ein einziges Mal im Laufe ihrer Zusammenarbeit gewesen. Also besser nicht mehr dran rühren, dachte Löhr und befühlte mit der linken Hand seine Socken, die er mit der rechten immer noch zum Wagenfenster hinaushielt. Von Trocknen keine Spur. Also würde er barfuß in nassen Schuhen gehen müssen. Oder überhaupt barfuß? Eine unangenehme, sehr ärgerliche Vorstellung.

»Apropos Handy, Rudi«, sagte Löhr. »Da ist mir in der letzten Zeit was aufgefallen.«

»Ach ja?«

»Wie das die Menschen verändert, diese Handy-Manie.«

»Verändert? Inwiefern?« Wenn Interesse in Essers Stimme mitklang, dann ein sehr mürrisches.

»Du kennst doch diese Typen, diese Verrückten auf der Straße, die dauernd mit sich selbst sprechen? Ununterbrochen vor sich hinbrabbeln oder laute Selbstgespräche führen.«

»Hm.«

»Genau so kommen mir diese Handy-Telefonierer vor. Verrückte. Autisten.«

»Das Handy ist ein *Kommunikationsmittel*, Jakob! Man verständigt sich darüber mit *anderen*.«

»Aber wenn ich über die Straße gehe, dann sieht das so aus und hört sich auch so an, als sprächen die alle bloß mit sich selbst.«

»Tun sie aber nicht.«

»Es hört sich aber so an. Verrückte. – Wußtest du, daß die meisten Schizophrenen glauben, sie stünden mit einer außerirdischen Macht in Verbindung?«

»Was hat das mit dem Handy zu tun?«

»Diese Sorte von Schizophrenen meint, sie bekäme Informationen oder Befehle von dieser außerirdischen Macht. Sie halten sich für so eine Art Auserwählte. Nur sie, allein sie haben den Durchblick, und zwar dadurch, daß sie in Verbindung mit dieser Macht stehen, mit ihr kommunizieren können. Dabei existiert die bloß in ihrem Kopf. Sie kommunizieren also bloß mit sich selbst.«

»Ich versteh immer noch nicht den Zusammenhang.«

»So kommen mir die Handy-Leute vor. Quasseln ständig mit einer unsichtbaren außerirdischen Macht, die aber nur in ihrem Kopf existiert. Und meinen, sie hätten deswegen den Durchblick.«

Esser sagte dazu nichts mehr, schüttelte bloß den Kopf und bog gleichzeitig vom Militärring auf den Bonner Verteiler, umrundete ihn und fuhr dann die Bonner Straße stadteinwärts hoch. Sie kamen an einer Reihe frischgepflanzter Alleebäume vorbei, alle umstellt mit niedrigen Gerüsten, an denen Plakate für den im Augenblick überall tobenden Wahlkampf um das Oberbürgermeisteramt angebracht waren. Löhr erkannte darauf die Gesichter Martin Krügers und Franz Flauchers, der aussichtsreichsten Kandidaten der beiden konkurrierenden großen Parteien. Und er mußte daran denken, wie er im Traum mit Siegbert Geyer um Fischhäppchen gekämpft hatte. Unfaßbar!, dachte er. Warum ausgerechnet so ein Quatsch, der dich nicht die Bohne interessiert, in deine Träume wandern und dich den Schlaf kosten muß. Er befühlte noch einmal seine feuchten Socken und nahm sie dann resigniert ins Wageninnere. Also doch barfuß.

»Wo, hast du gesagt, ist der Fundort?« fragte Löhr.

Esser wies mit dem Kinn geradeaus auf ein paar Mietshäuser, die etwas zurückgesetzt links der Bonner Straße eine kleine Wohnsiedlung bildeten. »Da vorn in den Wohnblocks.« Esser setzte den Blinker und wartete den Gegenverkehr ab.

»Und was für 'n Fundort?«

»Appartement. Frauenleiche. Wahrscheinlich 'ne Prostituierte. Fotomodell mit roter Klingel oder so.«

»Und wer hat sie gefunden?«

»Nachbarn. Kam Verwesungsgeruch aus dem Appartement.«

»O nein! Bitte nicht! Ich habe gerade so leckeren Schaum gegessen!«

»Schaum?«

***

Löhr war der einzige Polizist in der Kölner Mordkommission, der keine Leichen sehen konnte. Zumindest keine alten Leichen. »Grüne« oder »Schwarze«, wie sie im Jargon der Kollegen hießen. Leichen im fortgeschrittenen Verwesungsstadium. Er hatte es auch im Laufe der Jahre nicht vermocht, sich an ihren Anblick, vor allem aber an ihren Geruch zu gewöhnen. Vielleicht hätte er es gekonnt, wenn er es gemußt hätte. Aber er mußte es nicht. Auch diese Arbeit nahm ihm sein Kollege Esser ab. Er brauchte ihn inzwischen gar nicht mehr erst zu bitten, diesen Job für ihn zu übernehmen. Einen für Kriminalpolizisten im übrigen äußerst wichtigen Job. Denn er muß nach der Schau einer Leiche mit »ungeklärter Todesursache« entscheiden, ob deren Tod durch Fremdeinwirkung verursacht wurde oder nicht, also auch darüber entscheiden, ob ein Verfahren wegen eines Tötungsdelikts eingeleitet wird. Esser machte diesen Job sehr gut. Fast so gut wie ein Gerichtsmediziner. Obwohl er nur über das Mittel einer ersten Leichenschau verfügte, die Leiche also nur auf oberflächliche Merkmale hin untersuchen konnte. Das aber tat Esser sehr gründlich, und er war im Laufe ihrer Zusammenarbeit schon auf Dinge gestoßen, die ein durchschnittlicher Arzt wahrscheinlich glatt übersehen hätte. Unscheinbare Druckstellen im Nackenbereich zum Beispiel, die der den Totenschein ausstellende Arzt für Leichenflecken gehalten hatte, waren von Esser als Spuren von Fremdeinwirkung diagnostiziert worden – und Esser hatte damit recht behalten, und sie hatten daraufhin den Mörder gefaßt. Esser war schon großartig. Wenn er nur nicht den Fimmel mit dem Handy hätte.

Sie brauchten das Haus nicht zu suchen, denn sie sahen schon gleich nach dem Einbiegen in die zur Wohnanlage führende schmale Stichstraße einen Streifenwagen vor einem der Mietshäuser parken. Die beiden Streifenpolizisten, die an der Kühlerhaube des Wagens lehnten, signalisierten den beiden, daß der Leichengeruch in der Wohnung einigermaßen unerträglich sein mußte. Sonst hätten sie nämlich in der Wohnung – und nicht vor dem Haus auf sie gewartet. Auch Streifenpolizisten mögen keinen Verwesungsgeruch.

Löhr und Esser stiegen gleichzeitig aus. Löhr blieb ein wenig hinter seinem Kollegen zurück und versuchte, seine nackten Füße an das glitschige, nasse Innere seiner Schuhe zu gewöhnen. Esser ging auf die beiden Polizisten zu, nickte kurz.

»Welcher Stock?«

»Ganz oben. Unterm Dach«, sagte der jüngere der beiden.

Esser und Löhr blickten gleichzeitig am Haus hoch. Es war ein wahrscheinlich in den sechziger Jahren schnell und billig hochgezogenes zweistöckiges Mietshaus für sechs oder acht Parteien, das man nach der Erbauung offenbar sich selbst überlassen hatte. Der Putz über den Kellerfenstern und an den Ecken des Hauses war abgeplatzt, die Fensterrahmen waren seit Ewigkeiten nicht mehr gestrichen worden und entsprechend morsch, das Ganze machte einen ärmlichen, heruntergekommenen Eindruck. Die *Neue Mitte*, um deren Gunst die Parteien bei der bevorstehenden Wahl zum Kölner Oberbürgermeister gerade wieder einmal buhlten, würde hier mit Sicherheit nicht anzutreffen sein.

Esser wandte sich wieder dem Streifenpolizisten zu: »Erkennungsdienst schon da?«

»Ja. Zwei Mann.«

»Und der Arzt?«

»Ist wieder weg. Hat aber den Totenschein ausgestellt.« Der Polizist klopfte auf ein mit Formularen gespicktes Klemmbrett neben sich auf der Motorhaube des Streifenwagens.

»Unnatürlicher Tod mit ungeklärter Todesursache.«

»Aha.«

Esser wandte sich zu Löhr um: »Ich bin dann mal oben.« Löhr nickte. Die Aufgabenteilung zwischen ihnen beiden war eingespielt. Esser untersuchte die Leiche und den Fundort, Löhr vernahm die oder den Finder oder eventuelle Zeugen. Löhr sprach den jüngeren Streifenbeamten an, der offensichtlich der Wortführer des Teams war.

»Haben Sie schon mit dem Finder der Leiche gesprochen?«

»Es ist eine Frau«, antwortete der Polizist. Er schaute auf das Klemmbrett. »Eine Frau Bürvenich. Wohnt auf dem gleichen Stock wie die Tote. Ich hab die Personalien aufgenommen und ihr gesagt, daß einer von Ihnen gleich mit ihr sprechen wird.«

Löhr nickte. »Und diese Frau Bürvenich, die hat auch die Polizei gerufen?«

»Ja. Vor anderthalb Stunden. Wegen des Gestanks.«

»Ist echt ekelhaft«, sagte der andere Polizist.

»Das kann ich mir vorstellen«, sagte Löhr und ging mit quietschenden Schuhen auf die Haustür zu. Der oberste Klingelknopf war zwar nicht rot, sondern schwarz wie die anderen auch, aber das Namensschild hatte im Gegensatz zu den anderen weißen eine signalrote Farbe. »Stephan«. Darunter las Löhr »Bürvenich«. Er drehte sich noch einmal zu den Polizisten um.

»Die Tote heißt Stephan?«

»Genau. Corinna Stephan.«

Löhr unterschrieb den Polizisten das Protokoll, nahm einen Durchschlag und den Totenschein des Arztes an sich, verabschiedete sich von den Beamten und machte sich dann daran, in den obersten Stock hinaufzugehen.

»Zuerst hab ich gedacht, die hat vergessen, den Müll runterzutragen. Von wegen dem Gestank. Aber dann, heut nachmittag, wurd mir das doch zu bunt. Da hab ich bei der geklingelt. War ja nicht mehr zum Aushalten. Das kam schon bei mir in die Wohnung rein.«

Frau Bürvenich mochte über sechzig, vielleicht aber auch erst in den Fünfzigern sein. Ihre welke, in schlaffen grauen Falten von den Wangen, dem Hals und den voluminösen Oberarmen herabhängende Haut machte eine genauere Schätzung ihres Alters unmöglich. Löhr hätte ihr eine gesündere Ernährung empfohlen. Aber er wußte natürlich, daß auch bei Aldi der Kartoffelsalat immer noch billiger ist als Gemüse und Obst, und Frau Bürvenich in ihrem geblümten Haushaltskleid sah ganz danach aus, als sei Aldi für sie das Synonym für Einkaufen schlechthin.

»Aber hat das denn nicht schon seit etlichen Tagen gerochen?«

»Schon möglich«, sagte Frau Bürvenich. »Aber ich bin erst gestern wiedergekommen. War ein paar Tage bei meiner Tochter im Bergischen. Und als ich gestern abend zurückkam, da dachte ich wie gesagt zuerst, die hat den Müll nicht runtergebracht. Ist ja auch Wochenende.«

»Wie meinen Sie das?«

»Ja normal arbeitet die Corinna nicht am Wochenende.«

»Ach? Sie hat in dem Appartement nur gearbeitet? Gewohnt hat sie woanders?«

»Ja. Natürlich. Ich dachte, das wüßten Sie?«

»*Jetzt* weiß ich es«, sagte Löhr. »Wann haben Sie denn Frau Stephan das letzte Mal gesehen?«

»Warten Sie mal.« Frau Bürvenich, die bisher in der Mitte ihrer Wohnküche gestanden hatte, zog sich einen Küchenstuhl mit rotem Kunststoffpolster heran, ließ sich darauf sinken und stemmte die Fäuste auf die Oberschenkel. »Heut ist Sonntag. Letzten Montag bin ich zu meiner Tochter gefahren. Davor war Wochenende. Tja, das ist vielleicht am Donnerstag oder am Freitag vorletzte Woche gewesen.«

»Donnerstag oder Freitag?«

»Ich weiß es nicht mehr genau. Also ich weiß nur, am Donnerstagnachmittag, da hab ich ihr noch was aus dem Supermarkt besorgt, und da hab ich bei ihr geklingelt und es ihr reingereicht.«

»Sie haben Besorgungen für Frau Stephan gemacht?«

Frau Bürvenich senkte leicht den Kopf. »Ja«, sagte sie leise. »Ab und zu.«

Löhr hakte nicht weiter nach. Für eine Frau wie Frau Bürvenich bedeutete es wahrscheinlich eine moralische Gratwanderung, einer Prostituierten als Aufwärterin behilflich zu sein. Aber sie konnte vielleicht nicht auf die Trinkgelder der Stephan verzichten.

»Gut. Das war also am Donnerstag. Und am Freitag?«

»Kann sein, daß ich sie da auch noch mal kurz aufm Flur gesehen hab.«

»Überlegen Sie doch noch mal!«

Die Frau grübelte, zuckte dann die Schultern, so, daß ein Zittern durch das schlaffe Fleisch ihrer Oberarme ging. »Ich weiß es wirklich nicht mehr. Es ist ja schon über 'ne Woche her. Und wir haben uns sonst ja ein-, zweimal am Tag gesehen.«

»Gut«, sagte Löhr. »Wenn's Ihnen noch einfällt, rufen Sie uns bitte an. Das könnte sehr wichtig sein.« Er schrieb seine Büronummer auf ein Blatt in seinem Notizblock, riß es heraus und reichte es der Frau.

»Wußte außer Ihnen sonst noch jemand im Haus, welchem – ähm – Beruf Frau Stephan hier nachging?«

»Ja natürlich. Das wußte jeder.«

»Und der Vermieter?«

»Der natürlich auch. Der vor allem! Der hat der Corinna doch das Vierfache an Miete abgeknöpft, was ich für die anderthalb Zimmer bezahle.«

Aha. Die *Neue Mitte*. Der Vermieter fuhr wahrscheinlich bei Aldi nur vor, um da den billigen Schampus für die Betriebsfeste seiner Belegschaft zu besorgen.

»Und da gab's nie Schwierigkeiten? Ich meine mit den Hausbewohnern?«

»Nee! Och wat!« Frau Bürvenich machte eine großzügige Geste mit ihrer fleischigen Hand. »Die Corinna, die war beliebt bei allen. Wußte jeder Bescheid. Das lief ja auch alles so – so – na, ja, Sie wissen schon, so still und heimlich ab mit den Männern. Die Corinna hat nie Scherereien gehabt.«

»Nie? Niemals irgendwas Auffälliges?«

Frau Bürvenich stützte eine Hand unter ihre Kinnfalten, sah Löhr nachdenklich an und zuckte schließlich die massigen Schultern. »Nee. Eigentlich nie. Bis auf das eine Mal. Aber das ist ja schon über 'n Jahr her.«

»Und was war da?«

»Da hat die Corinna 'n paar Mal ganz laut um Hilfe geschrien. Also nicht nur einmal. Sondern alle paar Tage ist das damals passiert. Aber das müßten Sie doch auch wissen ...«

»Ja? Müßte ich? Wieso?«

»Weil der Holl, ein Nachbar hier aus dem Haus, damals die Polizei angerufen hat. Und die haben gesagt, die kümmern sich drum.«

***

»Woher wußtest *du* eigentlich, daß die Stephan als Fotomodell gearbeitet hat?« fragte Löhr Esser, als sie gemeinsam hinter den beiden Männern des Leichenfuhrwesens die Treppe hinuntergingen. Esser warf, bevor er antwortete, einen Blick auf die Fracht der beiden. Sie trugen nicht schwer daran. Der Körper der Toten verursachte in dem grauen Leichensack gerade mal eine Beule.

»Von der Streife«, sagte Esser schließlich. »Die schien registriert zu sein.«

»Dachte ich's mir doch«, sagte Löhr.

»Wieso?«

»Einer der Hausbewohner, ein Herr Holl, hat mal die Polizei angerufen, weil's Krach gab, Hilfeschreie aus dem Appartement der Stephan. Das wird dann bei der Sitte gelandet sein. So ist die in die Kartei gekommen.«

»Hast du mit diesem Holl gesprochen?«

»Ja. Kurz. Der hat nur gehört, wie die Stephan ›Hilfe, Hilfe‹ geschrien hat. Ist aber natürlich nicht raus, um nachzusehen oder ihr tatsächlich zu helfen. Hat also nichts gesehen, hat bloß die Polizei gerufen.«

»Hm«, machte Esser.

Sie traten ins Freie. Es begann zu dämmern, und eine kühle Abendbrise hatte sich zwischen die Wohnblocks verirrt. Esser neigte den Kopf ein wenig nach hinten und atmete tief ein.

»War's schlimm da oben?« fragte Löhr.

»Ich hab die Fenster aufgemacht. Danach ging's. Schlimmer waren die Fliegen.«

»Hör bitte auf!« sagte Löhr.

Sie sahen zu, wie die beiden Männer den Plastiksack nicht gerade sanft auf der Ladefläche ihres schwarzen Mercedes-Kombi ablegten, die Hecktür zuklappen ließen und dann abfuhren.

»Die fahren in die Gerichtsmedizin?« fragte Löhr.

»Klar«, sagte Esser.

Löhr nickte. »Wie lange, denkst du, lag sie da oben?«

»'ne Woche«, sagte Esser. »Vielleicht auch länger. Die sah nicht mehr gut aus. Die Fenster waren zu, und es war die ganze Zeit über ziemlich warm. Vor allem da oben unterm Dach. Da geht's wesentlich schneller ...«

»*Bitte*!« sagte Löhr.

Esser zuckte die Schultern und steckte sich eine Zigarette an.

»Hast du denn rausgefunden, wie sie umgekommen ist?«

»Ich vermute, der Täter hat sie erwürgt. Aber bei dem Zustand ist das natürlich schwer äußerlich festzustellen.«

»Sonst irgendwelche Spuren?«

Esser schüttelte heftig den Kopf. »Wahrscheinlich haben die vom Erkennungsdienst was gefunden. Haare, Fingerabdrücke, Faserspuren, was weiß ich. Aber *ich* hab nichts, gar nichts da gefunden! Die Wohnung war völlig leer. So, als wenn sie gerade eingezogen wäre, oder der Täter alles ausgeräumt hätte. Eigentlich nichts außer dem Bett, 'ner Garderobe mit 'n paar Klamotten von ihr, ein Schränkchen mit Unterwäsche. Sonst nichts. Noch nicht mal Pariser.«

»Das spricht dafür, daß der Täter aufgeräumt hat«, sagte Löhr.

»Denk ich auch«, nickte Esser.

»Sie hat da übrigens nur gearbeitet«, sagte Löhr. »Gewohnt hat sie woanders.« Er zog das Protokoll der Streifenbamten aus der Jackettasche. »Die Adresse müßte hier draufstehen.«

Während Löhr nach seiner Brille suchte, nahm Esser ihm das Protokoll ab. Esser konnte noch ohne Brille lesen. »Teutoburger Straße 7«, sagte er. »Fahren wir hin. – Ach!« Esser tippte aufs Protokoll. »Es ist auch noch ein Pkw auf sie zugelassen. 'n Fiesta.«

»Wenn sie den benutzt hat, um von der Teutoburger hierherzufahren, müßte der eigentlich noch auf dem Parkplatz da drüben stehen.«

»Vielleicht finden wir da was«, sagte Esser und setzte sich gleichzeitig

Richtung Parkplatz zwischen den Wohnblocks in Bewegung. Löhr humpelte ihm hinterher. Nackte Füße in nassen Schuhen waren nicht angenehm. Er spürte, wie sich an den Fersen schmerzende Scheuerstellen bildeten. Wenn das so weiterging, würde er am Abend blutende Blasen haben. Esser warf seine halbgerauchte Zigarette weg, zog im Gehen ein Paar Latexhandschuhe aus seiner Jacke hervor und streifte sie über. Esser war in Fahrt. Das war er immer, wenn Löhr und er gemeinsam eine frische Leichensache zu bearbeiten hatten und Esser die ersten Untersuchungen an der Leiche vornahm. Dann stand Löhr zuerst einmal in der zweiten Reihe. Ihm war das nur recht.

Der Fiesta mit dem Kennzeichen, das die Streifenbeamten auf dem Protokoll vermerkt hatten, stand tatsächlich auf dem Parkplatz, eingequetscht zwischen einem rostigen alten Mercedes ohne Kennzeichen und einem noch rostigeren Opel-Kadett, bei dem Löhr sich wunderte, weshalb der noch angemeldet sein und eine TÜV-Plakette tragen konnte.

Esser schob sich zwischen den Mercedes und den Fiesta und versuchte, die Fahrertür zu öffnen. Sie war abgeschlossen. Er ging um den Wagen herum, versuchte es an der Heckklappe und an der Beifahrertür. Ohne Erfolg.

»Hast du denn nicht den Schlüssel?« fragte Löhr.

»Ja woher denn!?«

»Der muß doch in der Wohnung gelegen haben. In ihrer Handtasche oder sonstwo.«

Esser riß sich die Latexhandschuhe von den Händen. »Ich hab dir doch gesagt, daß ich nichts gefunden hab! *Gar* nichts! Keine Handtasche, keine Schlüssel, keine Papiere, kein Notizbuch – nichts!«

»O, o«, sagte Löhr. »Das ist nicht gut.«

***

Der Geruch, der ihnen beim Öffnen der Tür aus der Wohnung entgegenschlug, raubte ihnen für einen Augenblick den Atem. Löhr und Esser sahen sich kurz an. Das war keine Luft, was da drinnen geatmet wurde, das war konzentriertes Marihuana-Aroma. Entsprechend sah der Bewohner, der ihnen die Tür geöffnet hatte, aus.

»Was liegt 'n an?« fragte ein bleicher Brillenträger, dessen graue Locken sich im Zustand fortgeschrittener Verfilzung um ein hohlwangiges und faltenreiches Gesicht zwirbelten. Sein kariertes Hemd schlabberte über einer abgewetzten grauen Kordhose, an den Füßen trug er löchrige Tennisschuhe aus Leinen, und in der Hand hielt er ein Buch, den Zeigefinger eingeklemmt an der Stelle, an der sie ihn beim Lesen unterbrochen haben mochten. Das Alter des Mannes war schwer zu bestimmen. Die Locken und die Nickelbrille verliehen ihm etwas Jugendliches, dem allerdings die ausgemergelten Gesichtszüge widersprachen. Er konnte Mitte dreißig, aber auch schon fünfzig sein.

»Esser. Kripo Köln.« Esser streckte ihm seinen Dienstausweis entgegen. »Herr Hundertgeld?«

»Ist 'n was passiert?«

»Könnten wir vielleicht reinkommen?« sagte Löhr.

»Nee! Zuerst möcht ich wissen, was anliegt.«

»Es geht um Corinna Stephan«, sagte Esser.

»Die wohnt doch hier, oder?« sagte Löhr.

»Jaa«. Eine breite Querfalte grub sich über der Brille des Mannes in seine aschfahle Stirn. »Ist meine Freundin. Ist ihr etwas passiert?«

»Können wir reinkommen?« fragte Löhr noch einmal.

Sie hatten so lange auf dem Parkplatz an der Bonner Straße neben dem Fiesta gewartet, bis zwei Leute vom Erkennungsdienst aufgekreuzt waren, die Esser herbestellt hatte. Das hatte eine geschlagene Stunde gedauert, schließlich war Wochenende, und der ED hatte lediglich Bereitschaftsdienst. Die EDler hatten das Türschloß des Fiesta fachmännisch aufgeknackt und das Wageninnere untersucht. Außer einer Großpackung Kondome, unzähligen Päckchen Tempotaschentüchern, einem halben Dutzend zerlesener Krimis und einem reichlich zerschlissenen Schminkköfferchen hatten sie nichts zutage gefördert, was ihnen etwas über die Identität der toten Autobesitzerin hätte verraten können. Die EDler klebten anschließend das Auto auf Faser- und sonstige Spuren hin ab. Sicherheitshalber. Eigentlich war ausgeschlossen, daß der Wagen und sein Inneres etwas an Information über den Mörder der Frau hergeben könnte. Denn sie hatte den Wagen höchstwahrscheinlich nur für ihre Fahrten von der Wohnung zum Appartement auf der Bonner Straße, nicht aber dazu genutzt, Freier aufzugabeln. Der Täter hatte also mit an Sicherheit grenzender Wahrscheinlichkeit nicht im Auto gesessen. Nachdem die EDler ihre Arbeit erledigt hatten, waren Löhr und Esser zur Wohnung der Toten in der Teutoburger Straße gefahren. Auf dem Klingelschild stand neben »Stephan« der Name »Hundertgeld«.

Hundertgeld, der Mann mit den verfilzten Locken, führte sie über einen düsteren Flur in einen hohen Raum, dessen Wände, bis auf die Fensterfront, mit Regalen vollgestellt waren. In den oberen Etagen standen Bücher bis zur Decke, die unteren Bretter waren mit Manuskripten und Zettelkästen bestückt, wobei die Zettelkästen zahlenmäßig eindeutig dominierten. Und nicht nur die Regale waren voll davon. Zwei Tische und sämtliche Stühle und Sessel, selbst die Fensterbänke waren von Zettelkästen bedeckt, aus deren Innerem Tausende und Abertausende weißer, rosaroter und grüner Karteikarten herausragten, alle randvoll mit einer kleinen runden Schrift beschrieben. Karteikarten bedeckten auch den Schreibtisch unterm Fenster, den Boden und schienen von ihrem Besitzer und Benutzer dort zu kunstvollen und farblich voneinander abgesetzten Figuren zusammengesetzt worden zu sein. Zwischen all den Karteikarten und Zettelkästen standen zahllose, bis an den Rand und auch darüber hinaus mit eindeutig als Reste von Joints identifizierbaren Kippen gefüllte Aschenbecher.

»Tut mir leid«, sagte Hundertgeld und stellte vorsichtig einen Zettelkasten von einem der Sessel herunter auf den Boden. »Außer dem Zimmer gibt's nur noch das Schlafzimmer und die Küche. Und in der Küche kann man nicht sitzen.«

»Wir brauchen nicht zu sitzen«, sagte Esser.

»Ich schon«, sagte Löhr und watete mit hochgezogenen Hosenbeinen, die Karteikarten- und Zettelkasteninseln vorsichtig umschiffend, auf den freigeräumten Sessel zu. Seine Füße brauchten dringend Entlastung. Die Feuchtigkeit in seinen Schuhen schien ihm nicht mehr allein aus dem Decksteiner Weiher zu stammen, sondern von seinem eigenen Blut herzurühren. Esser blieb mitten im Raum stehen. Hundertgeld drehte seinen Schreibtischsessel so, daß dessen Sitzfläche vom Schreibtisch weg zu Esser und Löhr zeigte, blieb aber davor stehen.

»Wenn Sie mir jetzt sagen könnten, was mit Inna los ist ...«

»Es tut mir leid, Ihnen das sagen zu müssen, aber Corinna Stephan ist tot.« Esser breitete in einer angedeuteten Geste des Bedauerns kurz die Hände aus.

Hundertgeld sah Esser an. Seine Miene zeigte keine Regung. Nur die Gläser der Nickelbrille blitzten ein wenig.

»Tot? Warum?«

»Ja. Sie ist tot. Warum, das wissen wir nicht«, antwortete Esser.

»Woran, meine ich, wie ist sie gestorben?«

»Darf ich Sie zuerst einmal etwas fragen?« mischte sich Löhr ein. Hundertgeld wandte ihm seinen nach wie vor ausdruckslosen Blick zu. Da der Mann offensichtlich keiner Zusprache oder Tröstung bedurfte, hatte Löhr beschlossen, gleich ohne jegliche Präliminarien in die Vernehmung einzusteigen.

»Leben oder lebten Sie ständig mit Frau Stephan hier in der Wohnung zusammen?«

»Ja. Warum?«

»Kam es nie vor, daß sie mal woanders übernachtete?«

»Doch schon. Manchmal. Warum?«

»Kam es auch vor, daß sie länger wegblieb. Zum Beispiel eine Woche lang?«

Hundertgeld schüttelte den Kopf. »Ich verstehe Ihre Fragen nicht.«

»Sie brauchen sie nur zu beantworten. Das ist alles«, sagte Esser. »Also: Kam es vor, daß sie länger wegblieb?«

»Nein. Eigentlich nicht.«

»Und wundert es Sie da nicht«, schaltete sich Löhr wieder ein, »daß sie jetzt schon eine Weile lang nicht nach Hause gekommen ist? Das ist doch hier ihr Zuhause gewesen, wenn ich Sie richtig verstanden habe?«

»Doch schon. Wundert mich schon«, Hundertgeld nickte, und seine Miene zeigte auf einmal doch so etwas wie Irritation. »Wundert mich schon. Sie war jetzt ein paar Tage, glaube ich, nicht mehr hier ...« Hundertgeld schien seinen letzten Worten nachzulauschen und ihrer Bedeutung auf den Grund gehen zu wollen.

Esser und Löhr sahen sich an. »Ein *paar* Tage?« fragte Esser.

»Ja. Ein paar Tage«, murmelte Hundertgeld. »Ich weiß nicht genau.«

»Sie ist über eine Woche nicht mehr hier gewesen!« sagte Esser ziemlich laut, fast donnernd.

»Tatsächlich? Über eine Woche?« Hundertgeld setzte sich, so, als habe ihn Essers Lautstärke auf seinen Schreibtischsessel niedergedrückt. Er tastete mit der rechten Hand den Schreibtisch hinter sich ab und fand ein Päckchen »Drum«. Er begann, ohne hinzuschauen, eine Zigarette zu drehen. Sein immer noch irritierter, fragender Blick war dabei ins Leere, gegen eine der Wände gerichtet. War das seine Art von Schock, seine Art, die Nachricht vom Tod seiner Freundin zu verarbeiten? fragte sich Löhr.

»In welchem Verhältnis standen Sie zu Frau Stephan? Vorhin sagten Sie, sie sei Ihre Freundin?« fragte Löhr.

»Ja. Meine Freundin. Inna ist meine Freundin.« Hundertgeld sagte das fast tonlos, im Ton einer schlichten Feststellung.

»Ihre Geliebte?«

»Ja. Meine Geliebte. Ja.«

»So etwas wie Ihre Frau?«

»So etwas wie meine Frau.«

»Und da ist Ihnen völlig entgangen«, Essers Stimme war jetzt zwar leiser geworden, hatte dafür aber an Schärfe gewonnen, »daß Ihre Freundin über eine Woche nicht nach Hause gekommen ist? Wollen Sie uns *das* erzählen?«

»Ich weiß es nicht, wie lange sie weg war.«

Hundertgeld hatte die brennende Zigarette im Mund und breitet die Arme über sein weiß-rosa-grünes Karteikartenimperium aus. »Ich war ziemlich beschäftigt in der letzten Zeit.«

»Was ist das eigentlich?« fragte Löhr in einem Ton, in den er kein künstliches Interesse zu legen brauchte. Die Karteikarten faszinierten ihn wirklich.

»Das? – Ich schreibe eine kleine Kabarettnummer. Nichts Bedeutendes. Eine Kleinigkeit.«

»Eine *Kleinigkeit*? Eine kleine *Kabarettnummer*? – Und dafür brauchen Sie eine halbe Million Karteikarten?«

»Es ist mein erstes Stück!« Hundertgeld lächelte zum ersten Mal. Lächelte Löhr mit einem entschuldigenden Achselzucken an. Löhr jagte ein eiskalter Schauer den Rücken hinunter. »Und da gebe ich mir natürlich ganz besondere Mühe«, setzte Hundertgeld, weiterhin in entschuldigendem Tonfall, hinzu. »Da soll all das reinkommen, was ich mir in den letzten Jahren überlegt habe.«

»Aha«, nickte Löhr. Mehr dazu zu sagen war er nicht in der Lage.

»Also«, fuhr Esser, dem sichtlich die Geduld ausging, fort. »Sie wollen uns sagen, daß Sie nicht wußten, wie lange Ihre Freundin Corinna Stephan nicht nach Hause gekommen ist? Das ist Ihnen gar nicht aufgefallen, daß sie weg war?«

»Doch, doch, schon!« Hundertgeld nickte heftig und saugte an seiner

Zigarette. »Aufgefallen schon. Irgendwie. Aber ich war beschäftigt. *Sehr* beschäftigt. Und sie hatte den Kühlschrank aufgefüllt und auch sonst alles eingekauft. Es gab von allem genug. Und deshalb vielleicht …«

»Frau Stephan versorgte Sie also, sozusagen?« fragte Löhr und mußte sich dabei räuspern. Er hatte gerade die Sprache wiedergefunden und versuchte, sich in die Welt des anderen vorzutasten.

»Ja sicher. Inna sorgt für alles. Sicher. Sonst ginge es ja nicht.«

»Ginge was nicht?«

»Meine Arbeit hier.« Hundertgeld wies wieder auf seine Karteikarten.

»Sie hat für Sie eingekauft, gekocht und so weiter?« Löhr war fasziniert. So etwas war ihm noch nicht begegnet. Nicht in dieser Form.

»Ja, ja. Inna kommt mittags von der Arbeit nach Hause, kocht eine Kleinigkeit, und dann essen wir, und dann fährt sie zurück zur Arbeit, und dann kommt sie abends manchmal erst spät heim, und dann bringt sie aber immer noch was zu Essen und so mit, und dann essen wir noch mal. Und so …« Die Artikulation und auch der Blick Hundertgelds verloren sich in Weiten, in die Löhr ihm nicht mehr folgen konnte.

»Und wenn Sie nicht zusammen gegessen haben, was haben Sie dann gemacht?«

»Wir? Inna und ich?« Hundertgelds Lachen war sanft wie das Murmeln und Gurren eines Bachs. »Sie schaut mir bei der Arbeit zu. Ich erkläre ihr, um was es geht.«

»Um was geht es denn?« fragte Löhr.

»Oh!« Die Brillengläser Hundertgelds blitzten, während er sich eine neue Zigarette drehte. »Es geht darum«, er ließ das Zigarettenblättchen in der linken und deutete mit der rechten Hand energisch auf seine Karteikarten vor sich auf dem Boden, »es geht darum, wie die Sache hier *wirklich* abläuft! Und das wird der Inhalt meines Stückes sein! Wie es *wirklich* hier abgeht. Die *Wahrheit*!«

Löhr nickte Hundertgeld bestätigend zu. Die Wahrheit. Ja.

»Aber Sie wußten natürlich«, fragte Esser weiter in der schärfsten Variante seiner Vernehmungsstimme, »*was* Ihre Freundin Corinna Stephan arbeitete, *womit* sie ihr Geld verdiente – und wahrscheinlich auch Ihres?«

»Ja, ja, natürlich weiß ich das.« Hundertgeld lächelte ein wenig einfältig. »Sie arbeitet in irgendeiner Firma. Büroangestellte oder so.«

***

Als Löhr nach Hause kam, war es zehn Uhr abends durch. Sofort, nachdem er das Licht im Flur angeknipst hatte, ließ er sich auf den Stuhl neben der Garderobe sinken, schleuderte seine immer noch feuchten Schuhe in hohem Bogen weg und betrachtete seine von der Feuchtigkeit schrumpelig gewordenen, bleichen Füße. Sie kamen ihm vor wie zwei arme geschundene Kreaturen, die mit ihm selbst nichts zu tun hatten, außer, daß sie ihm während der letzten drei, vier Stunden unsägliche Schmerzen bereitet hatten. Aber das konnte er ihnen nicht übelnehmen. Schließlich war er schuld und nicht sie. An beiden Fersen klafften markstückgroße, blutige Stellen, die von aufgeplatzten Blasen herrührten. Löhr humpelte ins Bad, versorgte seine Wunden mit Pflastern, suchte sich dann im Flur seine Pantoffeln, schlüpfte hinein und spürte, wie seine Füße ihm die trockene Wärme des Filzes gleich mit einem fast wohligen Gefühl dankten. Vielleicht würde er sich später noch ein warmes Fußbad gönnen. Aber zuerst brauchte er mal einen Whisky, und dann würde er telefonieren müssen.

Der Strudel der Routineuntersuchungen und der ersten Verhöre, in die ihn der neue Fall im Laufe des Nachmittags und des frühen Abends hineingezogen hatte, hatte ihn zwar nicht die Katastrophe vergessen lassen, in die die Familie durch seines Bruders Gregor neueste Eskapade hineinzuschlittern drohte, doch hatte er nicht richtig darüber nachdenken, vor allem hatte er nicht handeln können. Das würde, das *mußte* er jetzt nachholen. In der Küche schenkte er sich einen ordentlichen Schluck Tullamore Dew ein und ging, das Glas schwenkend und immer noch leicht humpelnd hinüber ins Wohnzimmer, knipste die Stehleuchte neben seinem Ohrensessel an, holte sich das Telefon und ließ sich in den Sessel sinken.

Jawohl, eine Katastrophe würde es geben, wenn Gregor tatsächlich sein Vorhaben umsetzen würde. Eine Katastrophe, vor allem für seine Mutter. Das Geklatsche und Getratsche in der Familie wäre ja vielleicht noch zu ertragen, es würde niemandem schaden. Aber seine Mutter! Nicht auszudenken, wenn sie erführe, wie es um ihren Jüngsten tatsächlich bestellt war, veranlagungsmäßig. Der jüngste Löhr homosexuell! Das Nesthäkchen Gregor ein Schwuler! Ihr ganzer Stolz auf ihren schönsten, ihren erfolgreichsten, ihren lebenslustigsten Sohn würde platzen wie eine Seifenblase. Sie würde zusammenbrechen bei der Vorstellung, sich ein Leben lang in ihrem Lieblingssohn getäuscht zu haben. Ob das nun begründet war oder nicht. Natürlich würde es faktisch und objektiv weder

Gregors Schönheit noch seinem Erfolg noch seiner Lebenslust einen Abbruch tun, wenn herauskäme, daß er schwul ist. Unglaublich viele Leute sind das, und kein Hahn kräht mehr danach. Aber was hatte seine arme alte Mutter denn für eine Ahnung davon? Schwule gehörten nicht in ihre Welt. Homosexualität war eine Eigenschaft der anderen, die kannten die Hövelers, die Familie seiner Mutter, nur vom Hörensagen. Für sie war das eine Eigenschaft von Abartigen, von Perversen. Wahrscheinlich konnte sich seine Mutter überhaupt nicht vorstellen, was das eigentlich konkret war, ein Homosexueller. Wo Sexualität überhaupt schon für die Hövelers – und die Löhrs nicht minder – ein Tabuthema war. Nur mit Kopfschütteln konnte sich Löhr an die hilflosen Aufklärungsversuche seiner Eltern erinnern. Und jetzt: ihr eigener Sohn ein Perverser? Die arme Frau würde zugrundegehen an dieser Tatsache, zumal, wenn sie es aus der Zeitung erführe. Eine Schwulenhochzeit in Köln war dem Express, den seine Mutter täglich las, sicher eine Schlagzeile wert.

Löhr war natürlich schon seit langem klar, daß Gregor schwul war. Eine Zeitlang hatte er es nur geahnt, bis Gregor selbst ihn eines Tages, kurz nachdem er aus den USA zurückkam, ins Bild setzte. Löhr hatte das nicht geschockt. Eigentlich im Gegenteil. Irgendwie hatte es ihn mit einer Art Genugtuung erfüllt, daß es in seiner unmittelbaren Verwandtschaft auch einen Vertreter dieser Sorte gab. Nein, nicht nur mit Genugtuung, sondern auch ein wenig mit Stolz. Allzu bieder, allzu durchschnittlich wäre ihm ansonsten seine Familie – er selbst einbegriffen – vorgekommen. So aber fiel durch Gregors Schwulsein ein Hauch exotischen Glanzes auf diese ansonsten fast unerträglich mittelmäßige Löhrsche Sippschaft. Obwohl ihm persönlich Homosexuelle nicht allzu sympathisch waren. Zumindest nicht die Sorte von Homosexuellen, mit denen er es beruflich bisher zu tun bekommen hatte. Mord und Totschlag im Strichermilieu sind keine besonders appetitlichen Angelegenheiten, und die teils von Lüge, teils von Habgier diktierten Dramen, die zu diesen Morden und Totschlägen geführt hatten und denen er hatte nachgehen müssen, waren auch alles andere als ansprechend gewesen. Außerdem mißfiel ihm die oftmals aggressiv zur Schau gestellte Sexualität vieler dieser Leute. Aber vielleicht war er da doch zu sehr Kind seiner Mutter. Wie dem auch sei. Es mußte verhindert werden. Er mußte Gregor von dieser Wahnsinnsidee abbringen. Egal wie. Ob mit gutem Zureden oder sonstwie. Er mußte mit Gregor sprechen.

Löhr war dabei, in seinem Notizbuch eine der zahlreichen Nummern, unter denen Gregor zu dieser Zeit vielleicht zu erreichen sein würde, herauszupicken, hatte das Telefon schon in der Hand, da klingelte es. Löhr zuckte ein wenig zusammen, weil er mit einem Anruf um diese Zeit nicht mehr gerechnet hatte. Beim zweiten Klingeln zögerte er, abzunehmen. Um Himmels Willen nicht Esser! Er hatte genug für heute von der Arbeit. Nicht, daß Esser noch ein vermeintlich entscheidendes Detail eingefallen war und er mit ihm über diesen verrückten Hundertgeld sprechen wollte. Schließlich war Sonntag. Und dringende Familienangelegenheiten waren zu klären. Nach dem dritten Klingeln atmete er tief durch und nahm das Gespräch an.

»Ja. Löhr.«

»Bischt dusch Schakob?«

»Hallo? Wer ist denn da?«

»Du muscht mir helfen Schakob. Ischalt das nischt mehr ausch, bring misch hier weg!«

»Ja, wer spricht denn da?«

»Schakob?«

»Ja. Jakob Löhr! Wer ist da?«

»Isch bin's, die Tante Helene, Schakob. Du muscht mir helfen, Schakob.«

»Tante Helene? – Tante Helene!« O Gott, ja! Tante Helene! Die Frau seines im letzten Jahr verstorbenen Onkels Willi, des ältesten Bruders seines ebenfalls verstorbenen Vaters. Tante Helene! Er hatte sie seit der Beerdigung Willis nicht mehr gesehen, lediglich gehört, daß sie jetzt in einem Altersheim lebte.

»Ja, Tante Helene! Wie geht's dir denn! Schön daß du mal anrufst!«

»Ach Schakob, schlecht, ganz schlecht.«

»Dir geht's *nicht* gut? Was fehlt dir denn, Tante Helene? Kann ich dir irgendwie helfen?«

»Isch halt dasch nischt mehr ausch, Schakob.«

»Was denn? Das Altersheim? Geht's dir da nicht gut?«

»Nee, nee, dasch nischt, es ischt – « Die Leitung war tot. Löhr schaute nach, ob er sie unabsichtlich unterbrochen hatte, aber das schien nicht so. Wahrscheinlich war die Tante aus Versehen an die Gabel gekommen. Wenn sie merkte, daß die Leitung unterbrochen war, würde sie noch einmal anrufen. Er selbst wußte überhaupt nicht wie und vor allem wo er sie hätte erreichen können, hatte noch nicht einmal eine Ahnung, in welchem Altersheim sie lebte. Löhr wartete, wog das Telefon in der Hand und schaute sich dabei noch einmal Gregors Nummern in seinem Notizbuch an. Ob er nach zehn am besten zu Hause zu erreichen sein würde? Er ging die anderen Telefonnummern Gregors durch. Da gab es die seines Agenten, die des Gürzenich-Orchesters, die eines (seines?) Freundes namens Robin, o ja! Und die einer Kneipe, eines Restaurants. »Chin's«. Jetzt fiel Löhr ein, daß Gregor ihm einmal gesagt hatte, das »Chin's« sei so etwas wie sein Wohnzimmer. Da könne man ihn, wenn er nicht gerade einen Auftritt hatte, abends am besten erreichen. Löhr sah auf die Uhr. Es waren nach Tante Helenes Anruf über fünf Minuten verstrichen. Er gab ihr noch drei für den zweiten Versuch. Rief sie nicht noch einmal an, würde er sich morgen um sie kümmern. Jetzt hatte Gregor Priorität. Diese verflixte Heiratsidee. Nachdem er noch weitere fünf Minuten gewartet und Tante Helene sich nicht mehr gemeldet hatte, wählte er die Nummer des »Chin's«. Sofort meldete sich eine weibliche Stimme. Er fragte nach Gregor Löhr, die Stimme sagte »Moment«, und eine halbe Minute später sprach er mit ihm.

»Hab ich doch geahnt, daß dich das nicht in Ruhe läßt!« sagte Gregor.

»Ach ja?«

»Aber ich mein's diesmal ernst, Jakob. Diesmal laß ich mich nicht von dir breitschlagen. Ich hab's dir gesagt!«

Löhr mußte jetzt ganz schnell seine Strategie ändern. Am Ton Gregors war zu erkennen, daß es dieses Mal keinen Zweck haben würde, die Rolle des älteren Bruders auszuspielen. Das funktionierte damals schon mehr schlecht als recht. Schließlich hatte er diese Rolle Gregor gegenüber auch nie eingenommen. Bei der Benefiz-Geschichte hatte letztendlich sein zwar schlagendes, aber doch ziemlich autoritär vorgetragenes Argument den Ausschlag gegeben, daß Gregors Gruppe durch ihren Nacktauftritt nur das Gegenteil dessen erreichen würde, was Gregor eigentlich vorhatte: Er würde das Publikum nur gegen sie aufbringen. Ein politisches Argument, hinter dem Löhr seine familiäre Intention gut hatte verstecken können.

So konnte er jetzt nicht mehr argumentieren. Und er konnte Gregor auch nicht mit der geschockten armen alten Mutter kommen. Gregor würde antworten, daß sie ohnehin früher oder später von seinem Schwulsein erfahren würde. Für Gregor war das leicht gesagt und leicht getan.

Aber hatte der überhaupt den Hauch einer Ahnung von der Mentalität und der moralischen Disposition einer fast Siebzigjährigen? Einer *katholischen* Frau? Einer *konservativen* katholischen Frau? Einer leidenden katholischen konservativen *Mutter*?

»Ich wollte nur noch mal mit dir über deine Pläne reden, Gregor«, sagte Löhr in seinem konziliantesten Ton, »ob du dir das alles richtig überlegt hast, verstehst du?«

Gregor lachte. »Ich *hab's* mir richtig überlegt, Jakob.«

»Ja, ja. Sicher. Das glaub ich. Aber vielleicht könnten wir noch mal über ein paar Einzelheiten sprechen. *Wie* das Ganze vonstatten gehen soll.«

»Du meinst, wie *diskret* das vonstatten gehen soll? Nein, nein, lieber Jakob. Das wird ein Knaller, eine richtig heiße Party, mit kirchlichem Segen und allem Drum und Dran.«

»'ne *kirchliche Hochzeit*?« Löhr lief es kalt den Rücken runter. Deswegen also war Gregor am Sonntag bei einem Pfarrer gewesen!

»Ja natürlich!« tönte Gregor fröhlich. »Beim Pfarrer Milde in der Martin-Luther-Kirche, der traut doch schwule Paare. Ach, da fällt mir was ein ...«

»Ja?« Löhr mußte sich räuspern. Eine kirchliche Schwulenhochzeit! Das würde seine Mutter postwendend ins Grab bringen.

»Wir sind morgen mittag mit Pfarrer Milde verabredet, um die Trauungszeremonie zu besprechen. Wenn du Lust hast, kannst du ja dazukommen. Ich würde mich freuen, wenn du mein Trauzeuge sein würdest!«

***

»Und was gibt's bei euch Neues, Rudi und Jakob?« Schuhmacher, der Leiter des 11. Kriminalkommissariats, nickte in Richtung Esser und Löhr, die bei der Frühbesprechung am runden Tisch des Besprechungszimmers nebeneinander saßen.

»Wir hatten gestern eine weibliche Leiche«, sagte Esser. »Lag ungefähr 'ne Woche in 'nem Appartement an der Bonner Straße. Wahrscheinlich Fotomodell. Ist vermutlich erwürgt worden. Wird zur Zeit aber noch gerichtsmedizinisch untersucht.«

»Schon irgendwelche Spuren?

»Tja«, sagte Esser gedehnt. »Der ED hat die Bude auf den Kopf gestellt, das Auto der Toten auch. Da warten wir noch auf detailliertere Ergebnisse. Ansonsten wenig. So gut wie nichts.«

»Nichts?«

»Das Appartement war leergeräumt. Offensichtlich hat der Mörder sämtliche Spuren und Hinweise beiseite geschafft. Wird schwer werden.«

»War die denn bei uns schon mal aktenkundig?« Schuhmacher rutschte nervös auf seinem Stuhl herum. Es gab zur Zeit ein paar ungeklärte Morde, bei denen sich die Ermittlungen schon über Wochen hinzogen. Stoff für die Lokalseiten der Zeitungen. Stoff auch für den Wahlkampf. Krüger, der Oberbürgermeister-Kandidat der CDU, ließ keine Gelegenheit aus, seinen Wählern eine »saubere Stadt« und eine »effektive Polizei« zu versprechen. Da würde sich Flaucher, der SPD-Kandidat, nicht lumpen lassen und bald ins gleiche Horn stoßen. Obwohl die Arbeit der Polizei keineswegs in die Zuständigkeit eines Oberbürgermeisters fiel. Es war aber ein gutes Thema für Stimmungsmache. Und deswegen fühlte sich der Polizeipräsident und auch jeder Kommissariatsleiter unter Druck gesetzt. Und Schuhmacher war der letzte, der da eine Ausnahme bildete.

»Ja. Bei der Sitte. Da gab's mal 'ne Anzeige oder Beschwerde. Müssen wir noch prüfen.«

»Aber es gibt doch bestimmt 'n Zuhälter oder so was?«

»Zuhälter kann man nicht sagen. 'n Lebensgefährten. Bei dem waren wir gestern abend. Ziemlich durchgeknallt, der Mann. Notorischer Kiffer. Aber wie's aussieht, hatte der keine Ahnung, auf welche Weise seine Freundin Geld verdiente. Daß der als Täter in Frage kommt, glaub ich nicht.«

»Glauben!« murmelte Schuhmacher und nahm sich die nächste Akte vor. Dann sah er noch einmal auf und nickte mit dem Kinn in Löhrs Richtung. »Du übernimmst die Leitung der Mordkommission, Jakob?«

»Sicher«, sagte Löhr.

Nach der Frühbesprechung, bei der Schuhmacher noch nachdrücklich ein zügigeres Ermitteln im Fall einer durch einen Taxifahrer vergewaltigten Frau eingefordert hatte, auch einer dieser Fälle, die in der Presse breitgetreten und zum Wahlkampfthema hochstilisiert wurden, gingen Löhr und Esser in ihr gemeinsames Büro.

»Und du meinst wirklich, der Hundertgeld scheidet als Tatverdächtiger aus?« fragte Löhr auf dem Weg über den Flur. Die Blasen schmerzten ihn beim Gehen, obwohl er sie am Morgen noch einmal mit frischen Pflastern versorgt hatte.

Esser zuckte die Schultern. »Der Mann ist dermaßen durch den Wind. Ich seh auch kein Motiv für den.«

»Kann man nie wissen. Aber ich glaub's eigentlich auch nicht«, sagte Löhr nachdenklich, und versuchte, seine schmerzenden Füße zu ignorieren. »Andererseits sah's wirklich so aus, als hätte der überhaupt nicht registriert, was mit seiner Freundin passiert ist.«

»Hm. Oder er hat für uns 'ne Schau abgezogen.«

»Nein. Glaub ich nicht. Ich hatte eher den Eindruck, die Nachricht von ihrem Tod hat ihn überhaupt nicht erreicht. Das heißt, er hat schon verstanden, was wir zu ihm gesagt haben, aber er hat sich irgendwie geweigert, das tatsächlich zu akzeptieren. Er hat immer weiter von ihr gesprochen, als ob sie noch leben würde.«

»Also ist er tatsächlich bekloppt«, sagte Esser im Ton einer einfachen Feststellung. Sie waren in ihrem Büro angelangt, und Esser ging sofort zu seinem Schreibtisch, nahm den Telefonhörer ab und wählte eine Nummer. »Ich frag mal dessen Daten im Computer ab«, sagte er zu Löhr hinüber, der sich am Tauchsieder auf dem Fensterbrett zu schaffen machte. »Vielleicht ist der ja drin, und die helfen uns ein bißchen auf die Sprünge.«

Während Esser telefonierte, brühte sich Löhr einen Tee auf. Er war noch nicht wieder richtig bei seinem neuen Fall. Die Verabredung heute mittag mit seinem Bruder, dessen Freund und diesem Pfarrer Milde hatte ihn seit dem Aufstehen am frühen Morgen in eine latente Unruhe versetzt. Panik allerdings bereitete ihm die Vorstellung, er würde bei diesem Gespräch von den dreien einfach überrollt werden und am Ende den wahnsinnigen Vorschlag Gregors, sein Trauzeuge zu werden, auch noch akzeptieren. Gutmütig, wie er war. Um Herrgotts willen! Dagegen mußte er sich mit Händen und Füßen wehren! Wie stünde er vor seiner Mutter da? Wie ein Verräter an ihrem kompletten Weltbild! Nein! Er durfte sich nicht von den Verrücktheiten seines Bruders einlullen lassen, er mußte standhaft bleiben, das ganze Projekt hartnäckig in Frage stellen und zu verhindern suchen. Es ging schließlich um die Gesundheit seiner armen Mutter.

Als sein Tee fertig war, zog er die Notizen, die er sich während und nach dem Gespräch mit Frau Bürvenich gemacht hatte, aus der Jackettasche, setzte sich damit vor die Schreibmaschine und begann, ein ordentliches Protokoll dieser Vernehmung anzufertigen. Esser telefonierte immer noch. Löhr zog gerade die zweite Protokollseite in die Maschine ein, als er Esser den Telefonhörer auf die Gabel knallen hörte und aufspringen sah.

»Das glaubst du nicht, Jakob!«

»Dir glaube ich fast alles.«

»Dieser Verrückte, der Hundertgeld, der hat 'ne kriminelle Karriere, das hältst du nicht für möglich!«

»Kriminell? Wann hat der Mensch denn Zeit gehabt, kriminell zu sein? Der hat sein Leben lang doch nur Karteikarten vollgekritzelt!«

»Naja richtig kriminell ...« Esser sah prüfend auf die Notizen, die er sich während seines Telefonats gemacht hatte. »Aber immerhin: Mitte bis Ende der Siebziger hatte die Politische Polizei den im Visier. Sympathisantenszene RAF.«

Löhr, der bis jetzt weitergetippt hatte, unterbrach seine Arbeit. »Aha. Wie denn? In welcher Form?«

»Nicht aktiv. Der traf sich bloß mit irgendwelchen RAF-Leuten regelmäßig in so einer Kneipe auf der Zülpicher Straße, im ›Podium‹.«

»Und was ist da dran kriminell?«

»Gott! Die haben den damals observiert. Das ist alles. Aber es kommt noch einiges dazu!«

Löhr schwieg und sah Esser abwartend an. Esser steckte sich eine Zigarette an und senkte den Blick wieder auf seine Notizen.

»Ende der Siebziger kriegt er Berufsverbot. Das heißt, er wird nach dem Studium nicht in den Schuldienst eingestellt.«

»Warum?«

»War Funktionär in der maoistischen Studentengruppe und hat illegale Demonstrationen organisiert.«

»Ist auch noch nicht richtig kriminell.«

»Jakob!« Durch den Zigarettenrauch schickte Esser einen warnenden Blick in Richtung Löhr. »Das kommt *jetzt* erst: Anfang der Achtziger wird er in Wuppertal wegen des Verdachts auf bewaffneten Überfall festgenommen. Soll mit 'nem anderen, einem Markus Vanderhofen, 'nen Supermarkt überfallen haben.«

»Soll?«

»Die Indizien paßten nicht so richtig, und die Verkäuferinnen haben ihn bei der Gegenüberstellung nicht identifiziert.«

»Und der andere, der Mittäter?«

»Das gleiche.«

Löhr lag ein »Na also!« auf der Zunge. Er schluckte es aber aufgrund des strafenden Blicks von Esser vorhin hinunter und sah den Kollegen geduldig an.

»So«, sagte Esser. »Und jetzt das letzte: 1983 wieder eine Verhaftung. Diesmal in Trier. Und zwar soll er da den Geldboten von 'nem Schnellrestaurant überfallen und ihm die Geldbombe geklaut haben.«

»Soll?«

»Wieder das gleiche wie beim ersten Mal. Der Bote konnte ihn nicht identifizieren, und Hundertgeld hatte außerdem ein Alibi.«

»Welches?«

»Das hat ihm seine Freundin, unsere Corinna Stephan, gegeben. Angeblich waren sie zusammen im Urlaub in Trier.«

»Tja«, sagte Löhr nachdenklich. »Ist ziemlich lange her. Und außerdem ist der Mann nie verurteilt worden.«

»Aber da steckt doch 'ne Menge an krimineller Energie dahinter, hinter so was! Falls da was dran war.«

»Eben«, sagte Löhr. »Falls. Und außerdem seh ich immer noch kein Motiv für unseren Mann. Warum sollte der die Kuh schlachten, die er so schön melken konnte?«

»Wir wissen doch noch gar nichts über das Verhältnis der beiden, Jakob! Das kann doch alles gelogen sein, was der uns erzählt hat. Daß er nicht wußte, wie sie ihr Geld verdient hat. Daß sie sich so herrlich verstanden haben und sie ihm immer gelauscht hat, wenn er ihr die Welt erklärte.«

»Na schön«, sagte Löhr. »Dann setzen wir uns den eben noch mal ordentlich auf den Stuhl.«

»Und prüfen gleichzeitig, ob er tatsächlich am Mordtag zu Hause gesessen und Karteikarten sortiert hat und ob er nicht doch mal am Appartement seiner Freundin an der Bonner Straße gesehen worden ist.«

»Wenn wir den besagten Tag wissen. Hast du schon mal in der Gerichtsmedizin angerufen?«

»Nein«, antwortete Esser ein wenig gereizt. »Aber wenn du das tun würdest, hätte ich auch nichts dagegen.«

»Ist vielleicht noch zu früh«, sagte Löhr, Essers gereizten Ton ignorierend und schaute auf die Uhr. Noch anderthalb Stunden bis zu seinem Treffen mit Pfarrer Milde und dem Hochzeitspärchen.

»Ja«, sagte Esser, jetzt ein wenig gedämpfter. »Wahrscheinlich können wir erst heut nachmittag mit dem Bericht rechnen. – Ach übrigens: ich hab die Stephan auch gleich checken lassen: Negativ.«

»Braves Mädchen«, murmelte Löhr. Er versuchte sich wieder auf ihren Fall zu konzentrieren und nicht an die Hochzeitskatastrophe zu denken. »Trotzdem brauchen wir 'n Durchsuchungsbeschluß für Hundertgelds Wohnung. Ich möchte mir noch mal genau das Zimmer anschauen, in dem sie gewohnt hat.«

Am Vorabend hatte Hundertgeld sie in das Zimmer geführt, das er als das gemeinsame Schlafzimmer von sich und Corinna Stephan bezeichnete. Es hatte sich als ein karger, nur mit dem Nötigsten ausgestatteter Wohn- und Schlafraum herausgestellt: ein Doppelbett, ein Schminktisch, ein Kleiderschrank, ein Ständer mit Illustrierten, ein Schränkchen, in dessen Schubladen sich persönliche Unterlagen und Dokumente befanden, weiter nichts. Sie hatten das Zimmer durchsucht, Papiere und ein Foto neueren Datums seiner Bewohnerin mitgenommen, aber keine Hinweise auf ihre Freier gefunden.

»Ja. Würd ich auch sagen«, antwortete Esser. »Ohne daß wir was über ihre Freier rausfinden, stehen wir auf dem Schlauch. Wußte eigentlich die Nachbarin nichts?«

Löhr schüttelte den Kopf. »Der ist wohl ab und zu mal 'ne dunkle Gestalt im Treppenhaus begegnet, die nach oben zur Stephan gehuscht ist. Aber da hat die Bürvenich wohl immer verschämt weggeguckt. Konnte mir keine einzige Personenbeschreibung geben.«

»Die wird doch Stammkunden gehabt haben. Das muß doch auffallen, wenn ständig dieselben Kerle durchs Treppenhaus schleichen.«

»Ist der Bürvenich aber nicht aufgefallen. Aber wir sollten heut nachmittag hin und uns die anderen Hausbewohner vornehmen.«

»Wieso heut nachmittag? Fahren wir doch jetzt hin!«

Löhr räusperte sich und zog die Seite in seiner Schreibmaschine straff. »Ich hab gleich was vor.«

»Ach!« Schwärzestes Mißtrauen in Essers Stimme. Natürlich ahnte er, daß Löhr sich wieder einmal während der Dienstzeit einen privaten, einen Familien-Termin genehmigen wollte. Löhr sah nicht zum ihm hin. Doch merkwürdigerweise hakte Esser nicht nach. Löhr arbeitete weiter an seinem Protokoll, hörte zwischendurch, wie Esser mit Urbanczyk, dem für ihren Fall zuständigen Staatsanwalt telefonierte, ihn darüber ins

Bild setzte und ihn um den Durchsuchungsbeschluß bat. Erst, nachdem Esser aufgelegt hatte und sich jetzt auch seine Schreibmaschine heranzog, wagte Löhr es, wieder zu ihm hinüber zu schauen. Ihre Blicke trafen sich. Esser grinste.

»Ist schon okay, Jakob. Ich halt die Stellung. Brauchst kein schlechtes Gewissen zu haben.«

»Ich? Schlechtes Gewissen?«

***

Es war kälter geworden, der Himmel hatte sich im Laufe des Vormittags komplett zugezogen und jetzt, gerade als Löhr aus dem Bürogebäude in der Löwengasse trat, setzte ein feiner Nieselregen ein. Löhr beschloß, trotzdem und trotz der schmerzenden Wunden an den Fersen zu Fuß zum Martin-Luther-Platz zu gehen, wo er sich mit Gregor in der Wohnung von Pfarrer Milde verabredet hatte. Er schlug den Kragen seines Jacketts hoch und marschierte die Severinstraße hinunter auf die Torburg zu.

Um nicht an die ihm bevorstehende peinliche Auseinandersetzung mit seinem Bruder, dessen Freund und dem Pfarrer denken zu müssen – drei gegen einen, wie unfair! –, versuchte er, während seines Fußwegs den neuen Fall zu rekapitulieren. Er hatte schon mit einigen Fotomodellen beruflich zu tun gehabt, die aus sozialen Milieus stammten, die man in dieser Branche nicht vermutet hätte. Ausgebildete Dolmetscherinnen, Frauen, die studiert hatten, eine frühere Rechtsanwältin, die Frau eines Zahnarztes – aber eine so bemerkenswerte Person wie die Stephan war ihm in solchen Zusammenhängen bisher noch nicht vorgekommen. Aus den Unterlagen, die Esser und er in ihrem Zimmer gefunden hatten und dem, was ihnen Hundertgeld erzählt hatte, konnten sie ihr bisheriges Leben einigermaßen genau rekonstruieren. Aufgewachsen bei ihrer Mutter in Duisburg, da Abitur, Studium in Köln: Theaterwissenschaften, Philosophie und Kunstgeschichte, Regieassistentin beim WDR-Hörfunk, ein paar eigene Hörspielproduktionen Mitte der Neunziger – und danach Schluß damit. Ein Loch von mindestens fünf Jahren. Diese fünf Jahre mußte sie als Prostituierte gearbeitet haben. Als sie starb, war sie gerade vierzig. Mit fünfunddreißig hatte sie ihre Karriere als Hörspielautorin und -regisseurin abgebrochen. Warum? Nicht, weil sie Hundertgeld kennengelernt hatte. Mit dem, hatte er gesagt, war sie schon seit Anfang der Achtziger Jahre, seit ihrem Studium, zusammen. Wenn er von ihr verlangt hatte, ihn auszuhalten, dann hätte sie das auch mit ihrer ursprünglichen Arbeit tun können. Auch wenn vielleicht nicht so viel dabei herumgesprungen wäre. Aber so aufwendig war Hundertgelds Lebensstil, mal von seinem Haschischkonsum abgesehen, doch nicht. Warum diese Abkehr von einer offensichtlich vielversprechenden Karriere – für eines ihrer Hörspiele hatte sie einen Preis bekommen – hin zu diesem jämmerlichen, entwürdigenden Dasein als Prostituierte? Hatte Hundertgeld sie dazu gezwungen? Dagegen stand seine Unwissenheit, was ihren Job betraf. Falls das keine Lüge war. Aber welchen Grund hätte er dafür auch haben sollen? War es ihre eigene Entscheidung gewesen? Dafür sprach ihr Zimmer. Dessen kärgliche Ausstattung stand in krassem Gegensatz zu Herkunft und Ausbildung der Stephan. Kein einziges Buch war in dem Zimmer gewesen, nur Stapel von Illustrierten. Sie hatte einen gründlichen Schlußstrich unter ihr früheres Leben gezogen. Warum? Löhr vergegenwärtigte sich das Foto, das sie mitgenommen hatten. Es zeigte eine hübsche, beinahe schöne blonde Frau. Ihr Haar war in der Mitte gescheitelt und im Nacken zu einem Knoten zusammengefaßt, wobei einige Strähnen entwischt waren und sich an den Schläfen ringelten. Sie stand seitlich zur Kamera in einer Pose, die ihre äußerst wohlgeformte Figur zur Geltung brachte. Diese Pose schien um eine seelenvolle Zartheit bemüht zu sein, ohne sie jedoch ganz zu erreichen. Möglicherweise war ihr Gesicht daran schuld. Ihre Augen lagen zu tief und zu weit auseinander, ihr Mund war eine Spur zu schmal, eine Spur zu dünn. Es war ein Gesicht, das auf eine kleine, aber möglicherweise störende Charakterschwäche hindeutete, auf Trotz oder Eigensinn vielleicht, oder doch auf etwas ganz anderes?

Ohne sich daran erinnern zu können, daß und wie er über den Chlodwigplatz gekommen und danach die Rolandstraße heruntergelaufen war, stand Löhr plötzlich vor dem Haus an der Ecke Rolandstraße und Martin-Luther-Platz, in dem der Pfarrer, der seinen Bruder trauen wollte, wohnte. Er schaute auf die Uhr. Er war pünktlich.

»Sie können sich gar nicht vorstellen, welchen Meilenstein dieser Synodenbeschluß für unsere Sache bedeutet!« Pfarrer Milde schritt, die Hände bei jedem neuen Satz in eine andere, ausdrucksstarke Position bringend, auf dem hellen Parkett seiner Bibliothek auf und ab. »Zwar stellt die gottesdienstliche Begleitung gleichgeschlechtlicher Paare in verbindliche Lebensgemeinschaften keine kirchliche Amtshandlung dar – ich zitiere den Synodenbeschluß –, aber es ist jetzt den einzelnen Synoden und Pfarrern freigestellt, diese gottesdienstliche Begleitung *öffentlich* abzuhalten. Wir sind also endlich aus dem heimlichen Kämmerlein heraus!«

Bei diesem letzten Satz war Milde vor Löhr stehengeblieben, hatte ihm diesen wie eine Triumphbotschaft ins Gesicht geschmettert und dabei Hände samt Armen aus einer vor der Brust geschlossenen in eine weit ausholende, gleichsam den ganzen Globus umfassen wollende Position gebracht. Löhr saß in einem Sessel seinem Bruder und dessen Freund Robin gegenüber, einem Mann Mitte zwanzig mit gleichfalls sehr ebenmäßigen Gesichtszügen. Die etwas zu glatte Schönheit seines Gesichts wurde allerdings durch das atemberaubend geblümte Hemd, das er trug, leicht neutralisiert. Gregor und Robin hockten nebeneinander auf der Kante einer Couch und lauschten der Rede des Pfarrers andächtig wie zwei Meßdiener. Ihre Köpfe folgten jeder seiner Bewegungen in harmonischer Synchronität durch den Raum. Löhr, der bisher auch aufmerksam zugehört hatte, wollte zu einer ersten Entgegnung ansetzen, aber Milde war noch nicht fertig. Sein Zeigefinger wies genau auf Löhrs Nasenspitze, und in einem Ton, als säße Löhr auf der Anklagebank, fuhr der Pfarrer fort: »Und damit sind wir schon einmal einen entscheidenden Schritt weiter in Richtung homosexuelle Ehe!«

Löhr war sich allerdings keiner Schuld bewußt. Er hatte – bis auf die Formalien beim gegenseitigen Vorstellen – bislang noch keinen Ton gesagt, sondern war nur Mildes Darlegungen zu den vergangenen und aktuellen Standpunkten der Evangelischen Kirche im Rheinland gefolgt. Aber wenn es Milde so haben wollte, ihn gleich in die Ecke des Gegners zu stellen, bitte. Das würde auch zu seiner Strategie, die er sich zurechtgelegt hatte, passen. Er wollte aus einer fundamentalistischen Position den Kern der ganzen Sache, also die Idee der homosexuellen Ehe, frontal angreifen. Ob das nun seine persönliche Meinung war oder nicht. (Eigentlich war es ihm völlig egal.) Aber wenn er gleich von Beginn an so massiv vorgehen würde, würde es schwer, wenn nicht unmöglich werden, ihn am Ende dann doch noch zu einer Trauzeugenschaft zu überreden. Das war zunächst einmal das Wichtigste, daß ihnen das nicht gelang. Im Verlauf der weiteren – unausweichlichen – Diskussion würde er sich schlicht hinter die Argumente zurückziehen, von denen er annahm, daß seine Mutter sie ins Feld führen würde. Um die ging es ja schließlich hier. Um seine Mutter.

Löhr erhob sich und sah Milde ins großflächige, etwas gelbliche Gesicht. »Ehe! So weit ich weiß, besteht der wesentliche Zweck der Ehe in der Fortpflanzung der Ehegatten. Es heißt ja ›Gatten‹, – in der Ehe wird also die Gattung erhalten. Und dazu sind gleichgeschlechtliche Partner, soviel ich weiß, doch nicht in der Lage?«

Löhr sah, wie sich die Augen des Pfarrers weiteten und sein Kinnbart, der ihm ein bißchen wie angeklebt unter dem Gesicht hing, zu zittern begann. Doch kam er nicht zu seiner Replik, denn Gregor war von der Couch aufgesprungen.

»Jakob! Das sind reaktionärste, fundamentalistisch katholische Argumente! Die wagt noch nicht mal mehr der Meisner zu bringen!«

»Schade«, sagte Löhr ungerührt. »Von dem hätte ich mehr Vernunft erwartet.«

»Und im übrigen«, fuhr Gregor fort, »glaubst du doch wohl nicht im Ernst, daß heterosexuelle Paare zum Zweck der Kinderaufzucht heiraten! Immer weniger wollen überhaupt Kinder. Die heiraten wegen dem Finanzamt! Ist das ein hehrer Zweck? Willst du den verteidigen?«

»Es geht nicht um den Zweck, sondern um den Sinn. Eine Ehe ohne Kinder ist 'ne Karikatur. Genauso wie 'ne Homosexuellen-Ehe.«

»Karikatur.« In Gregors Gesicht zeichnete sich so etwas wie Abscheu ab. Das ist gut so, dachte Löhr. Der wird es sich überlegen, mich zum Trauzeugen haben zu wollen.

»Nein! So kann man das wirklich nicht sehen.« Pfarrer Milde hatte sich gefaßt und mischte sich jetzt mit vor dem Mund gespreizten Händen, so daß sich deren Fingerspitzen berührten – eine Pose, die wohl äußerste Konzentration signalisieren sollte – in den Streit der Brüder ein. »Man muß die Ehe vom Grundsatz her begreifen: Was geschieht durch die Ehe mit den beiden Personen, Individuen, die diesen Bund schließen?« Pfarrer Mildes Hände gingen auseinander, verharrten kurz so und fügten sich dann zu einem Knäuel zusammen. »Hegel sagt, daß in der Ehe die äußerliche Einheit der natürlichen Geschlechter in eine geistige, in selbstbewußte Liebe umgewandelt wird. Was heißt das?«

Löhr weigerte sich, auf diese rhetorische Frage zu antworten und starrte dem Pfarrer trotzig ins Gesicht.

»Das heißt, daß in der Ehe der sexuelle Unterschied verschwindet und ersetzt wird durch intellektuelle, moralische, erotische Spannung zwischen den Eheleuten. Das ist der innere Sinn der Ehe. Und den können sowohl hetero- wie homosexuelle Paare erfüllen.«

»Schön und gut.« Löhr wandte sich von Pfarrer Milde ab und seinem Bruder zu. »Für mich ist und bleibt die Homsexuellen-Ehe 'ne Nachahmung, 'ne Karikatur. Und außerdem ...« Löhr ließ jetzt seinen Blick zwischen Gregor und dessen immer noch auf der Couchkante hockenden Freund hin- und herschweifen, »außerdem finde ich die Idee ziemlich spießig. Unter Glöckchengebimmel und Orgelklängen zum Traualtar zu schreiten!«

Auf dem schönen Gesicht des Freundes war keinerlei Regung abzulesen. Doch Gregor trat einen gewaltigen Schritt von Löhr zurück.

»Ich denke«, Gregors Stimme kam aus dem sechsten Untergeschoß einer Tiefgarage, »ich denke, meine Idee, dich darum zu bitten, unser Trauzeuge zu sein, war doch nicht besonders gut.«

Gottseidank! Es war geschafft! »Da könnte was dran sein«, sagte Löhr und lächelte Robin zu. »Und im übrigen finde ich die *ganze* Idee nicht besonders gut. Was glaubst du, wie unsere Mutter das aufnehmen wird, wenn sie in der Zeitung von deiner Hochzeit liest?«

»Sie wird's überleben«, antwortete Gregor kalt und schwieg dann. Auch der Pfarrer sagte nichts und blickte zu Boden. Robin schwieg sowieso. Das war's also. Löhr war fortan in dieser Gemeinschaft ein Ausgestoßener. Vielleicht war die Idee, die Sache so konfrontativ anzugehen, doch nicht so gut gewesen, auch wenn sie ihren ersten Zweck erfüllt hatte. Jetzt mußte er umschwenken, mußte, was nicht besonders würdig war, sich aufs Rochieren, aufs Bitten und Betteln verlegen.

»Gut«, sagte er und versuchte dabei, nicht allzu viel Demut in seiner Stimme mitklingen zu lassen, »des Menschen Wille ist sein Himmelreich. Ich kann's nicht, und ich will es auch gar nicht verhindern.«

»Das ist sehr großzügig von dir.«

»Aber ich meine, wenn das Ganze schon sein muß, Gregor, kann man das denn nicht in 'nem bißchen unauffälligeren, kleineren Rahmen halten?«

»Auf Pepita kann man nicht Schach spielen, Jakob!«

»Und außerdem habe ich Ihnen ja schon eingangs erklärt«, mischte sich jetzt wieder Pfarrer Milde ein, »daß es uns um der Sache willen *gerade* um die Öffentlichkeit zu tun ist.«

»Mein Bruder ist aber keine Sache, Herr Milde«, Löhr hatte sich kurz dem Pfarrer zugewandt und machte jetzt einen Schritt auf Gregor zu. Der wich nicht weiter zurück, blieb stehen und sah Löhr fest in die Augen. »Es geht um dich und deinen Freund und – es geht um Mutter! Ich will dir ja nicht zu nahe treten, Gregor. Aber muß man das denn alles so zur Schau stellen? Muß man sich denn so in der Öffentlichkeit präsentieren? So ein Brimborium da drum machen?«

»Du meinst, wir sollten uns weiter verstecken, uns ducken? Zurück zu den Klappen? Zurück in die Männerpissoirs?«

»Du weißt genau, was ich meine. Natürlich nicht. Aber warum muß es denn ausgerechnet die Schlagzeile im Express sein?«

»Wenn du dich mit den Fingernägeln irgendwo festkrallst, Jakob, dann kannst du nicht mehr mit den Armen wedeln. *Freiheit*, verstehst du? Und die kriegen wir nur durch Provokation. Durch Schlagzeilen. Meinetwegen auch im Express.«

Da war kein Durchkommen. Zeit, aufzugeben. Löhr seufzte tief. »Na schön. Meinen Segen hast du. Und ich werd dann wohl mit Mutter sprechen müssen.«

Tiefgebeugt schlich Löhr durch den Flur der Pfarrerswohnung, Gregor folgte ihm mit leichten, taubenfüßigen Schritten, holte ihn an der Wohnungstür ein und flüsterte ihm, als Löhr fast schon draußen war, zu: »Daß ausgerechnet *du* mir mit Kindern in der Ehe kommen mußtest!«

***

Er hatte es selbst provoziert. Warum hatte er auch diese fundamentalistische Schau abziehen müssen? (Andererseits: Hatte nicht kürzlich die rote Bundesjustizministerin genau die gleichen Töne angeschlagen?) Gregor hatte recht, deswegen an Löhrs schwache Saite zu rühren. Auch wenn er nicht wissen konnte, welches nun genau die schwache Saite Löhrs war: Es hatte wehgetan. Er und Irmgard hatten keine Kinder. Anfangs, da waren sie Ende zwanzig und gerade ein, zwei Jahre verheiratet gewesen, hatten sie sich damit Zeit lassen wollen, und als es dann so weit war, hatten sie es versucht und es klappte nicht. Die Ärzte konnten weder bei ihm noch bei Irmgard etwas feststellen, was seiner Zeugungs- und ihrer Gebärfähigkeit im Weg stand; sie versuchten es weiter, aber ohne Erfolg. Als

Irmgard vierzig wurde – sie und Löhr waren gleich alt – war ihnen der Kinderwunsch im Laufe der Zeit abhanden gekommen, hatte sich sozusagen erledigt. Eine Zeit lang schien es so, als bereite dies Irmgard großen Kummer und als flüchte sie sich vor diesem Kummer in die Malerei. Doch als sie schließlich mit der Malerei Erfolg hatte, schien auch das beigelegt.

Über Kinder sprachen sie nicht mehr. Wenn Löhr sich selbst auch gern als Vater gesehen hätte. Er konnte damit leben, kinderlos zu bleiben. Es gab in seiner Verwandtschaft reichlich Kinder, die ihm genügend Kummer (und manchmal auch Freude) bereiteten, kleine und erwachsene Kinder. Allerdings hatten sie niemandem in der Verwandtschaft gesagt, warum ihre Ehe kinderlos blieb. Es war ihnen überflüssig und auch peinlich erschienen, mit Onkeln und Tanten gynäkologische Spitzfindigkeiten zu erörtern. Sie gaben ein allgemein und schwammig gehaltenes Desinteresse vor und schlossen meist achselzuckend das Thema mit einem lapidaren »es hat nicht sollen sein« ab. Von daher mußte Gregor natürlich annehmen, daß er und Irmgard sich dem Kinderkriegen verweigert hätten, und deswegen mußte auch in Gregors Ohren Löhrs Argumentation gegen die Homosexuellen-Ehe, gelinde gesagt, heuchlerisch geklungen haben. Es sprach für Gregor, daß er ihn nicht im Beisein des Pfarrers und seines Freundes mit seiner vermeintlichen Verlogenheit konfrontiert hatte.

Er kaufte sich in einer Bäckerei auf der Severinstraße ein mit Käse, Schinken und einer wässrigen Tomatenscheibe belegtes Brötchen, aß es auf dem Rückweg, und während er sich die letzten Krümel aus den Mundwinkeln wischte, betrat er sein und Essers Büro. Es war leer. Er ging zurück zum Geschäftszimmer. Engstfeld, der Leiter der Geschäftsstelle des 11. Kriminalkommissariats, hatte eben wohl auch mit seinem Mittagessen begonnen und blickte nur kurz von einem Plastiknapf auf, in dem Löhr glaubte, Reste einer in Tomatenketchup schwimmenden Currywurst erkennen zu können.

»Hast du vielleicht 'ne Ahnung, wo Esser ist, Detlef?«

Bevor Engstfeld antwortete, stopfte er sich noch einen Zipfel Currywurst in den Mund, kaute zweimal darauf herum und sagte dann mit vollem Mund: »Der ist, glaube ich, vor 'n paar Minuten rüber zur Sitte.« Daraufhin senkte Engstfeld den Blick wieder in seinen Napf und signalisierte Unansprechbarkeit.

Löhr ging zurück ins Büro, rief von dort aus die Geschäftsstelle des

KK12 an und fragte nach Esser. Er war dort, und der Mann von der Geschäftsstelle leitete ihn weiter.

»Gut daß du anrufst, Jakob«, stöhnte Esser ins Telefon. »Ist vielleicht besser, du kommst hier mal eben vorbei. Es gibt 'n paar Schwierigkeiten.«

»Schwierigkeiten?«

»Komm einfach vorbei.«

Die Schwierigkeiten, in denen Esser steckte, erwiesen sich als bürokratische Sturheit des Geschäftsstellenleiters des KK12. Der thronte – wie bei ihnen im KK11 Engstfeld – inmitten von Aktenschränken und Telefonen und weigerte sich, Esser außerhalb des offiziellen Dienstweges Auskünfte über Corinna Stephan zu erteilen.

»Sie können hier meinetwegen zu zehn Mann aufkreuzen«, sagte der Mann, als Löhr in die Dienststelle kam und von Esser kurz informiert worden war. »Aber ich geb hier keine Akten raus, ohne daß ich 'n Ersuchen auf Diensthilfe von eurer vorgesetzten Stelle aufm Tisch liegen habe. Das fällt hier alles unter Datenschutz.«

»Und natürlich auch, wenn's um Mord geht«, sagte Esser im Ton einer bitteren Feststellung und mit einem Seitenblick auf Löhr, der ihm bedeutete, daß sie es hier mit einem kompletten Idioten zu tun hatten.

»Auch wenn's um Mord geht«, nickte der mit breiten Hosenträgern bewehrte Geschäftsstellenleiter und biß gelassen in eine offensichtlich dick mit Leberwurst bestrichene Graubrotstulle, die er zuvor sorgfältig unter mehreren ähnlichen Exemplaren aus einer Aluminium-Frühstücksdose ausgewählt hatte. Löhr sah ihm ein paar Augenblicke ins teigige, graue Gesicht und überlegte, ob er einen Tobsuchtsanfall inszenieren sollte. Aber er beschloß, daß er heute schon genug Aufregung gehabt hatte und daß im übrigen damit die allseits bekannte Sturheit der Kollegen von der Sitte auch nicht zu brechen sein würde.

»Wo soll denn das Problem sein? Gehen wir einfach zum Kommissariatsleiter!« sagte Löhr und legte Esser, dem er ansah, daß der seinerseits kurz vor einem Nervenzusammenbruch stand, beruhigend die rechte Hand auf die Schulter.

»Ist nicht da«, kaute der Geschäftsstellenleiter.

»Und wer führt bei Ihnen die Akte über diese Corinna Stephan?«

»HK Weber. Der ist aber auch nicht da. Hab ich Ihrem Kollegen aber schon gesagt.«

Löhrs Geduldsfaden drohte zu reißen. Doch zwang er sich zu Gelassenheit. »Schön. Und *warum* sind die nicht da? Beziehungsweise *wo* könnten wir eventuell die Herren finden?«

»Der Chef ist in 'ner Komissariatsleiterkonferenz, und Weber ist im Urlaub.«

Löhr spürte, wie sich Esser neben ihm zusammenkrampfte, und ein Seitenblick verriet ihm, daß er tatsächlich auf dem Sprung war, dem Butterstullenkauer an den Hals zu fahren. Löhr preßte seine Hand fester auf Essers Schulter und sagte zum Geschäftsstellenleiter: »Verbindlichen Dank auch für Ihre Auskünfte, Herr Kollege. Das bringt uns ein ganzes Stück weiter.« Damit zog er Esser aus dem Raum.

»Hat doch keinen Zweck, sich darüber aufzuregen, Rudi. Ich ruf gleich den Kommissariatsleiter an, und wenn der sich auch stur stellt, dann gehen wir eben den Dienstweg.«

Sie standen im Aufzug des Polizeipräsidiums und fuhren ins Erdgeschoß.

»Daß diese Hunde vom KK12 solche Scheiß-Geheimniskrämer sind!«

»Waren sie immer schon, Rudi. Liegt vielleicht am Job. Wenn die zu viel ausplaudern würden, würde die ganze Stadt in einer Schlammlawine von Klatsch und Tratsch versinken.«

»Tut sie doch so oder so.«

Die Aufzugtür öffnete sich, und sie gingen durch die Vorhalle und passierten dann den gläsernen Käfig des Empfangs.

»Und außerdem läuft uns die Zeit davon!« Esser konnte sich immer noch nicht beruhigen. »Die Stunden nach dem Verbrechen sind die allerwichtigsten für die Aufklärung. Mit jeder Stunde entfernen wir uns weiter vom Täter.«

»Denk dran, daß die Stephan schon über 'ne Woche tot ist, Rudi! Der Täter ist meilenweit weg. Und wir kriegen ihn trotzdem.« Löhr legte Esser wieder die Hand auf die Schulter. Das half immer. Manchmal fühlte sich Löhr wie der ältere Bruder Essers. Als er das dachte, fiel ihm Gregor wieder ein, und er ließ ganz schnell die Hand sinken.

»Wo gehen wir eigentlich hin?« fragte Esser, als er merkte, daß Löhr, nachdem sie das Präsidium verlassen hatten, nicht den gewohnten Weg zur Löwengasse eingeschlagen hatte, sondern rechts auf die dem Präsidiumshochbau angeschlossenen Flachbauten zuhielt.

»Ich will mal kurz beim ED vorbei. Vielleicht haben die ja noch was gefunden oder können uns schon was sagen.«

Die Labors der Kriminaltechnischen Dienststelle waren an den Fensterfronten durch zugezogene Jalousien gegen das Tageslicht abgeschirmt und von breiten, an den Decken angebrachten Neonleuchten in das kalte Licht naturwissenschaftlicher Emsigkeit getaucht. An fast jedem Arbeitsplatz hockte ein Erkennungsdienstler vor einem Bildschirm mit undurchschaubaren Grafiken oder stand tüftelnd an einer Werkbank. Sie fragten sich zu Ortlieb, dem Techniker, der für ihren Fall zuständig war, durch und fanden ihn vor einem Sichtgerät, das Fingerabdrücke extrem vergrößerte. Ortlieb, der bereits am Vortag zusammen mit einem Kollegen den Tatort untersucht hatte, drehte sich zu ihnen um.

»Das könnte vielleicht was werden«, sagte er und deutete mit dem Lineal auf die von hinten beleuchtete Folie. Löhr sah zwei Fingerabdrücke. Der rechte war einigermaßen vollständig, der linke ein Fragment.

»Der rechte, einigermaßen komplette, stammt aus der Wohnung. Wir haben ihn auf einer Nachttischlampe gefunden. Und es sieht ganz so aus, als ob wir mit dem linken auch was anfangen könnten.«

»Sind die identisch?« fragte Esser.

Ortlieb schüttelte den Kopf. »Nee. Das eine ist 'n U-Muster, und der linke ist 'ne E-Schleife.«

»Was immer das ist«, murmelte Löhr.

»Aber eines steht jetzt schon fest«, sagte Ortlieb, der jetzt auf dem Sichtgerät einen dritten Fingerabdruck neben die beiden anderen schob: »Beide sind nicht identisch mit den Fingerabdrücken des Opfers.«

»Und wo haben Sie den linken gefunden?« fragte Löhr.

»Ach ja! Das ist interessant.« Ortlieb ging ein paar Schritte vom Sichtgerät weg zu einem mit Papieren, Akten und in Plastiktüten verpackten Asservaten überladenen Schreibtisch, wühlte dort mit beiden Händen herum, förderte schließlich einen ebenfalls in eine Plastiktüte eingepackten Kugelschreiber zutage und kehrte damit zu Löhr und Esser zurück.

»Der war hier drauf«, sagte Ortlieb. »Deswegen ist er auch nur bruchstückhaft, wegen der Rundung.

Löhr und Esser beugten sich über den Kugelschreiber, den Ortlieb vor ihnen auf die Ablage des Sichtgerätes gelegt hatte.

»Sie können ihn ruhig rausnehmen«, sagte Ortlieb. »Der ist gecheckt.«

»Und wo haben Sie den gefunden?« fragte Löhr.

»Ja, das ist ja das Interessante. Im Auto des Opfers. Wir haben es heute morgen hier auf den Hof bringen und sicherstellen lassen, und dann haben wir es noch mal gründlich untersucht. War ja viel zu dunkel gestern auf dem Parkplatz.«

»Aber der müßte Ihnen doch gestern schon aufgefallen sein«, sagte Esser.

Ortlieb schüttelte den Kopf. »Wir haben ihn unter der Fußmatte des Beifahrersitzes gefunden. Muß da drunter gerutscht sein.«

»Das ist wirklich interessant!« sagte Löhr und nahm den Kugelschreiber aus der Plastiktüte. Er wog schwer in der Hand, schwerer als ein normaler Kuli.

»Ziemlich wertvoll, was?« fragte er Ortlieb.

»Kann man schon sagen«, antwortete der EDler. »Der ist aus Gold. Und er hat ‘ne interessante Herkunft. Schauen Sie mal genau drauf.« Er reichte Löhr eine Lupe.

Löhr drehte den Kugelschreiber unter der Lupe und konnte auf dem Bügel des Kugelschreibers eine feine Gravur erkennen. »FORD-WERKE AG KÖLN«.

»Ein Werbegeschenk?« fragte Löhr.

»Und was für eins!« nickte Ortlieb. »Allererste Kategorie.«

Löhr und Esser sahen sich an, Erleichterung in beider Mienen. Die erste richtige Spur.

***

»Das müssen Sie verstehen, Herr Kollege, daß der Mann so zurückhaltend war. Denn eigentlich dürfen wir nur Akten über Prostituierte anlegen, die kriminell auffällig geworden sind. Prostitution an sich ist ja nicht verboten. Nur, wenn es sich um illegal eingereiste Frauen handelt oder wenn Zuhälterei oder Menschenhandel im Spiel ist.«

»Das weiß ich, Herr Kollege«, Löhr nickte ungeduldig ins Telefon. »Sie führen aber trotzdem die eine oder andere Kartei über die eine oder andere Prostituierte.«

»Sie wissen doch, wie wertvoll so was sein kann. Aber es ist eben nicht ganz korrekt. Und deswegen ist der Kollege im Geschäftszimmer da immer etwas zugeknöpft.«

»Verstehe. Und über Corinna Stephan wurde eine Akte angelegt, weil sich seinerzeit Hausbewohner beschwert hatten wegen irgendwelcher Hilfeschreie?«

»Das kann ich Ihnen nicht genau sagen, Herr Kollege. Die Buchstaben M bis Z betreut bei uns Hauptkommissar Weber. Und der hat sich ein paar Tage Urlaub genommen.«

»Aber Sie haben doch Zugriff auf seine Unterlagen?«

Löhr wurde Zeuge eines enormen Hustenanfalls am anderen Ende der Leitung. »Entschuldigung. Hab mich verschluckt«, kam es dann aus einem Röcheln heraus.

»Kein Problem«, sagte Löhr. »Wo, hatten Sie gesagt, sind die Akten?«

Noch einmal ein hustenähnliches Räuspern. »Weber hat sie mit in den Urlaub genommen.«

Das war ebenso ungewöhnlich wie das Anlegen von Akten über nicht straffällig gewordene Personen. Nicht nur ungewöhnlich, sondern geradezu verboten. Löhr stand es nicht zu, sich über diese Praxis des 12. Kriminalkommissariats zu mokieren, zumal ihn dessen Leiter gerade persönlich in dieses Geheimnis eingeweiht hatte. Aber es blieb noch der Weg eines kleinen Scherzes.

»Das heißt, ich darf jetzt 'ne Dienstreise nach Mallorca beantragen, um da die Akten einzusehen?«

Ein gequältes Lachen am anderen Ende. »Nein, nein. Weber sitzt in einem Wochenendhäuschen an der Sieg. Arbeitet da seine Akten durch. Warten Sie, ich hab hier die Adresse. Telefon gibt's da leider nicht. Und Weber sträubt sich nach wie vor gegen ein Handy.«

»Sehr sympathisch«, sagte Löhr.

Als er auflegte, sah er, daß Esser auch gerade sein Telefonat beendet hatte. Der strahlte. »Der goldene Kuli ist wirklich 'ne gute Spur!«

»Was hast du denn rausgekriegt?« fragte Löhr.

»Diese Kulis gehören zu einem Schreibset – ist auch noch 'n Füllfederhalter dabei –, das die Firma Ford vor zwei Jahren für die Mitglieder des Aufsichtsrats hat anfertigen lassen.«

»Davon gibt's ja bestimmt nur zwei oder drei ...«

»So ähnlich.« Esser grinste trotz Löhrs Sarkasmus fröhlich weiter.

»Jetzt sag's schon!«

»Sechs«, antwortete Esser. »Sechs Aufsichtsratsmitglieder gibt's bei den Kölner Ford-Werken. Der Mann von der Pressestelle faxt uns morgen früh deren Fotos mit Name und Adresse. Das ist der Durchbruch, Jakob!«

»Na, na«, machte Löhr. »Damit kommen wir vielleicht einem der Kunden von der Stephan auf die Spur. *Einem.* Aber doch nicht automatisch 'nem Tatverdächtigen!«

»Seit wann bist du eigentlich so pessimistisch, Jakob? Bis eben hatten wir noch *gar* nichts, sieht man mal von diesem Hundertgeld ab.«

»Aber daß einer 'ner Prostituierten 'nen goldenen Kuli schenkt, das macht ihn doch nicht zum Tatverdächtigen, Rudi. Bleib mal auf dem Teppich.«

Esser schüttelte unwillig den Kopf, steckte sich umständlich eine Zigarette an und nahm zuerst einen Zug, bevor er sprach. »Der Fingerabdruck auf der Nachttischlampe muß frisch gewesen sein. Ortlieb hat gesagt, sie hätten 'ne Menge alter, verwischter und nicht mehr identifizierbarer Fingerabdrücke in dem Appartement gefunden. Aber der auf der Nachttischlampe war einigermaßen vollständig, oben auf anderen, alten drauf. Das heißt ...«

»... der Kerl muß kurz vor dem Tod der Stephan in ihrem Appartement gewesen sein«, murmelte Löhr.

»Exakt«, sagte Esser.

»Bleibt noch der Abdruck auf dem Kugelschreiber«, sinnierte Löhr. »Könnten wir den nicht einfach ignorieren?«

»Wieso denn?« Esser sah ihn entgeistert an.

»Weil der zu diesem Ford-Aufsichtsrat passen könnte.«

»Was hast du denn? Was stört dich daran?«

»Aufsichtsrat! Wahrscheinlich irgend so 'n Gelackter, 'n Politiker womöglich. Wer sitzt denn sonst in den Aufsichtsräten von Konzernen?«

»Ja und?«

»Das schmeckt mir nicht, mich mit so 'nem Typen auseinandersetzen zu müssen. Die lügen, lügen, lügen. Guck dir doch die Untersuchungsausschüsse an, wenn einer von denen was ausgefressen und sich die Taschen mit anderer Leute Geld vollgesteckt hat. Die lügen! Die belügen die Richter, die belügen das Parlament. Die Lüge ist deren natürliche Kommunikationsform. An so einem beißen wir uns die Zähne aus.«

»Wir können uns unsere Tatverdächtigen nicht aussuchen.«

»Trotzdem!« murrte Löhr.

»Trotzdem werden wir ihn uns schnappen, wenn er faul ist!«

»Ja, ja«, brummelte Löhr, weiter in tiefem Unfrieden mit dem Gedanken, es womöglich mit einem dieser Cashmere- und Cohiba-Erfolgsmenschen, einem Repräsentanten der *Neuen Mitte* als Tatverdächtigem zu tun zu haben. Aber da kam ihm auch schon der rettende Gedanke: »Und was ist, wenn der goldene Kuli gar nicht von so 'nem Aufsichtsrat stammt?«

»Versteh ich nicht.«

»Der Aufsichtsrat könnte ihn doch 'nem Freund oder sonstwem geschenkt haben. Und der hat ihn dann an die Stephan weiterverschenkt!«

Esser verdrehte die Augen und drückte seine Zigarette unwillig im Aschenbecher aus. »Du kannst dir das, was dir unangenehm ist, nicht einfach *wegdenken*, Jakob!« sagte er schließlich leicht verdrießlich. »Wenn es der Aufsichtsrat nicht selbst war – das läßt sich ja anhand des Fingerabdrucks nachprüfen –, dann ist er die Spur zu unserem *wirklichen* Tatverdächtigen!«

»Ja, ja.« Löhr winkte frustriert ab. Esser betrachtete ihn eine Weile mit gerunzelter Stirn. Er wußte, daß Löhr sich gern bis zur letzten Patrone gegen eine Spur sträubte, von der er annahm, daß sie ihn in unangenehme Situationen führen und mit unangenehmen Zeitgenossen in Berührung bringen könnte. Er wußte, wie konfliktscheu Löhr war. Aber er wußte auch, daß, wenn es keine andere Möglichkeit mehr gab, Löhr mit all seinem kriminalistischen Gespür auch dieser Spur nachgehen würde. Er mußte nur Geduld mit ihm haben.

»Was hast *du* denn rausgekriegt?« fragte Esser in verbindlichem Ton.

»Ich?« Löhr war immer noch mürrisch. »Was soll ich denn rausgekriegt haben?«

»Du hast doch eben mit dem Chef vom KK12 telefoniert.«

»Ach ja richtig!« Löhr stemmte sich aus seinem Schreibtischstuhl in die Höhe. »Wir müssen raus.«

»Raus?«

Löhr erklärte ihm, was er vom Leiter des KK12 über die Akten Webers erfahren hatte.

»Und deswegen sollen wir jetzt nach *Oberauel* bei *Eitorf* an der Sieg fahren?« Esser sprach die Ortsnamen so aus, als handelte es sich um Dörfer in Kasachstan.

»Er hat gesagt, die Fahrt dauert bloß 'ne halbe Stunde.«

»Jakob! Wir haben 'ne Menge anderer Sachen zu erledigen! Wir müssen mit dem ED noch mal in die Wohnung von diesem Hundertgeld, das

Zimmer der Stephan checken. Wir müssen den Hundertgeld selbst zum Verhör vorladen. Wir müssen die Nachbarn der Stephan in dem Haus auf der Bonner Straße befragen. Wir müssen ...«

»Das mit den Nachbarn machen wir besser, wenn wir 'n Foto von Hundertgeld und von dem Ford-Menschen haben.«

»Schön. Aber trotzdem.«

»Trotzdem hab ich das Gefühl«, sagte Löhr, während er sich sein Jakkett überzog, »daß das, was der Weber in seiner Akte über die Stephan hat, uns schneller weiterbringt als die Klinkenputzerei.«

»Trotzdem«, murrte Esser, stand aber auf und zog sich seine Wildlederjacke an. »Wäre besser, wir würden uns die Arbeit teilen.«

»Geht nicht«, sagte Löhr.

»Ich weiß. Weil du nicht Auto fährst.«

»Und auch kein Handy habe«, ergänzte Löhr, nicht ohne einen gewissen, eine Spur herablassenden Stolz.

***

Der Leiter des KK12 hatte recht gehabt: Über die Autobahn bis zur Abfahrt nach Eitorf hatte die Fahrt gerade mal zwanzig Minuten gedauert. Danach wurde es allerdings verzwickt. Sie mußten zwei- oder dreimal auf schmalsten Straßen die Sieg überqueren, bis sie endlich das Dörfchen Oberauel, unmittelbar am Ufer der Sieg gelegen, gefunden hatten. Liebevoll hergerichtete Fachwerkhäuschen, vor denen auch die alten, den Bürgersteig kehrenden Frauen nicht fehlten, die ihrem Wagen nachschauten, als sähen sie zum ersten Mal in ihrem Leben ein Automobil.

»Und jetzt?« fragte Esser.

Löhr blickte auf seine Notizen. »Durchs Dorf durch, bis rechts ein Feldweg in den Wald führt.«

Als sie an dem Abzweig angekommen waren, wollte Esser nicht mehr weiter. Er zeigte auf ein Sackgassenschild am Eingang des von mannshohen Sträuchern fast zugewucherten Feldwegs. »Da geht's ins Nirwana!«

»Es *geht* weiter«, beharrte Löhr. »Den Feldweg hoch, über 'ne Bahnschranke weg und danach rechts zur Sieg runter.«

»Da steht aber ›Sackgasse‹!« Esser zog sein trotziges Kindergesicht, so als müsse er in einen dunklen Keller.

»Trotzdem kann doch am Ende einer Sackgasse jemand wohnen, oder?«

»*Wohnen*? Wie kann ein Mensch hier wohnen? Mitten im Urwald?« Widerwillig legte Esser den ersten Gang ein, bog in den Feldweg, und nach ein paar Metern und einer Rechtskurve standen sie vor einer geschlossenen Bahnschranke. Esser regte sich auf. »Ich sag doch, hier geht's nicht weiter!«

»Man muß sich bloß bemerkbar machen.« Löhr wies auf ein entsprechendes Schild an einer Rufanlage vor der Bahnschranke. Er kurbelte das Beifahrerfenster hinunter, rief »Bitte öffnen!«, und ein paar Augenblicke später hob sich die Bahnschranke quietschend.

»Siehste!«

Esser verdrehte die Augen und fuhr weiter. Nach ein paar Metern führte der Feldweg direkt zur Sieg hinunter, bog dann am Ufer rechts ab und endete schließlich im Unterholz. Esser hielt den Wagen an.

»Und jetzt?« murrte er. »Ich hab doch gesagt, ist 'ne Sackgasse.«

»Wir müßten da sein«, sagte Löhr, stieg aus und blickte sich um. Von der Sieg stieg die bewaldete Uferböschung steil nach links an. Außer Bäumen und Unterholz war nichts zu sehen.

»Herr Weber!?« rief Löhr in den Wald hinein, und gleich darauf tönte ein gedehntes »Jaa?« zurück. Löhr blickte in die Richtung, aus dem es gekommen war. Er konnte immer noch nichts erkennen.

»Wo sind Sie denn?« rief er wieder in den Wald hinein.

»Hier oben«, gab die unsichtbare Stimme zurück. »Ein Stück weiter zurück geht ein Weg hier rauf.«

»Komm!« Löhr stieß Esser an, der eben mürrisch aus dem Wagen ausgestiegen war und auf seine wie immer auf Hochglanz gewienerten Schuhe hinabsah.

»Durch den Dreck?«

»Das ist kein Dreck. Das ist *Wald*!« sagte Löhr.

»Ich zerreiß mir im Gebüsch meine Jacke. Die ist neu!« Esser zupfte am Ärmel seines Wildlederblousons, das, wie Löhr jetzt erst sah, tatsächlich neu war. Und wie alles, was Esser anzuziehen pflegte, eine Spur zu elegant, wie Löhr fand.

»Dann zieh's doch aus!« empfahl er und machte sich fröhlich an den Aufstieg, so, als wäre er auf einem Wochenendausflug.

Webers Ferienhäuschen erwies sich als eine mitten im Wald gelegene halbverrottete Bretterbude, deren bröseliges Teerpappedach etwas vorgezogen war, so, daß eine Art Terrasse vor der Hütte entstand. Auf der saß Weber an einem wackeligen Holztisch, einen Berg Akten vor sich.

Weber war kaum als der fröhliche und immer gepflegte Beamte wiederzuerkennen, mit dem Esser und Löhr bereits in einigen gemeinsamen Fällen zu tun gehabt hatten. Er war unrasiert, und das bestimmt seit einer Woche, und offensichtlich hatte er sich im gleichen Zeitraum auch nicht mehr ordentlich gewaschen. Jedenfalls war sein kariertes Hemd starr vor Schmutz, und die Haare standen ihm wild vom Kopf ab. Er bot Löhr und Esser Kaffee an, doch Esser lehnte ab, nachdem er erfahren hatte, daß Weber das Wasser für den Kaffee aus der Sieg schöpfte. Löhr aber nahm an.

»Ist doch abgekocht, oder?«

»Natürlich«, sagte Weber. »Ich hab einen Spirituskocher hier.«

»Das heißt, es gibt hier kein Wasser und keinen Strom?« fragte Esser mit deutlichem Ekel in der Stimme.

»Und auch kein Telefon!« strahlte Weber. »Es ist das reinste Paradies!«

»Paradies ...« Esser warf einen Blick in das Innere von Webers Hütte. Es sah darin aus, als hätte ein Haufen Sperrmüll eine Woche lang im Regen gestanden.

»Es ist wunderbar hier!« Weber hob die Hände in die Höhe, als danke er dem Himmel für seinen Waldschrottplatz. »Morgens um sieben geh ich runter zum Angeln und abends um sechs noch mal. Dazwischen brat ich mir die Fische, hau mich wieder aufs Ohr – und natürlich arbeite ich hier auch meine Akten durch. Und kein Schwein stört mich!«

»Doch!« grinste Löhr. »Wir beide. Und zwar wegen der Akten. Warum nehmen Sie sich die eigentlich mit in den Urlaub?«

»Das ...« Weber strich mit seiner ungewaschenen Hand liebevoll über den Aktenberg, »das ist im Moment mein Baby.«

»Baby?«

»Wohnungsbordelle!« sagte Weber. »Kein Mensch im KK12 hat sich bisher darum gekümmert. Haben wir einfach kein Personal für. Und dabei ist das schon seit etlicher Zeit in Köln der absolute Renner! Da verdient sich 'n Haufen Gangster 'ne goldene Nase mit. Menschenhändlerbanden schleusen illegal Frauen da rein, und Immobiliengangster machen den Schnapp ihres Lebens. Die Wohnungen sind für die wunderbare Geldwaschanlagen!«

»Wieso denn das?« Löhr hatte noch nie davon gehört.

»Wenn Sie 'ne Wohnung an 'ne Prostituierte vermieten«, antwortete

Weber, »dann nehmen Sie doch das Drei- bis Vierfache der üblichen Miete, oder?«

»Würde ich nicht tun!« protestierte Löhr.

»Die aber«, grinste Weber. »Und die damit erzielten Gewinne investieren sie in neue Immobilien. Das nennt man Geldwäsche. Und hinter die Drahtzieher versuch ich hiermit zu kommen.« Wieder strich Webers schwärzliche Hand über den Aktenstapel. »Ich versuche, Verbindungslinien herzustellen zwischen den einzelnen Prostituierten, ihren Zuhältern und den Wohnungseigentümern.«

»Interessant«, sagte Löhr.

»Uns interessiert aber eigentlich Ihre Akte über eine gewisse Corinna Stephan«, mischte sich Esser ungeduldig ein. »Das ist bei uns ein Tötungsdelikt.«

»Stephan, Stephan«, murmelte Weber, schichtete den Aktenstapel um und grub schließlich einen dünnen Ordner aus. »Ja, ja. Stephan, Corinna. Die arbeitet auch in so 'ner Wohnung.«

»In was für einer Wohnung?« fragte Löhr.

»Einer, die einer Quirinus-Immobiliengesellschaft gehört. Und die hab ich auch auf meiner Liste.«

»Quirinus?« fragte Esser. »Ist das nicht die Gesellschaft, wo dieser Klenk dahinterstecken soll?«

Weber zuckte die Schultern. »Ja, ja, möglich. Aber das interessiert uns in dem Zusammenhang so gut wie gar nicht.«

»Schön«, sagte Esser, der immer weniger verbergen konnte, daß er so schnell wie möglich aus Webers Idylle verschwinden wollte. »Was *uns* daran interessiert, ist, daß es da ungefähr vor einem Jahr mal eine Anzeige oder Beschwerde von Nachbarn über die Stephan gegeben hat.«

»Wir haben nämlich noch überhaupt keine Spur«, ergänzte Löhr. »Keinen Hinweis auf ihre Kunden …«

Weber hatte den Ordner aufgeschlagen, blätterte darin. »Also uns hat die Stephan nur wegen der Wohnung interessiert. Ansonsten ist die clean sozusagen, ist nicht illegal, kein Verdacht auf Zuhälterei, keine Drogen – hier, da gab's tatsächlich mal 'ne Beschwerde …«

»Und? Was ist daraus geworden?« Esser trat von einem Bein aufs andere. Doch Weber schien das entweder nicht zu bemerken oder zu ignorieren und durchblätterte mit sich aufhellender Miene die Akte.

»Ach ja«, sagte er schließlich, »jetzt erinner ich mich. Da kam eine Beschwerde von einem Herrn Holl, einem Nachbarn aus dem Haus, bei uns an. Der hat Hilfeschreie aus dem Appartement der Stephan gehört. Das ging zuerst an die Streife, die haben sich darum gekümmert. Ohne Ergebnis. Dann haben die das an uns weitergegeben, und einer von uns ist rausgefahren.«

»Warum?« fragte Löhr.

»Weil wir die Wohnung auf dem Kieker hatten. Wir wußten, daß das Haus der Quirinus-Immo gehört, wußten aber nichts über den Mietpreis. Und das wollten wir bei der Gelegenheit rausfinden.«

»Aber die Hilfeschreie! Was war mit denen?« Esser ballte die Hände zu Fäusten.

»Ja, ja«, brummte Weber und blätterte weiter in der Akte. »Ja. Hier ist das Protokoll. Die Stephan hat zugegeben, daß sie zwei- oder dreimal um Hilfe gerufen hat. Hat gesagt, es hätte Schwierigkeiten mit einem Freier gegeben, der wär ihr zu zudringlich geworden.«

»Gibt's einen Namen?« fragte Esser hastig.

»Nein. Wollte sie nicht sagen. Sie sagte, das kriege sie schon allein hin. Aber der Kollege, der sie damals vernommen hat, der ist mißtrauisch geworden und hat die Fahndung bestellt, und die haben das Haus und das Appartement eine Zeitlang observiert.«

»Aha!« sagte Esser.

»Aber wieso ist Ihr Kollege mißtrauisch geworden?« bohrte Löhr nach.

»Der glaubte zuerst, die Stephan würde da von einer dieser Menschenhändler-Banden festgehalten. Gab schon mehrere solcher Fälle. Aber das hat sich nicht bestätigt.«

»Was ist denn dann bei der Observation rausgekommen?« fragte Löhr.

»Die Fahndung hat Fotos von den Freiern der Stephan gemacht und die Autokennzeichen notiert.«

»Fotos?« sagten Löhr und Esser unisono, und beide beugten sich gleichzeitig über Webers Akte, so daß ihre Köpfe fast zusammenstießen.

»Ja. Hier.« Weber nahm eine Klarsichthülle aus dem Ordner und reichte sie Löhr. Der zog eine Reihe von Schwarzweißfotografien aus der Hülle, betrachtete sie kurz und gab sie kopfschüttelnd an Esser weiter.

»Darauf erkennt man ja überhaupt nichts!« protestierte Esser. »Die sind völlig unbrauchbar!«

»Tja«, sagte Weber. »Die Fahndung! Die sagten, es wäre zu dunkel gewesen.«

»Scheiße«, sagte Esser.

»Und die Autokennzeichen? Gibt's die Aufstellung noch?« fragte Löhr.

»Ja natürlich. Die ist auch hier drin«, sagte Weber.

»Und? Haben Sie die gecheckt?«

Weber schüttelte den Kopf. »Nein. Haben wir nicht. Da war keins von identisch mit denen, die wir auf der Liste hatten. Das waren alles ganz normale Freier. Uns hat damals nur diese Menschenhändler-Bande interessiert. Deren Kennzeichen waren uns bekannt.«

Löhr und Esser sahen sich an.

»Wenigstens etwas«, sagte Löhr. »Leihen Sie uns die Akte?«

***

Schwarzbrot mit Schmalz! Das hatte Löhr seit seiner Kindheit nicht mehr gegessen!

»Tu nit zu dick drauf«, riet ihm seine Mutter. »Du weißt ja, da ...«

»... kriegt man Plack von«, ergänzte Löhr. An fast alle ihre oft gebetsmühlenartig wiederholten Warnungen und Weisheiten konnte er sich erinnern, ja, hatte sich sogar selbst eine Reihe davon zu eigen gemacht.

Außer Schweineschmalz gab es lediglich Butter als Aufstrich. »Tut mir leid, dat ich nit mehr im Haus hab, Jakob«, entschuldigte seine Mutter sich für die karge Abendmahlzeit, an der teilzunehmen sie Löhr eingeladen hatte. »Aber dat Schwarzbrot, dat ist wenigstens vom Zimmermann.«

»Es schmeckt wunderbar!« sagte Löhr, und das war keine Schmeichelei, sondern ein aufrichtiges Lob. So gut hatte ihm ein einfaches Butterbrot seit langem nicht mehr geschmeckt.

Esser hatte ihn, nachdem sie von ihrem Ausflug zurückgekehrt waren, am frühen Abend in der Eintrachtstraße abgesetzt und im Auto noch eine Weile lang gemault, weil Löhr sich geweigert hatte, weiter an dem Fall zu arbeiten und statt dessen seiner Mutter einen »unaufschiebbaren« Besuch abstatten wollte. Da hatte er natürlich ein bißchen übertrieben. Aber das Gregor-Problem duldete keinen Aufschub. Er hatte einfach zu ihr gemußt. So schnell wie möglich. Sofort. Mußte sie – vorsichtig natürlich, indirekt und schonend über das der Familie bevorstehende Unheil aufklären. Selbstverständlich konnte er Esser darüber nicht detailliert informieren. Also hatte er behauptet, seine Mutter kränkele in der letzten Zeit, und ein Besuch bei ihr sei unabdingbar.

»Jakob!« hatte Esser mit deutlich beleidigtem Unterton gesagt. »Wir haben einen neuen Fall! Wir haben 'ne *Menge* von Informationen zu bearbeiten. 'ne *Menge* von Spuren zu verfolgen! Und du mußt jetzt unbedingt zu deiner Mutter, nur weil sie 'nen Schnupfen hat?«

»Sie hat nicht nur 'nen Schnupfen, Rudi. Ihr geht es nicht gut, gesundheitlich. Schlechter Allgemeinzustand. Du weißt, was das in ihrem Alter bedeutet?« Eine Lüge, die Löhr leicht über die Lippen ging. Seine Mutter erfreute sich bester Gesundheit. Aber schließlich ging es um gravierende Familienangelegenheiten. Und da waren Notlügen mehr als statthaft.

»Kann sich denn niemand anders um die kümmern?«

»Sie ist meine *Mutter*, Rudi! Und außerdem ist es sechs Uhr durch! Wir haben schon längst Feierabend!«

»Feierabend!« hatte Esser verächtlich durch die Zähne gemurmelt, es dann aber aufgegeben, Löhr umzustimmen. Er wollte beim ED noch jemanden auftreiben, der ihm bei der Durchsuchung der Wohnung von Corinna Stephan und Johannes Hundertgeld helfen könnte. Denn das sah er als absolut dringlich an: die Hundertgeld-Spur zu verfolgen und, wenn die nichts brachte, sie so schnell wie möglich auszuschließen, um sich dann konzentriert den anderen Spuren zuzuwenden. Immerhin, hatte Esser zum Schluß gesagt, sei Hundertgeld der dringendste Tatverdächtige. Und der einzige, den sie im Moment hätten. Löhr, der da anderer Meinung war, hatte die Schultern gezuckt und dem mißmutig abfahrenden Esser – nun doch mit einem Anflug von schlechtem Gewissen – nachgewunken.

»Du hättest nicht vielleicht noch 'n Bier im Kühlschrank, Mama?«

»Nä, Jung. Esu jet han ich doch nit, dat weißte doch! Du kannst wat von meinem Tee mit haben, wennste willst.«

»Pfefferminztee?« fragte Löhr vorsichtig. Seine Mutter nickte. »Hm! Lecker!« sagte Löhr tapfer und schob den Express, den er mitgebracht und wie unbeabsichtigt zwischen sich und seine Mutter auf den Küchentisch gelegt hatte, noch ein Stück näher zu ihr hin.

Löhr war keineswegs unvorbereitet zu diesem Besuch gegangen. Der Express hatte vor zwei Tagen mit einer Story über den im Juni bevorstehenden Christopher-Street-Day aufgemacht, und auf der ersten Seite sprang einem mit Riesenbuchstaben die Überschrift »WARUM ES AM RHEIN SO SCHÖN IST, SCHWUL ZU SEIN« in die Augen, und aus dem Foto darunter lachten den Betrachter drei als Frauen aufgetakelte Männer aus grell geschminkten Mündern an.

Löhr hatte die Ausgabe am frühen Nachmittag im Geschäftszimmer des KK11 gefunden und war, nachdem er die Titelseite überflogen hatte, auf die Idee gekommen, sie als Aufhänger für das bevorstehende Gespräch mit seiner Mutter zu benutzen. So, hatte er sich vorgestellt, ließe sich völlig unverdächtig das Gespräch auf das Thema »Schwulsein« im allgemeinen bringen, und dabei würde die Meinung seiner Mutter zu diesem Thema zwanglos zu erkunden sein. Das weitere würde sich dann ergeben.

Ein kluger Plan, dachte Löhr. Doch war er leider bisher überhaupt noch nicht aufgegangen. Seine Mutter hatte den Express noch keines Blickes gewürdigt. Und während sie ihm jetzt eine Teetasse hinstellte und den Pfefferminztee eingoß, schenkte sie der Zeitung immer noch nicht die geringste Beachtung. Löhr mußte also jetzt ein offensiveres Vorgehen in Betracht ziehen. Er schlürfte ein wenig an seinem Pfefferminztee (Pfefferminztee konnte er seit seiner Kindheit nicht ausstehen), setzte die Tasse ab und schob den Express noch ein Stück auf seine Mutter zu.

»Wat sagste denn eigentlich dazu, Mama?«

Sie warf einen kurzen Blick auf die Schlagzeile und das Foto, und ihre kleine, faltige und von Altersflecken übersäte Hand machte eine wegwerfende Bewegung.

»Ach! Dat ess doch alles nit normal!«

Oweia! Genau so hatte er es sich gedacht.

»Wat heißt denn normal, Mama? Da sind Journalisten, Politiker, ja sogar Karnevalspräsidenten drunter. Man könnt fast meinen, jeder wär heutzutage vom anderen Ufer.«

»Dat ess et doch gerade! Dat die sich üverhaupt nit mieh geniere!«

»Für die ist das aber doch *Freiheit*, Mama! Die brauchen sich nicht mehr wie früher zu verstecken. Die stehen jetzt in der Zeitung! Und die Politiker diskutieren sogar da drüber, dat die demnächst auch heiraten dürfen.«

»Trotzdem ess dat nit normal!«

»Wat es hückzodag schon normal?« seufzte Löhr, bereits im Zustand tiefster Resignation.

»Wie kann mer sich als Kerl Wieverklamotte antrekke und esu schminke? Ich weiß et nit.« Die Falten um den Mund seiner Mutter kräuselten sich.

Das war es also gewesen! Völliges Unverständnis, radikale Ablehnung. Nie und nimmer würde sie begreifen können, daß ihr jüngster Sohn zu eben dieser Sorte der Nicht-Normalen gehörte, geschweige denn, es akzeptieren können. Es blieb ihm jetzt also nichts anderes mehr übrig, als ihr so schonend wie möglich beizubringen, daß es auch in ihrer Familie, im allerengsten Familienkreis, einen Homosexuellen gab, einen, der demnächst sogar zu heiraten beabsichtigte. Löhr betrachtete seine Mutter, die sich gerade eine neue Schwarzbrotschnitte hauchdünn mit Butter bestrich. Seit dem Tod seines Vaters war sie sichtlich gealtert, war ein wenig magerer geworden, ihr Gesicht schien ein wenig kleiner und die Haut ein wenig durchsichtiger geworden zu sein. Unvermittelt überkam ihn ein starkes Bedürfnis, sie zu beschützen, sie in die Arme zu nehmen und allen Unbill dieser Welt von ihr abzuhalten. Nein! Wie konnte Gregor ihr das antun! Der armen Frau mußte es ja so vorkommen, als sei die Mühe ihres Lebens, die Aufzucht und Erziehung von fünf Kindern umsonst gewesen; als sei sie mit dem Wichtigsten, was es in ihrem Leben gab, gescheitert! Und *er*, ausgerechnet er sollte der Überbringer dieser Botschaft sein? Nein, das konnte er ihr nicht zumuten. Nicht jetzt. Das brachte er einfach nicht übers Herz. Nicht heute. Ein anderes Mal. Morgen vielleicht. Löhr nahm noch einen Schluck Pfefferminztee, und dessen Geschmack beschwor eine Erinnerung an seine Kindheit herauf. Da hatte er mit Fieber im Bett gelegen und hatte es ausnahmsweise akzeptiert, daß seine Mutter ihn mit Pfefferminztee versorgte, den er sonst standhaft verweigerte, und der Tee hatte tatsächlich geholfen. Das mit dem Fieber verbundene Schwitzen hatte bald danach aufgehört, und am nächsten Morgen war das Fieber verschwunden. Löhr sah, wie seine Mutter auf ihrem Stuhl eine ruckartige Seitwärtsbewegung zur Küchentür hin machte. Er folgte ihrem Blick. Sie schaute auf die Uhr, die über der Küchentür hing.

»Haste noch wat vor, Mutter?«

»Ich? Nä, nä. Nur der Bernd, der wollt heut abend noch bei mir vorbeikommen.«

»Der *Bernd*? Wieso dat dann?«

»Ach ...« Seine Mutter seufzte, und ihr Blick verlor sich ins Weite.

»Nun sag schon, Mama!«

Frau Löhr holte tief Luft und senkte den Blick wieder auf ihr angebissenes Butterbrot. Dann rang sie sich doch zu einer Erklärung durch. »Der hat mich gestern schon auf dem Kommunionsfest in dem Restaurant da angesprochen.«

»Wat wollte er dann?«

»Ach! Dat hat er nit gesagt.«

»Aber du weißt, was er wollte?«

Frau Löhr nickte stumm, nahm das Butterbrot wieder auf und biß ein winziges Stück ab. »Ich kann et mir schon denken, wat der will.«

Das konnte Löhr auch. Wahrscheinlich hatte sich Bernd mit dem aufwendigen Fest total übernommen und versuchte nun, ihre Mutter anzupumpen. Was natürlich kein Anpumpen war, sondern der Bitte um ein Geldgeschenk gleichkam, denn zurückzahlen würde Bernd das nie im Leben. Frau Löhr hatte Jakobs Gesicht abgelesen, daß er Bescheid wußte. Sie seufzte schwach und hob beide Hände gleichzeitig ein wenig vom Tisch, eine Geste der Ohnmacht.

»Ich moot mer doch letzten Moond die neu Wäschmaschin kaufe, verstehste, Jakob?«

»Ja«, sagte Löhr leise, dann aber laut und fast im Befehlston: »und an dein Gespartes, Mutter, da gehste auf keinen Fall dran! Versprich mir das!«

Frau Löhr nickte stumm. Ihr war die Angelegenheit peinlich.

»Und ich sprech nachher mit dem Bernd«, sagte Löhr knapp.

»Aber der kommt doch gleich!«

»Ich paß den unten an der Tür ab.«

Wieder nickte seine Mutter stumm. Löhr erhob sich. Er wollte verhindern, daß Bernd herauf und es hier oben zu einer peinlichen Begegnung kam. Er bedankte sich bei seiner Mutter für das Abendessen, ließ sich von ihr an die Wohnungstür bringen, und als er ihr einen sanften Kuß auf die kühle, faltige Wange drückte, da fiel ihm der Anruf von Tante Helene vom gestrigen Abend ein.

»Sag mal, Mama, die Tante Helene, wat ist eigentlich mit der, weißt du da wat Genaueres?«

Tante Helene gehörte zwar zum väterlichen Teil der Verwandtschaft, aber seine Mutter hielt auch zu diesem regen Kontakt, und es konnte durchaus sein, daß sie über den Zustand von Tante Helene Bescheid wußte.

»Ach! Dat ärme Föttcheanderäd!« seufzte seine Mutter.

»Dat wat?«

»Föttcheanderäd«, wiederholte Frau Löhr. »Kennste dat nit?«

»Ich weiß nit«, sagte Löhr zögernd.

»Dat säht mer doch zu klein Lück. Die dragen ihr Föttche doch noh an der Äd.«

Löhr lachte. Seine Mutter! Diese unerschöpfliche Quelle der kölschen Sprache! »Gut!« sagte er. »Dat hab ich noch nicht gekannt!« Tante Helene war tatsächlich sehr klein geraten, und die Vorstellung, daß sie ihren Hintern näher an der Erde trug als andere Leute, war schon amüsant, aber daß es dafür in seiner Mutter-Sprache sogar einen eigenen Begriff von so plausibler Bildhaftigkeit gab, das war wunderbar!

»Aber wieso sagst du, die wär arm?«

»Der Oliver hätt dat doch op et Land verschickt! Wat soll dat ärm Dier dann do drusse bei de Buure?«

Oliver war ein Vetter Löhrs, der älteste Sohn von Onkel Willi und Tante Helene. Löhr meinte, sich daran zu erinnern, daß er die Pflege seiner Mutter übernommen hatte, als sich bei ihr die Alzheimer-Krankheit ankündigte.

»Aber der Oliver hat die doch letztes Jahr in ‘nem Altersheim untergebracht?« sagte Löhr.

»Hätt her evvens nit!« sagte seine Mutter bitter. »Dä hätt die zu Lück op em Land in Pflege jejove. Also nä! Ävver wieso fragste nach dem Helene?«

»Ach, nur so«, sagte Löhr und verabschiedete sich dann endgültig von seiner Mutter.

***

Während er vor der Haustür auf seinen Bruder wartete, überlegte er, warum ihn Tante Helene angerufen haben könnte. Ihr Anruf hatte wie ein Hilferuf geklungen. Ja es *war* ein Hilferuf gewesen. »Jakob, du mußt mir helfen!« hatte sie ins Telefon genuschelt. Mit Sicherheit hatte sie aus dem Bergischen angerufen, von den Leuten aus, wo sein Vetter Oliver sie in Pflege gegeben hatte. Wieso wußte er das eigentlich nicht? Wieso hatte er bisher immer geglaubt, sie sei in einem Altersheim? Jedenfalls schien es ihr da, wo sie lebte, nicht gut zu gehen. Er mußte sich darum kümmern. Während er noch überlegte, wie er am schnellsten an ihre Adresse dort im

Bergischen und wie er gegebenenfalls dorthin kommen sollte, hörte er von weitem ein Pfeifen. Das Pfeifen seines Bruders Bernd.

Solange er zurückdenken konnte: Bernd pfiff immer, wenn er über die Straße ging. Unmelodisch, falsch, ohne eine wiedererkennbare Melodie, dafür aber laut und enthusiastisch. Löhr hatte sich bisher nie die Frage gestellt, warum sein ältester Bruder diese Angewohnheit hatte, heute tat er es. Zumindest fragte er sich, wie ein Mensch, der im Leben noch nie richtig gearbeitet hatte und wahrscheinlich entsprechend auf nicht allzu viele Erfolgserlebnisse zurückblicken konnte, dabei aber trotzdem auf großem Fuß lebte und so tat, als gehöre ihm die Welt, ein Mensch, der keine Skrupel hatte, seine alte Mutter, die von siebzehnhundert Mark Witwenrente lebte, um Geld anzugehen, wie ein solcher Mensch so penetrant gute Laune haben konnte. Oder war dieses enthusiastische Pfeifen etwa nicht ein Ausdruck guter Laune? Kinder, dachte Löhr, pfeifen manchmal, im Dunkeln etwa, wenn sie Angst haben. Pfiff Bernd etwa weniger aus Lebensfreude denn aus Angst? Er kam nicht mehr dazu, diesen Gedanken weiter zu verfolgen, denn Bernd stand jetzt vor ihm: ein wenig kleiner als er selbst, ein wenig untersetzter, dafür aber mit viel vollerem, allerdings bereits ziemlich angegrauten Haar und einem rundlichen Gesicht, das von einem ebenfalls inzwischen ergrauten, dafür aber prächtig dicken und an den Enden spitz zulaufenden Schnurrbart dominiert wurde.

»Jakob! Wat machst du dann hier?«

»Ich war gerade bei der Mutter oben.«

»Ach nä!« Mißtrauen ließ Bernds ansonsten munter nach oben weisende Schnurrbartspitzen leicht nach unten abfallen.

Löhr beschloß, nicht drumherum zu reden, sondern die Angelegenheit frontal anzugehen.

»Du willst Geld von der Mutter?«

Bernds kleine blaue Äuglein versuchten Löhr zu fixieren, es gelang ihnen aber nicht so recht, sie irrten umher, gerieten ins Schwimmen, während die Spitzen des Schnurrbarts noch um einige Millimeter nach unten sanken. Das geschah in Bruchteilen von Sekunden, dann hatte Bernd sich wieder im Griff. Seine Stimme klang aggressiv: »Wat mischst du dich dann do en?«

Löhr faßte seinen Bruder leicht am Arm: »Bernd! Kumm, jommer irjendwo e Kölsch drinke.«

Löhr hätte ein wenig mehr Widerstand erwartet, zumindest ein rhetorisches Aufmucken. Aber sein Bruder zuckte bloß die Schultern und sagte: »Wie du willst. Ich kenn hier in der Gegend auch zufällig wat.«

Während sie die Eintrachtstraße hinunter bis zum Eigelstein gingen, von dort in die Weidengasse einbogen, und Bernd, der Löhr führte, so, als wenn nichts gewesen wäre, von dem »wunderbaren Fest« des gestrigen Tages schwärmte, wunderte sich Löhr über die erstaunliche Nachgiebigkeit seines Bruders. Statt gegen seine offenkundige Einmischung weiteren Protest einzulegen, war er augenblicklich auf Löhrs Versöhnung versprechenden Vorschlag eingegangen. Ob das vielleicht gar nichts mit Nachgiebigkeit, sondern mit schlauer, flexibler Berechnung zu tun hatte? Ob Bernd geahnt hatte, daß bei der Mutter ohnehin nichts, und wenn, dann viel zu wenig, zu holen sein würde? Ob er sich ausgerechnet hatte, daß Löhr ein viel ergiebigeres Opfer sein würde?

Munter und zielbewußt steuerte Bernd auf eine Kneipe an der Ecke Weidengasse und Gereonswall zu. Löhr war noch nie darin gewesen, aber er wußte natürlich, daß diese Kneipe – wie im übrigen die meisten Kneipen in der Umgebung hier – früher eine Anlauf- und Abschleppstation der Prostituierten rund um den Stavenhof gewesen war. Das war zwar zuerst durch die Sperrgebietsverordnung in den Siebziger Jahren und dann in den Neunzigern noch einmal im Zuge der endlosen Sanierung des Eigelsteinviertels vom Ordnungsamt zu verhindern versucht worden, aber Löhr wußte auch, daß sich der Kneipenstrich hier ebenso heimlich wie hartnäckig hielt, und ihm schwante, daß Bernd nicht »zufällig«, wie er gesagt hatte, gerade diese Kneipe angelaufen sein konnte. Ob dieser Kerl etwa Stammkunde hier war? Stammkunde auch bei den Prostituierten? Löhr traute ihm vieles zu, auch das.

Aber seine Befürchtungen bewahrheiteten sich nicht. Es hockten keine Prostituierten am Tresen oder standen in den Ecken, und wenn die zwei, drei Frauen, die an einem der kleinen Tische gegenüber der Theke saßen, einmal welche gewesen waren, dann mußte das an die zwanzig Jahre oder noch länger her sein. Es waren alles ausgemergelte Wracks, hochgradig alkoholisch und auch jetzt in einem Zustand der Trunkenheit, daß Löhr sich wunderte, wie sie überhaupt noch sprechen konnten. Aber das taten sie. Laut und kreischend stritten sie über etwas, das mit Geld zu tun hatte, das Löhr aber nicht verstand. Nein, das war keine Nuttenkneipe mehr. Wenn, dann konnte es sich hier allenfalls um eine Altentagesstätte für abgehalfterte Prostituierte handeln. Auch die männlichen Gäste erweckten nicht den Anschein, als seien sie zu etwas anderem hier als dazu, sich mittels Alkohol aus der Wirklichkeit zu verabschieden. An der Theke saßen ein schwerer Kerl jenseits der fünfzig und ein hagerer grauer Greis mit wirrem Haar und ausgehöhlten Wangen. Beide starrten mit glasigem Blick in ihre Kölschgläser, nahmen ab und zu einen Schluck und schwiegen ansonsten. Bernd stellte sich an die Ecke der Theke, gleich gegenüber dem Eingang, kramte eine Packung HB aus seiner Jackentasche, öffnete sie und bot sie Löhr an. Der schüttelte den Kopf.

»Du müßtest doch langsam wissen, Bernd, daß ich Nichtraucher bin.«

»Ja, richtig«, murmelte der Bruder, zog sich selbst eine Zigarette aus der Packung, steckte sie an und fügte dann, mit leicht hämischem Unterton hinzu: »Du bist ja richtig solide. Aber Kölsch trinkste doch noch, oder?«

Löhr nickte bloß und starrte die Wirtin an, die er bisher überhaupt nicht wahrgenommen hatte und die plötzlich vor ihnen stand und Bernd zuzwinkerte. Solche Frauen gab es nicht allzu oft zu sehen. Sie war klein, hatte ein hageres Gesicht, dunkle große Augen, und von ihrem Hals hingen zwei welke Hautlappen herab: In gewisser Weise hätte sie einem klugen alten Jagdhund geähnelt, wenn der in der Lage gewesen wäre, sich auf so absurde Weise zu schminken. Das tiefe Schwarz ihrer Augen kam von so dick aufgetragener Mascara, daß sie die spärlichen Wimpern und Lider völlig verklebte; zusätzlich umgab die Augen ein penetrant azurblauer Ring, der zu den auf Bindfadenstärke rasierten Augenbrauen hin in ein tiefes Karminrot changierte. Ihre dünnen, faltigen Lippen waren weit über die Lippenränder hinaus pinkfarben geschminkt, was aussah, als hätte sie sie gerade in einen Marmeladentopf gehalten – wenn es pinkfarbene Marmelade geben würde. An ihrem dürren, faltigen Körper trug sie ein hautenges, leuchtendgrünes, mit glitzernden Pailletten besetztes Kleid. Löhr war fasziniert.

»Tu uns zwei Kölsch, Lottchen«, sagte Bernd, der dieser unglaublichen Erscheinung überhaupt keine Beachtung beimaß, sondern sich, nachdem er die Bestellung aufgegeben hatte, interessiert im Lokal umsah. Löhr aber mußte der Wirtin zuschauen, wie sie die beiden Kölsch zapfte, starrte sie an wie ein Wesen aus einer fremden Welt. Das Anstarren von Fremden, die ihn aus irgendeinem Grund faszinierten, war eine Angewohnheit, die er glaubte, schon immer, schon als Kind gehabt zu haben. Noch jetzt klang ihm manchmal die Mahnung der Mutter im Ohr: »Man starrt doch nicht so auf fremde Leute.« Und später hatte ihm Irmgard gesagt, daß es ihr geradezu peinlich sei, wie er im Restaurant oder im Café Fremde fixiere. Danach hatte er seine Gewohnheit keineswegs aufgegeben, hatte lediglich die üblichen Techniken entwickelt, die es einem gestatten, andere, Fremde, unauffällig zu beobachten. Trotzdem ertappte er sich noch oft genug dabei, wie er sich hemmungslos dem Starren hingab. Warum? Natürlich schrieb er das seiner berufsbedingten Neugierde zu. Aber er war doch nicht etwa schon als Kind Kriminalist gewesen!

»So, jetzt verzäll ens«, sagte Bernd, nachdem die beiden Kölsch vor ihnen standen und Löhr sich endlich vom Anblick der Wirtin, die jetzt ohnehin in einer Tür hinter dem Tresen verschwand, losgerissen hatte. »Wat hast du mit der Mutter über mich geschwadt?«

»Gar nichts«, erklärte Löhr.

»Verzäll mir doch nix! Woher wußtest du dann, dat ich die an meinem Geschäft beteiligen wollte?«

Löhr verschluckte sich an seinem Kölsch. »An deinem Geschäft?«

»Ja natürlich! Ich mach doch jetzt in Kunst!«

»Du? In Kunst?«

Es dauerte noch zwei weitere Kölsch, die Löhr, und vier oder fünf, die Bernd in der gleichen Zeit trank, bis er ihm seine neue großartige Idee erklärt hatte, um endlich ans große Geld zu kommen. Eine sehr einfache Idee. Sie lautete: »Kunst für jedermann«. Jenseits oder abseits des völlig überteuerten Galeriebetriebs sollten die Künstler – wovon es in Köln angeblich mehr als genug gab – ihre Werke zu volksnahen Preisen unter die Leute bringen. Wozu es natürlich einer Vermittlungsagentur, eines Agenten oder Maklers bedurfte. Das war die Funktion, die Bernd für sich ausersehen hatte und von der er sich ein großartiges Geschäft versprach, denn für seine Vermittlertätigkeit würde er natürlich eine Provision verlangen, über deren Höhe er sich allerdings noch nicht ganz im klaren war. Ihm schwebten so etwa fünfzehn bis zwanzig Prozent vor. Die Idee erschien Löhr im Ansatz vielleicht gar nicht schlecht. Doch hatte Bernd im Laufe der letzten zwanzig Jahre etwa dreißig bis vierzig ähnliche im Ansatz gar nicht so schlechte Ideen entwickelt, um ans große Geld zu kommen, und aus keiner einzigen war annähernd das geworden, was Bernd sich davon versprochen hatte. Im Gegenteil: Sein Bruder saß auf einem gewaltigen Schuldenberg, den die Vorschüsse und Beteiligungen an seinen Geschäften verursacht hatten, und niemand seiner Freunde oder Verwandtschaft gab ihm mehr einen einzigen Pfennig, und wäre seine Geschäftsidee wirklich einmal Gold wert gewesen. Deshalb fragte Löhr ihn auch gar nicht weiter nach Einzelheiten, sondern kam gleich auf den Ausgangspunkt ihres Gespräches zurück.

»Und wie hast du dir das vorgestellt, die Mama da mit reinzuziehen?«

»Wat heißt reinziehen? Natürlich brauch ich für so wat Startkapital. Und ich hätt natürlich meine Provision voll an die weitergegeben. Ist doch Ehrensache!«

Beim Wort »Ehrensache« machte Bernd eine weit ausholende Handbewegung, mit der er den vor ihm auf dem Tresen stehenden gläsernen Aschenbecher erwischte. Der Aschenbecher fiel zu Boden und zerschellte dort. Löhr erschrak. Weniger wegen des zu Boden gegangenen Aschenbechers, sondern weil im Augenblick seines Zerschellens jemand in der Tür hinterm Tresen auftauchte. Nicht die Wirtin, jedenfalls nicht die, die er vorhin angestarrt hatte, sondern eine andere Person, eine Frau, die der ersten, die sein Bruder »Lottchen« genannt hatte, bis aufs Haar glich. Allerdings unter umgekehrten Vorzeichen. Die, die jetzt mit wutverzerrtem Gesicht hinterm Tresen hervorschoß, hatte statt schwarzer hellblonde Haare, statt eines pinkfarben geschminkten Mundes war der ihre mit einem tiefen Kirschrot belegt, aber auch so, als habe sie gerade an der Marmelade genascht, und ihr hautenges Paillettenkleid war gelb statt grün.

»Wat hast du denn schon wieder gemacht?« kreischte sie. Bernd zuckte lässig die Schultern, zündete sich eine neue Zigarette an und murmelte bloß »'tschuldigung, Nettchen. War 'n Versehen.«

Dann sah er gelassen zu, wie Nettchen wieder in der Tür hinterm Tresen verschwand, um sofort darauf mit einem Kehrblech und einem Handfeger bewaffnet wiederzukommen und sich daran zu machen, die Scherben und verstreuten Kippen aufzukehren.

»So 'ne Scheiße!« zischelte sie dabei halblaut. »Um so wat kümmert die sich natürlich nit!«

Dann verschwand Nettchen, und kurz darauf kam aus der gleichen Tür, hinter der sie verschwunden war, Lottchen heraus und auf Löhr und Bernd zu, lächelte sie honigsüß aus pinkfarbenem Mund an und sagte: »Macht nix. Kann jedem passieren. Versteh überhaupt nit, weshalb dat sich wieder so aufregt. Noch zwei Kölsch?«

Bernd nickte, und Löhr kam aus dem Starren und Staunen kaum heraus.

»Wat ist dat dann?« flüsterte er seinem Bruder zu.

»Wat?« antwortete Bernd. »Die zwei? Dat sind Schwestern. Die haben früher im Stavenhof im Fenster gesessen. Die waren sich noch nie grün, die zwei.«

Löhr nickte. »Und deshalb treten die auch nie zusammen hinterm Tresen auf?«

»Nie!« sagte Bernd.

Nachdem Löhr sein Kölsch getrunken und sich einigermaßen gefaßt hatte, machte er mit seinem Bruder reinen Tisch.

»Jetzt mal ehrlich, Bernd«, sagte er. »Wieviel hat dich gestern die Feier im ›Haus am See‹ gekostet?«

Bernd blickte zur rauchgeschwärzten Decke der Kneipe, zuckte die Schultern und sagte: »Viereinhalb.«

»Tausend?«

»Wat denkst du dann?«

»Und wie hast du die bezahlt?«

»Noch gar nicht. Ich meine, noch nicht ganz.«

»Was heißt denn ›noch nicht ganz‹?«

»Ich hatte zweieinhalb. Die hab ich gelöhnt. Den Rest, hab ich denen gesagt, bring ich morgen vorbei.«

»Und darauf haben die sich eingelassen?«

Bernd grinste, seine Schnurrbartspitzen zeigten steil und stolz nach oben. »Wat blieb denen anderes übrig? Dat Essen war doch schon längst vorbei!«

Löhr schüttelte den Kopf. Hatte er es doch gewußt. Das »Geschäft« Bernds war bloß ein Vorwand gewesen, um sich durch die Verwandtschaft zu pumpen.

»Paß mal auf, Bernd«, sagte er. »Ich geb dir fünfhundert, einverstanden?«

Bernd nickte milde anerkennend, so, als habe Löhr genau die richtige und treffende Beschreibung für einen komplizierten Sachverhalt gefunden.

»Aber«, dabei tippte Löhr seinem Bruder kurz gegen die Brust, »erstens tu ich das nur, weil die Denise meine Nichte ist. Ich tu's nur ihr zuliebe!«

Wieder nickte Bernd anerkennend, als wolle er sagen, daß das zwar sehr großzügig von Löhr sei, er aber im Grunde gar nichts anderes erwartet habe.

»Und zweitens«, fuhr Löhr fort, »kriegste das von mir nur, wenn du dafür die Mama in Ruhe läßt. Versprichst du mir das?«

Bernd neigte den Kopf ein wenig zur Seite, als wäge er ein verführerisches Angebot ab, sagte dann aber, Löhr mit seinem ehrlichsten Blick offen in die Augen schauend: »Ja. Einverstanden.«

Nachdem zuerst Lottchen und, als die hinter der Tresentür verschwunden war, Nettchen ihnen noch jeweils zwei Kölsch gebracht hatten, bezahlte Löhr die Rechnung, wobei Bernd selbstverständlich nicht die geringste Anstrengung unternahm, wenigstens anstandshalber zum eigenen Portemonnaie zu greifen –Löhr fragte sich, ob er überhaupt eines besaß –, gingen sie.

»Kannst du mir mal sagen, warum du in so 'ne Kneipe gehst?« fragte Löhr seinen Bruder im Hinausgehen.

»Dat ist doch urjemütlich da!« antwortete Bernd im Ton größter Selbstverständlichkeit.

***

Es gab Tage, da ging Löhr mit einem Hochgefühl und voller Tatendrang ins Büro. Nicht nur, wenn ein Fall kurz vor der Aufklärung stand und er das Gefühl hatte, einen Knoten, über dessen Entwirrung er allzu lange gebrütet hatte, im Laufe des Vormittags mit einem einzigen, befreienden Streich auflösen zu können. Auch an Tagen, an denen nichts als die bloße Routine der einfachen Todesermittlungsfälle auf ihn wartete, konnte er beschwingt an seine Arbeit gehen. Es gab auch im alltäglichsten Fall immer irgend etwas, was seine Neugierde weckte, und das war nicht bloß das kriminalistische Problem, *warum* der Penner gerade in der vergangenen Nacht zu Tode gekommen war, die depressive Büroangestellte sich ausgerechnet an diesem Nachmittag auf dem Speicher ihres Einfamilienhauses erhängt hatte. Manchmal stieß er bei solchen Routineuntersuchungen auf ein Detail, das ein erklärendes Licht auf das Leben des Toten warf, dessen Schicksalhaftigkeit herausstellte. Daß der Penner wegen einer unglücklichen Liebesgeschichte auf der Straße gelandet war, der Mann der Angestellten ihre Depression nie ernst genommen hatte. Dann spann Löhr in Gedanken dieses Leben nach, spürte darin die Weichen auf, die auf die Strecke zur Unentrinnbarkeit vor dem Schicksal und schließlich zu dem Tod geführt hatten, der in der Sprache der Kriminalisten als »unnatürlich«

bezeichnet wird. Auf dem Weg ins Präsidium, den er wie immer zu Fuß zurücklegte, mußte Löhr daran denken, wie er sich am gestrigen Abend wieder einmal selbst beim Starren ertappt hatte. War dieses Starren nicht auch Ausdruck der gleichen Neugierde, die ihn morgens ins Büro trieb? Sein Starren verfolgte den Zweck, soviel wie möglich über die anderen in Erfahrung zu bringen; er tastete mit seinem Blick nicht nur ihre Physiognomien ab, er belauschte sie auch noch, spitzte nach jedem Wort, das er aufschnappen konnte, die Ohren. Woher kam diese Neugierde, diese offensichtliche Gier nach fremdem Leben? Jedenfalls war es etwas anderes als jene Neugierde, die man Leuten entgegenbringt, die man kennt und wo man gespannt darauf ist, ein wenig davon zu erfahren, was sich bei ihnen hinter den Kulissen abspielt. Aber die Neugierde gegenüber völlig Fremden? So nützlich sie ihm in seinem Beruf sein mochte, Löhr kam sie nicht geheuer vor. Etwas Unanständiges schien dieser Leidenschaft anzuhaften. Und verbarg sich dahinter auch nicht so etwas wie ein Allmachtswahn: zu glauben, er käme durch reine Anschauung hinter das Geheimnis der Fremden, könnte ihnen gleichsam hinter die Stirn schauen und sagen, wer sie sind und was sie umtreibt und was sie zu dem Schicksal verurteilte, das ihnen bestimmt war?

Was ihn an diesem Morgen aber gleichsam beschwingt und voller Unternehmungslust in die Frühbesprechung des 11. Kommissariats gehen ließ, war nicht seine übliche Neugierde, sondern eine merkwürdige Mischung aus schlechtem Gewissen und einer nicht weiter erklärbaren Erwartung, daß der neue Fall heute morgen eine überraschende und zu seiner raschen Aufklärung führende Wendung nehmen würde. Sein schlechtes Gewissen paßte insofern in seine Stimmung, als es sich schon während des Frühstückstees in den Vorsatz verwandelt hatte, sich bei Esser für dessen Anstrengungen am vergangenen Abend erkenntlich zu zeigen. Wie und womit, das wußte Löhr noch nicht, allein der Vorsatz hatte sein schlechtes Gewissen auf ein nahezu wohltuendes Niveau, zu einem warmen, kameradschaftlichen Gefühl Esser gegenüber gedämpft.

Als er aber in Essers Gesicht sah und vor allem, als er hörte, was der zu ihrem Fall vorzutragen hatte, verging ihm sein inbrünstiges Wiedergutmachungsbedürfnis und damit die gute Laune. Esser sah übernächtigt aus, angestrengt, so, als habe er die halbe Nacht gearbeitet und sei dabei auf absolut keine erfreulichen Neuigkeiten gestoßen.

»Die Spur des Lebensgefährten der Toten«, sagte Esser mit gepreßter

Stimme in die Runde, »können wir jetzt so gut wie ausschließen. Wir haben gestern spätnachmittags noch mal die Wohnung in der Teutoburger Straße durchsucht und sind auf keine erheblichen weiteren Hinweise gestoßen, daß zwischen ihm und der Tötung ein Zusammenhang bestehen könnte.«

»Hat der denn auch ein Alibi?« unterbrach ihn Schuhmacher.

Essers rechte Hand fuhr in einer flüchtigen Bewegung zur Stirn. »Das ist schwierig«, sagte er. »Der Mensch hat, wie er sagt, seit zwei Wochen die Wohnung nicht mehr verlassen. Und das kommt uns einigermaßen glaubwürdig vor.«

Schuhmacher stieß ein kaum hörbares Schnauben aus und schnippte mit dem Zeigefinger gegen die vor ihm aufgeschlagenen Tageszeitungen. Denen war der Mord an der Stephan ganze sechs bis acht Zeilen wert gewesen. Mehr, als daß sie erwürgt in ihrem Appartement aufgefunden worden war und die kriminalpolizeilichen Ermittlungen im Gange seien, hatte Schuhmacher bislang noch nicht an die Pressestelle des Polizeipräsidiums weitergegeben. Die anderen Kommissare zeigten wie üblich nicht allzu viel Interesse am Fall ihrer Kollegen; einige blätterten in Tageszeitungen, die anderen in ihren eigenen Akten, die Raucher standen, wie immer, seitdem im Besprechungszimmer Rauchverbot herrschte, an der Tür, qualmten da und unterhielten sich leise miteinander.

»Wir werden uns diesen Hundertgeld zwar gleich noch mal auf den Stuhl setzen«, fuhr Esser fort, »aber ich denke, da kommt nicht viel bei raus. Und außerdem sind wir durchs 12. K auf ein paar Spuren gestoßen, die uns vielversprechend erscheinen.«

»Ach ja?« murmelte Schuhmacher ungeduldig.

»Auf die letzten Kunden, die das Opfer wahrscheinlich hatte.« Essers Stimme klang jetzt so gepreßt, daß sie kaum noch zu verstehen war. Löhr fuhr ruckartig und mißtrauisch mit dem Oberkörper in die Höhe. Da war was faul! Schuhmacher hob die Zeitungen vor sich fünf Zentimeter in die Höhe und ließ sie dann wieder auf den Tisch fallen.

»Ihr wißt, daß die hier Ergebnisse interessieren und keine vagen Spuren. Die Presseabteilung steht mir da ziemlich auf den Füßen.« Damit schob er die Zeitungen beiseite und zog sich die nächste Akte heran.

»Was ist denn passiert?« flüsterte Löhr Esser auf dem Weg in ihr Büro zu und hatte Mühe, mit dem anderen Schritt zu halten.

»Scheiße« gab Esser im gleichen gequetschten Ton wie vorhin bei der Frühbesprechung zurück.

Als er die Tür des Büros fest hinter sich geschlossen hatte, holte er tief Luft. »Wir haben richtig in die Scheiße gepackt, Jakob.«

Löhr stand dicht vor Esser, und er konnte tatsächlich so etwas wie Angst in dessen Miene erkennen.

»Nun sag's schon!«

»Wir haben's mit 'nem richtig hohen Tier zu tun.«

»Aha?«

»Die Autokennzeichen! Ich hab sie gestern abend noch überprüfen lassen. Eins davon gehört 'nem Politiker.«

»Bist du sicher?«

»Der Wagen ist auf Flaucher zugelassen.«

»Flaucher? Der Oberstadtdirektor? Der Oberbürgermeisterkandidat?«

Löhr wandte sich von Esser ab, ging zu seinem Schreibtisch und ließ sich schwer auf seinen Schreibtischstuhl fallen. »Das ist wirklich Scheiße«, murmelte er.

Esser setzte sich auf die Kante seines eigenen Schreibtischs und sah Löhr an, als erwarte er von diesem, auf der Stelle die definitive Weltformel erklärt zu bekommen.

So saßen sie eine Weile. Löhr schüttelte schließlich den Kopf: wieso mußte ausgerechnet *er* mit so einem Fall befaßt sein? Das konnte nicht sein, das *durfte* nicht sein!

»Und da gibt's überhaupt keinen Zweifel, daß das der Wagen von Flaucher ist?«

Esser preßte die Lippen aufeinander, als habe er gerade etwas Ekelhaftes heruntergeschluckt. »Es ist Flauchers Privatwagen. Und außerdem hab ich mir gestern abend noch mal die Fotos von der Fahndung angesehen. Das könnte passen.«

»Die Fotos von der Fahndung!« protestierte Löhr. »Da ist doch alles schwarz drauf, nur Schatten! Da kann man doch keinen Menschen drauf erkennen!«

»Nicht, wenn man nicht weiß, wer es ist. Wenn man's weiß, kann man ihn schon erkennen.«

»Könnte doch sein, daß Flaucher jemand anders in dem Haus besucht hat.«

»Jakob! Hör auf! Die Fahndung hat die Leute fotografiert, die bei der

Stephan geklingelt haben. Und denen die Autokennzeichen zugeordnet. Da gibt's überhaupt keinen Zweifel.«

»Wenn man ihn doch auf dem Foto nicht erkennen kann!« murmelte Löhr halblaut. Doch er wußte, sein Pulver war verschossen. Es gab keinen vernünftigen Grund, die Spur, die sich so unerwartet und so empörend lästig aufgetan hatte, zu verwerfen. Es waren Tatsachen, die er, so gern er es getan hätte, nicht mehr ignorieren konnte.

Esser zog die dünne Akte, die sie von Weber bekommen hatten, von seinem Schreibtisch, klappte sie auf und ging damit zu Löhr. »Hier. Ich hab den Abgleich mit den Fahrzeughaltern dazu gelegt. Sieh's dir an.«

Löhr warf einen registrierenden Blick auf die Akte.

»Du hast eben in der Frühbesprechung gesagt, wir hätten Hinweise auf die *letzten* Kunden der Stephan. Aber die Fahndung hat die Wohnung doch *vor* dem möglichen Tatzeitpunkt observiert!«

»Eben nicht!« Esser blätterte vor Löhrs Augen in der Akte, fand die Seite, die er suchte und tippte mit dem Zeigefinger darauf. »Sie haben zweimal die Wohnung observiert, Fotos gemacht und sich die Zulassungsnummern der Freier notiert. Einmal am 28. März und das zweite Mal am 15. April! Und der 15. April kommt als Tattag in Frage!«

»*In Frage*!« Hoffnung leuchtete in Löhrs Augen auf. »Wer sagt denn, daß die Stephan auch tatsächlich am 15. April ermordet worden ist?«

Statt zu antworten, ging Esser zurück zu seinem Schreibtisch, nahm einen bereits geöffneten grauen Umschlag auf, zog einen Stoß aneinandergehefteter DIN-A4-Bögen heraus, kehrte damit zu Löhrs Schreibtisch zurück und hielt sie ihm unter die Nase.

»Weil das hier drin steht. War heut morgen in unserer Post.«

Löhr warf einen Blick auf die Papiere. Es war der Bericht des Gerichtsmediziners.

***

Hundertgeld erschien erstaunlich pünktlich zum Verhör, zu dem ihn Esser am Abend zuvor während der nochmaligen Durchsuchung seiner Wohnung geladen hatte. Er sah genauso aus wie am Sonntagabend, als sie ihn in seinem Karteikartenmausoleum aufgesucht hatten. Er trug das gleiche karierte Hemd über der gleichen abgewetzten grauen Kordhose, die gleichen löchrigen Leinen-Tennisschuhe, seine verfilzten grauen Locken warteten immer noch darauf, gewaschen zu werden, nur seine Nickelbrille schien frisch geputzt zu sein und er selbst in einem – im Gegensatz zum Sonntagabend – wacheren, ja sogar hellwachen Zustand.

Da Engstfeld vom Geschäftszimmer behauptet hatte, die Halbtagssekretärin, die den Kommissaren ansonsten als Protokollantin bei Verhören zur Verfügung stand, heute morgen für »Registraturarbeiten« zu benötigen und sich geweigert hatte, sie Löhr und Esser auch nur für eine Dreiviertelstunde zu überlassen, übernahm Löhr selbst das Protokoll und überließ Esser das Verhör. Löhr saß an dem kleinen Schreibpult hinter der großen elektrischen Schreibmaschine, mit deren Bedienung er sich immer noch nicht recht auskannte, und entsprechend spärlich und auf das Allerwesentlichste beschränkt tippte er Essers Fragen und Hundertgelds Antworten mit. Esser hockte hinter seinem Schreibtisch und blätterte, während er Hundertgeld Fragen stellte, in seinem Notizblock. Hundertgeld saß auf einem Besucherstuhl neben Löhrs Schreibtisch, den Blick aufmerksam auf Esser gerichtet. Von Zeit zu Zeit fuhr er mit der Hand in die Brusttasche seines Hemdes, holte einen kleinen Notizblock und einen Bleistift heraus und kritzelte damit in einer winzigen Schrift etwas in seinen Block, um ihn gleich darauf wieder in die Brusttasche zu stecken.

»Und Sie bleiben bei Ihrer Behauptung, Ihre Wohnung in der Teutoburger Straße seit zwei Wochen nicht verlassen zu haben?«

»Ja, natürlich bleibe ich dabei. Das entspricht der Wahrheit.«

»Die Wahrheit«, brummte Esser und blätterte in seinem Notizblock. »Und was halten Sie hiervon: ›Am 14. April kam Herr Hundertgeld gegen achtzehn Uhr zu mir, und kaufte sich, wie immer, eine Packung Drum-Tabak sowie Gizeh-Blättchen‹.«

»Wer hat das gesagt?«

»Haben Sie am 14. April die Wohnung verlassen oder nicht?«

»Vielleicht. Ja. Vielleicht ist mir der Tabak ausgegangen.«

»Und wie oft kommt das vor? Einmal am Tag? Zweimal? Alle zwei Tage?«

Hundertgeld zuckte die Schultern. »Inna kümmert sich meistens darum.«

»Und wieso sagt die Frau vom Kiosk, daß *Sie* ›immer‹ Drum-Tabak und Blättchen bei ihr kaufen?«

»Das tue ich *manchmal*. Wenn Inna es vergessen hat.«

»Am 14. April *haben* Sie es getan. Und warum dann nicht auch am 15. oder am 16. oder am 13. oder am 17.?«

»Es ist einmal über die Straße rüber und zurück«, antwortete Hundertgeld.

»Halten wir also fest«, sagte Esser und warf Löhr einen Blick zu, der besagte, daß das folgende unbedingt ins Protokoll müßte, »daß Sie am 14. April gegen achtzehn Uhr Ihre Wohnung verlassen haben ...«

»... um am Kiosk gegenüber Tabak zu kaufen. Danach bin ich sofort wieder in die Wohnung.« Hundertgeld wandte sich abrupt an Löhr. »Setzen Sie das bitte auch ins Protokoll. Sonst unterschreib ich's nicht.«

»Moment!« sagte Löhr und suchte mühsam mit seinem Zweifinger-System die Tasten. Esser versenkte sich wieder in seinen Notizblock, und Hundertgelds wacher Blick wanderte über Löhrs Schreibtisch. Dann zog Hundertgeld wieder einmal seinen Notizblock heraus, schrieb hastig und krakelig etwas auf und steckte den Block wieder ein.

»Was schreiben Sie da eigentlich die ganze Zeit?« fragte Esser.

Hundertgeld lächelte entschuldigend: »Ab und zu fällt mir etwas zu meinem Stück ein.«

»Während einer *Vernehmung*?«

»Ja. Auch dann. Meine Gedanken ...« Hundertgeld machte mit seiner Hand eine Bewegung in die Luft, so, als zähle er imaginäre Wolken. Dazu schwieg Esser.

»Kommen wir jetzt zum nächsten Punkt«, setzte er dann seine Vernehmung fort, nachdem Löhrs Schreibmaschine zum Stillstand gekommen war.

»Was ist das hier?« fragte er Hundertgeld und hielt einen in eine durchsichtige Asservatentüte verpackten goldenen Füllfederhalter hoch. Den hatte Esser bei der Durchsuchung von Hundertgelds Wohnung mit dem ED sichergestellt. Er mußte – das legte die Gravur auf der Kappe nahe – auch zum Schreibset der Ford-Aufsichtsräte gehören.

»Mein Füller«, antwortete Hundertgeld prompt.

»*Ihr* Füller? Sind Sie sicher, daß er Ihnen gehört?«

»Inna hat ihn mir geschenkt.«

»Frau Stephan?«

Hundertgeld nickte. »Inna.«

»Wissen Sie, woher Frau Stephan diesen Füllfederhalter hatte?«

»Sie hat ihn auch geschenkt bekommen.«

»Wissen Sie von wem?«

»Von einem Firmenkunden, hat sie mir gesagt.«

»Von einem Firmenkunden«, wiederholte Esser mechanisch und sah dabei wieder Löhr an.

Nachdem Esser Hundertgeld fürs Protokoll noch die Fragen gestellt hatte, die er ihnen am Sonntagabend bereits in seiner Wohnung beantwortet hatte – ohne, daß es dabei zu irgendwelchen Abweichungen zu seinen ersten Aussagen gekommen und ohne daß er von der absurden Haltung abgekommen wäre, seine Freundin lebe noch –, entließen sie ihn. Zur Unterschrift des Protokolls sollte er am nächsten Tag noch einmal im Geschäftszimmer vorbeikommen.

Löhr stand hinter dem niedrigen Schreibmaschinentischchen auf und streckte sich.

»Den können wir, glaube ich, streichen«, sagte er und fügte mit einem leichten Seufzer hinzu: »Leider!«

»Wieso?« begehrte Esser auf. »Er hat am fraglichen Tag die Wohnung verlassen. Das hat er zugegeben, und dafür gibt's 'nen Zeugen. Damit ist der für mich noch ganz klar im Spiel.«

»Theoretisch ja«, sagte Löhr und kehrte zu seinem Schreibtisch zurück. »Aber mir fehlt immer noch das Motiv. – Scheiße!«

»Was ist?« Esser erhob sich von seinem Schreibtischstuhl und sah zu Löhr hinüber, der mit panischem Blick auf seinen Schreibtisch starrte. »Hat der dir was geklaut?«

»Nein«, sagte Löhr. »Aber die Akte von Weber lag hier offen rum. Der konnte alles einsehen.«

Esser ging zu Löhr und warf einen Blick auf die über die Schreibtischplatte verstreuten Papiere. Neben den Observationsprotokollen der Fahndung lag die Liste, auf der sich Esser den Abgleich der fraglichen Autokennzeichen und die Namen der Halter notiert hatte. Esser zuckte die Schultern. »Reg dich nicht auf, Jakob. Ich hatte den Mann im Auge. Wenn, dann hat der nur flüchtig da drüber geguckt. Der konnte auf die Schnelle überhaupt nichts erkennen.«

»Trotzdem! Ich bin ein Trottel!« sagte Löhr verärgert und begann, seinen Schreibtisch aufzuräumen. »In unsere Ermittlungen darf 'n Fremder keinen Einblick kriegen. Vor allem nicht in *der* Situation!«

»Tja! *Die* Situation!« machte Esser, stützte sich mit beiden Händen auf Löhrs Schreibtisch und sah ihm in die Augen. »Was machen wir?«

Löhr hatte die Ordner und Papiere übereinandergestapelt und brachte sie jetzt an den Kanten noch einmal in eine ebenso sorgfältige wie überflüssige Ordnung, bevor er Esser ansah und ihm antwortete: »Das, was wir immer tun. Ganz normal ermitteln.«

»Ganz normal ermitteln!« In Essers höhnischer Stimme schwang unüberhörbar Furcht mit. »Du weißt ganz genau, daß das nicht geht. Und wenn wir's trotzdem versuchen, kommen wir dermaßen was von ins Schleudern! Erinner dich bloß an die Geschichte im Generalvikariat!«

»Haben wir den Fall damals gelöst oder nicht?« gab Löhr zurück, versuchte dabei, trotzig zu wirken, doch klang seine Stimme mehr nach dem ängstlichen Pfeifen eines Kindes im Wald, das sich Mut machen will. Ein Politiker im Visier ihrer Ermittlungen. Dazu noch ein Politiker dieses Formats! Ein Alptraum!

»Ja. Aber es hätte nicht viel gefehlt, und sie hätten ihn uns abgenommen und uns beide nach Hückeswagen oder nach Wermelskirchen versetzt!« sagte Esser.

»Haben sie aber nicht«, antwortete Löhr, und sein Trotz klang diesmal etwas echter. »Und wir werden auch den Fall hier in trockene Tücher bringen! Das versprech ich dir!« Wenn Esser schon so viel Angst hatte, mußte wenigstens er Mut zeigen und einen klaren Kopf bewahren. Obwohl ihm überhaupt nicht danach war. Am liebsten würde er jetzt wieder bei seiner Mutter in der Küche sitzen und Schmalzbrote essen, ja, er würde sogar den Pfefferminztee in Kauf nehmen. Und am allerliebsten würde er jetzt bei sich zu Hause einen Whisky trinken, sich Irmgards neueste Kunstwerke anschauen, sich von ihr über ihre Abenteuer auf Kreta berichten lassen und später mit ihr im Bett kuscheln. Aber das war jetzt in weiter Ferne. Irmgard würde erst am Wochenende zurück sein und überhaupt: Irmgard würde ihm nicht helfen können. Da mußte er allein durch. Das war sein Beruf. Wenn ihm einer helfen konnte, dann war das nur Esser. Also mußte er ihn bei der Stange halten, ihm Mut machen. Auch wenn der ihm selbst fehlte.

»Sehen wir doch zuerst mal, was wir überhaupt haben«, sagte er, und es gelang ihm, einen Tonfall anzuschlagen, als sortiere er sein Skatblatt.

»Na schön«, murmelte Esser. »Bleibt uns ja auch nichts anderes übrig.«

Während Esser eine Wanderung durchs Büro begann, zog Löhr die eben noch sauber aufgeschichteten Papiere vor sich auseinander und ging sie einzeln durch. »Am 15. April haben die von der Fahndung zwei Freier bei der Stephan vorfahren sehen.«

»Flaucher ...«

»... und einen Hessreiter, Paul, Mengenicher Straße 17, in Bocklemünd. Na siehste! Fangen wir doch einfach bei dem an!«

»Natürlich. Aber ich versteh nicht, weshalb dieser Hundertgeld für dich schon aus dem Rennen ist!«

»Hab ich dir doch gesagt, Rudi! Ich seh kein Motiv für den.«

»Okay, schon gut«, winkte Esser ab und umkreiste weiterhin Löhrs Schreibtisch.

»Wir behalten den natürlich auf unserer Liste«, lenkte Löhr ein.

»Hast du eigentlich auch gelesen« – Esser stand jetzt hinter Löhr und pochte über dessen Schulter hinweg auf den Bericht des Gerichtsmediziners – »daß es auf dem Rücken der Stephan 'ne Menge alter Vernarbungen gibt?«

»Ja«, antwortete Löhr und drehte sich zu Esser um. »Und ich hab mir auch schon Gedanken drüber gemacht.«

»Daß unser Mann ein Dauerkunde bei der Stephan war?«

»Das würde die Hilfeschreie erklären«, nickte Löhr.

»Gut. Einmal. Aber es ist doch mehrmals vorgekommen. Sie hätte ihn doch gleich beim ersten Mal vor die Tür setzen können.«

»Oder sich drauf einlassen«, sagte Löhr.

»Wieso sollte sie?«

»Geld«, sagte Löhr achselzuckend.

Es klopfte. Engstfeld kam herein, ging grußlos auf Löhr zu und reichte ihm ein DIN-A4-Blatt.

»'n Fax für euch. Kam gerade rein.«

Engstfeld war schon längst wieder verschwunden, da starrte Löhr immer noch auf das Fax in seiner Hand, ohne einen Ton gesagt zu haben.

»Was ist 'n das?« fragte Esser schließlich ungeduldig. »Sieht nicht gerade aus wie 'n Roman.«

»Nein«, antwortete Löhr tonlos. »Stehen eigentlich nur sechs Namen drauf.«

»Die Aufsichtsratsmitglieder von Ford?«

Löhr nickte und räusperte sich umständlich. »Ja. Wir haben noch 'nen Bonzen auf unserer Liste.«

Esser riß Löhr das Blatt aus der Hand, las und stöhnte auf: »Klenk!«

»Klenk, der CDU-Fraktionsvorsitzende!« seufzte Löhr.

***

Es war ihnen beiden klar, daß sie mit der Vernehmung Hessreiters die Sache mit Flaucher nur um ein paar Stunden hinauszögerten. Wenn sie Anfänger oder wenn sie naiv gewesen wären, hätten sie sich mit Wollust als erstes auf den Großkopferten gestürzt und ihn zu schlachten versucht. Aber sie waren weder Anfänger noch waren sie naiv, und sie wußten, daß, wenn sie Flaucher offensiv als Tatverdächtigen angingen, ihn zu offiziellen Verhören ins Kommissariat bestellten, ganz schnell sämtliche Türen zuschlagen und sie binnen Tagesfrist nicht nur vor unlösbaren Aufgaben, sondern möglicherweise ebenso schnell vor dem Aus ihrer Karrieren stehen würden. In dem Augenblick, in dem publik würde, daß ein so hochkarätiger Politiker als Tatverdächtiger im Zusammenhang mit einem Prostituiertenmord steht, würde augenblicklich die gesamte Presse kopfstehen, der Polizeipräsident sich höchstpersönlich einmischen, und Urbanczyk würde sofort sämtliche Fäden der Ermittlungen an sich ziehen. Zumindest stünde jeder ihrer Schritte unter seinem Diktat, und die komplette Öffentlichkeit würde mit Argusaugen darauf warten, daß sie Fehler machten. Und sie *würden* Fehler machen. Bei jeder Ermittlung unterliefen Fehler. Normalerweise fielen die nicht ins Gewicht, denn meistens handelte es sich um bloße Formfehler, zum Beispiel, daß die Chronologie in einer Ermittlungsakte nicht hundertprozentig stimmig war. Das konnte man in der Regel immer nachbessern. Hier aber würde ein einziger solcher Fehler ihre sofortige Ablösung vom Fall zur Folge haben. So weit reichte die Macht *dieses* Politikers allemal. Und sie würde sogar so weit reichen, daß bei der Übergabe des Falls an eine andere Mordkommission Akten und Spuren einfach verschwinden würden und der Fall verschleiert und nie zu einer Aufklärung gebracht werden könnte.

Daß nun neben Flaucher ein weiterer Kölner Lokalpolitiker, Klenk, möglicherweise in ihren Fall verwickelt war, erleichterte die Sache keineswegs. Allerdings gab es keine Notwendigkeit, unmittelbar darauf zu reagieren. Neben Klenk saßen noch fünf weitere Männer im Aufsichtsrat von Ford, die die ursprünglichen Besitzer des bei der Stephan gefundenen Schreibsets gewesen sein konnten. Wobei jedoch Klenk der einzige Aufsichtsrat bei Ford war, der in Köln wohnte. Wenn es in dieser Richtung einen Verdacht geben konnte, dann lastete der zuerst auf dem Fraktionsvorsitzenden. Freilich war es nicht nur möglich, sondern eher wahrscheinlich, daß dieses Schreibset nicht unmittelbar, sondern über einen, wenn nicht mehrere Umwege und Zwischenbesitzer von Klenk zur Stephan gelangt war. So merkwürdig und überraschend diese Kugelschreiber-Spur auch war, sie konnten sie vorläufig und, so hoffte Löhr, wahrscheinlich auch für immer hintanstellen. Es galt zuerst, sich den unmittelbar Tatverdächtigen zuzuwenden.

Und da hatten sich Löhr und Esser für ein vorsichtiges, tastendes und vor allem für ein taktisch äußerst zurückhaltendes Vorgehen entschieden. Das heißt, sie mußten solange als irgend möglich den Namen Flauchers aus dem Spiel halten. Nur sie wußten, daß er zu den Tatverdächtigen zählte, und dieses Wissen galt es bis zu dem Zeitpunkt für sich zu behalten, bis sie entweder Flaucher überführt oder einen anderen hatten, von dem sie überzeugt waren, daß nur er als Täter in Frage kommen konnte. Und nur im ersten Fall würde es natürlich unvermeidlich sein, den Namen zu nennen. Aber bis dahin lag ein weiter und steiniger Weg voller Verschleierungstaktik und Geheimniskrämerei vor ihnen. Wie sollten sie beispielsweise dem Staatsanwalt, der üblicherweise ziemlich schnell Einsicht in ihre Ermittlungsakte forderte, den Namen ihres Hauptverdächtigen verschweigen können? Denn klar war, daß sie die unmittelbar Tatverdächtigen, also diejenigen Freier der Stephan, die am mutmaßlichen Tag oder Abend ihres Todes vor ihrer Wohnung gesehen worden waren, als erste befragen mußten, und das hieß, sie mußten heute noch Kontakt zu Flaucher aufnehmen. Glücklicherweise gab es außer Flaucher noch einen zweiten, Hessreiter, schloß man Hundertgeld einmal aus. Den konnten sie sich als ersten vornehmen, und wenn sie Glück hatten, zogen sie mit Hessreiter schon das Große Los und würden die Vernehmungen von Flaucher als reine Formsache und ohne Aufsehen über die Bühne bringen können. Wenn sich allerdings Hessreiter als falsche Spur erwies, mußten sie weitersehen.

Esser hatte die Telefonnummer Hessreiters herausgefunden, bei ihm zu Hause angerufen, aber natürlich nicht ihn, sondern seine Ehefrau an den Apparat bekommen. Esser hatte sich als Privatperson gemeldet und gefragt, wo er Hessreiter jetzt am besten erreichen könne. Sie hatte ihm kurz angebunden seine Durchwahl in einer Postbehörde gegeben und gleich darauf wieder aufgelegt. Unter der Durchwahlnummer meldete sich eine Sekretärin; Esser stellte sich wieder nur als Privatperson vor, und erst als er Hessreiter selbst am Apparat hatte, gab er sich als Kriminalpolizist zu erkennen und sagte, daß er ihn als Zeugen in einem »ungeklärten Todesfall« sprechen müsse. Hessreiter wußte sofort, um was es ging und wußte auch, daß er sich nicht verdächtig machen würde, wenn er das zugab. Denn schließlich hatte die Nachricht vom Tod Corinna Stephans in sämtlichen Zeitung gestanden. Er dämpfte seine Stimme zu einem kaum hörbaren Flüstern.

»Jetzt sofort?«

»Ja. Am besten jetzt sofort«, sagte Esser.

»Aber doch nicht etwa in meinem Büro?«

»Nein. Entweder Sie kommen zu uns oder wir treffen uns irgendwo. Ganz, wie's Ihnen am liebsten ist.« Als Löhr das hörte, mußte er grinsen. Der übt schon mal für seinen ersten Auftritt bei Flaucher, dachte er.

Hessreiter, der in einer Postbehörde auf der Sternengasse arbeitete, war es wohl am unauffälligsten erschienen, wenn er sich mit ihnen da träfe, wo er sonst auch häufig seine Mittagspause verbrachte: In einem Stehimbiß der gehobenen Klasse auf der Hohen Pforte, erfreulicherweise bloß fünf Minuten von ihrer Dienststelle entfernt.

Auf dem Weg dorthin kamen sie am Waidmarkt an einer Batterie Wahlkampfplakate vorbei, die mit Draht an den Bäumen gegenüber dem Polizeipräsidium befestigt waren. Sie alle zeigten dasselbe Motiv: ein Foto des SPD-Kandidaten Flaucher in grauem Anzug und staatsmännischer Pose. Sein Blick durch die Brille fixierte den Betrachter starr, während er mit den Lippen den etwas unbeholfenen und augenscheinlich angestrengten Versuch eines gütigen Lächelns unternahm. Er sah aus, als ob ihm jemand beim Fototermin »gütiges Lächeln« erklärt, er aber nicht genügend Zeit hatte, das auch richtig zu üben. »Für ein soziales Köln!« hieß der Slogan des Plakats. Löhr stieß Esser an.

»Kannst du dir vorstellen, daß der ...?«

»Nicht so laut!« zischte Esser und blickte sich dabei um, als hätten die Bäume Ohren.

»Ich meine, ist doch irgendwie komisch, daß ausgerechnet so einer uns vor die Flinte kommt, oder?«

»Ich find das nicht komisch«, sagte Esser gepreßt und schob Löhr weiter. »Ich finde das ungerecht, unfair, brutal, grausam ...«

»Asozial«, ergänzte Löhr.

Im Stehimbiß auf der Hohen Pforte gab es ausschließlich Baguette-Sandwiches, die von einer jungen Frau mit straff zurückgekämmtem Haar frisch zubereitet wurden. Esser und Löhr waren vor Hessreiter da, jedenfalls sahen sie unter den Gästen niemanden, der wie ein gehobener Postbeamter aussah. Gegenüber der langen gläsernen Vitrine, aus der Löhr große gekochte und geräucherte Schinken, mehrere Sorten Salami und Käse anlachten, saßen zwei auffällig gekleidete jüngere Männer auf Barhockern um einen Stehtisch, bissen in ihre Sandwiches und nuckelten an Coladosen. Vorm Tresen warteten zwei andere Männer, Mittzwanziger, Anzug- und Krawattenträger, die sich für ihre Mittagspause im Büro versorgten, auf ihre Sandwiches, die eben für sie zubereitet wurden. Löhr und Esser setzten sich an einen der freien Stehtische und sahen sich um. Während Esser interessiert zuschaute, wie die Bedienung eine dicke Thunfischpaste auf einem Baguette verstrich und anschließend mit Salatblättern und Tomatenscheiben dekorierte, beobachtete Löhr die beiden Männer am Nebentisch, achtete aber darauf, daß sein notorisches Starren nicht als solches erkennbar war. Der jüngere der beiden trug enganliegende schwarze Lederhosen und ein tailliertes, ebenfalls schwarzes und an allen möglichen und unmöglichen Stellen mit Schnüren versehenes Lederhemd, das vom Bauchnabel aufwärts offen stand. Das rechte Ohr des Mannes war am Rand von mindestens zwanzig silbernen Ringen durchbohrt, und Löhr fragte sich gerade, an welchen Körperstellen sonst noch der Mann gepierct sein mochte, da sah er, wie der andere – ein leicht aufgedunsener Mittdreißiger in einem roten Hawaihemd – seinem Gegenüber mit zwei Fingern einen Brotkrümel von der Oberlippe pickte. Der Gepiercte lächelte ihn dafür dankbar an und formte die Lippen zu einem angedeuteten Kuß. Schlagartig wurde Löhr klar, daß er sein Hauptproblem den ganzen Tag über bisher völlig verdrängt hatte. Ein panikähnlicher Drang überkam ihn, sofort aufzustehen und zum nächsten Telefon zu laufen. Er mußte unbedingt seinen Bruder Gregor sprechen! *Allein* diesmal, unter vier Augen. Nur so würde er eine Chance haben, ihm noch einmal wegen dieser absurden Hochzeitsidee ins Gewissen zu reden. Zumindest müßte er ihn dazu bringen, die Angelegenheit nicht zu einer Staatsaktion aufzublasen. Auf jeden Fall durfte unter keinen Umständen ein Foto von den beiden in der Zeitung erscheinen! Die Zeit wurde knapp. Auf wann war noch einmal diese Hochzeit angesetzt? Er hatte es vergessen. Er mußte handeln. *Jetzt*! Sollte Esser diesen Hessreiter allein verhören, ein amtliches Verhör war das sowieso nicht. Löhr rutschte von seinem Barhocker herunter und wollte Esser sagen, daß er jetzt ganz dringend und sofort etwas erledigen müsse, da stand Hessreiter vor ihm.

»Sind Sie Herr Esser?«

Löhr erstarrte. Genau so *mußte* man sich einen Prostituierten-Mörder vorstellen. Ein elegant geschnittenes Gesicht, markiert von feinen Falten um die Augen und die Mundwinkel, ein Gesicht, aus dem jeglicher Gefühlsausdruck, selbst die Möglichkeit dazu auf immer verbannt zu sein schien. Kein Gesicht, sondern das Abbild eines Gesichts, eine Momentaufnahme, die ein Gesicht im Zustand seiner Versteinerung zeigte. Und dann die Augen! Die Augen Hessreiters waren schwarz, so schwarz wie die entferntesten Regionen des Nachthimmels und mindestens ebenso leer und kalt.

»Nein«, sagte er und räusperte sich. »Ich bin Hauptkommissar Löhr. Das ist mein Kollege, mit dem Sie eben telefoniert haben, Hauptkommissar Esser.« Er machte eine flüchtige Geste zu Esser hinüber.

Hessreiters versteinerter Blick wanderte zu Esser. »Hessreiter«, sagte er. »Können wir es vielleicht unauffällig und vor allem kurz machen?« sagte er zu Esser. »Ich habe noch wichtige Termine.«

»Das hier *ist* ein wichtiger Termin«, mischte sich Löhr ein. Die Herausforderung, die der Mann ihm bedeutete, war jetzt im Augenblick wichtiger, als seinen Bruder anzurufen. Das konnte er nachher auch noch. *Gleich* nachher. Der Mann hier konnte *ihr* Mann sein. »Vor allem für Sie ein wichtiger Termin«, setzte er hinzu.

»Und wenn Sie's unauffällig haben wollen, bestellen Sie doch etwas «, sagte Esser und deutete auf den Tresen, wo die Bedienung gerade einen Kunden abkassierte.

Hessreiter nickte, ging hinüber und bestellte ein Käse-Schinken-Sandwich. Löhr und Esser tauschten einen Blick, bei dem Löhr mit dem Zeigefinger auf seine Brust wies, um Esser zu signalisieren, daß er die Gesprächsführung übernehmen wollte. Esser zwinkerte bestätigend zurück. Das schwule Pärchen, das neben ihnen gesessen hatte, ging, und sie waren jetzt im hinteren Teil des Raumes allein.

»Sie waren am Freitag, den 15. April bei Corinna Stephan«, sagte Löhr zwar leise, doch brutal und ohne jegliche Vorbereitung zu Hessreiter, als der von der Theke zurückkehrte. »Um zwanzig Uhr fünfzehn sind Sie in das Haus Bonner Straße 345 gegangen, um zwanzig Uhr fünfunddreißig sind Sie wieder rausgekommen. Was haben Sie in der Zeit im Appartement von Frau Stephan getan?«

»Ich war gar nicht in ihrem Appartement«, antwortete Hessreiter ohne das geringste Zögern und mit ebenso leiser Stimme wie Löhr.

Löhr sah, wie sich Essers Mund erstaunt öffnete. Er selbst versuchte jeden Ausdruck von Überraschung oder Zweifel aus seiner Miene fernzuhalten. Der Mann war wirklich eine Herausforderung.

»Aber Sie waren in dem Haus?« fragte er.

»Ja«, sagte Hessreiter.

»Und was haben Sie da gemacht?«

»Ich habe bei Frau Bürvenich gesessen und gewartet. Als Frau Stephan nach zwanzig Minuten immer noch nicht frei war, bin ich wieder gegangen.«

Löhr mußte eine ganze Batterie Fragen herunterschlucken, seine Miene in der selbst auferlegten Ausdruckslosigkeit halten und sich auf das Wesentliche konzentrieren.

»Nicht frei war? Was heißt das?«

»Manchmal hatte Frau Stephan noch einen Kunden bei sich. Dann wartete ich bei Frau Bürvenich. Wenn sie wieder frei war, schaute sie kurz herein, und dann bin ich mit ihr in das Appartement gegangen.«

»Und weil sie nicht ›kurz hereinschaute‹, sind Sie einfach wieder gegangen?«

»Nein. Frau Bürvenich ist nach etwa einer Viertelstunde zu ihr hinüber gegangen und hat geklopft. Aber sie hat wohl nicht geantwortet.«

»*Wohl* nicht oder nicht?«

»Frau Bürvenich sagte, sie antwortet nicht.«

»Und Sie sind einfach gegangen? Haben Sie nicht selbst noch mal versucht, in ihr Appartement zu kommen?«

»Nein. Das habe ich nicht. Frau Bürvenich sagte, sie sei möglicherweise schon nach Hause gegangen. Daraufhin bin ich dann auch gegangen.«

»Kam das öfter vor, daß Sie vergeblich auf Frau Stephan warten mußten?«

»Nein. Noch nie.«

»Und wie erklären Sie sich dann, daß das ausgerechnet an diesem 15. April passierte?«

»Es war ein Freitagabend, und Frau Stephan arbeitete am Wochenende nicht. Deshalb ging ich wie Frau Bürvenich davon aus, daß sie schon Feierabend gemacht hatte.«

Löhr schwieg und sah Hessreiter an. Dessen Augen blieben undurchsichtige schwarze Löcher, und sein Gesicht zeigte weiterhin keine Regung.

»Wir werden das überprüfen«, sagte Löhr.

Hessreiter antwortete nicht, sondern wandte sein Gesicht der Theke zu. Dort war die Bedienung gerade fertig mit der Zubereitung seines Sandwiches und blickte zu Hessreiter hinüber.

»Packen Sie's mir heute bitte ein?« sagte Hessreiter, ohne die Stimme dabei zu heben.

»Ja, natürlich, Herr Hessreiter.«

»Aber diesmal bitte mit *zwei* Servietten. Das hatten Sie beim letzten Mal vergessen.«

»Ja, natürlich, Herr Hessreiter.«

So etwas von Kaltblütigkeit hatte Löhr noch nie erlebt. Aber, dachte er, er ist ein Pedant. Ein kaltblütiger Pedant. Er legt einen enormen Wert auf *zwei* Servietten für sein Brötchen. Und wenn er einen Hund hat, putzt er ihm bestimmt die Zähne. Und im Büro entfernt er die Heftklammern aus den Akten, bevor er sie in den Reißwolf gibt. Seine Pedanterie ist vielleicht seine Schwäche.

Löhr sah zu Esser hinüber, der sich aus dem Kühlschrank am Kopf des Raumes eine Cola genommen hatte und dabei war, die Dose zu öffnen. An Essers konzentrierter Miene bei dieser Tätigkeit konnte er ablesen, daß der sich ebenfalls den Kopf über die emotionale Beschaffenheit Hessreiters zerbrach.

»Wie oft haben Sie eigentlich«, wandte Löhr sich wieder an Hessreiter, »wie oft haben Sie eigentlich Frau Stephan frequentiert, wenn ich so sagen darf?«

»Ist das wichtig für den Mordfall?«

»Ja. Sonst würde ich diese Frage nicht stellen.«

»Unterschiedlich. Manchmal einmal in der Woche, manchmal nur einmal im Monat.«

»Sie unterhielten also sozusagen eine regelmäßige Beziehung zu Frau Stephan.«

»Wenn Sie so wollen ...«

»Und seit wann hatten Sie diese Beziehung zu Frau Stephan?«

»Seit ungefähr einem Jahr.«

Löhr zögerte einen Augenblick mit der nächsten Frage. Wenn das stimmte, was Hessreiter ihm sagte, dann käme er eventuell als derjenige in Frage, der Corinna Stephans Hilferufe provoziert hatte. Zuzutrauen wäre ihm das. Dem wäre *alles* zuzutrauen. Aber bevor er da weiterbohrte, beschloß Löhr, ihm zuerst eine scheinbar belanglose und abwegige Frage zu stellen.

»Haben Sie sich für Ihre – Termine – bei Frau Stephan jeweils angemeldet, telefonisch zum Beispiel?«

»Nein. Nie. So etwas plane ich nicht.«

»Das glaube ich nicht.«

»Bitte. Das steht Ihnen frei«, sagte Hessreiter, und es klang ohne jeden spöttischen Unterton.

»Gut. Auch das werden wir überprüfen.«

Noch nicht einmal ein Schulterzucken war Hessreiter diese Bemerkung wert.

»Gab es irgendeinen besonderen Grund für diese – nun, doch ziemlich beständige Beziehung?«

»Könnten Sie das präziser formulieren?«

»Pflegten Sie mit Frau Stephan vielleicht, nun sagen wir mal: außergewöhnliche Praktiken?«

»Wenn die Beantwortung dieser Frage zur Aufklärung des Falls beitragen soll, bin ich bereit, sie in einer förmlichen Vernehmung zu beantworten.«

»Sie werden ohnehin eine Ladung zu einem zeugenschaftlichen Verhör bekommen.«

»Stellen Sie sie mir bitte an meine private Adresse zu.«

»Selbstverständlich.«

Hessreiter wandte sich an Esser, der seitlich neben ihm stand: »Ich hoffe, ich konnte Ihnen helfen.« Zu Löhr gewandt nickte er kurz. »Ich höre dann von Ihnen.«

Damit ließ er die beiden stehen. Esser und Löhr drehten ihm, unisono wie Synchronschwimmer, die Köpfe hinterher, sahen ihn sein Baguette-Paket in Empfang nehmen, bezahlen, sahen, wie er in seinem absolut flusen- und faltenfreien dunkelblauen Anzug sehr aufrecht und dabei leicht federnd, so, als wäre er bereit, *jede* Herausforderung mit Leichtigkeit anzunehmen, aus dem Lokal in das gleißende Sonnenlicht der Straße trat. Löhr hätte viel für ein Foto gegeben, das ihre beiden wahrscheinlich von unbeschreiblicher Dämlichkeit gezeichneten Gesichter bei dieser Szene festgehalten hätte.

***

»Was soll das denn heißen, Gregor: Du sprichst nicht mehr mit mir?«

»Nicht mehr über dieses Thema, habe ich gesagt.«

»Ich war gestern abend bei Mutter und hab versucht, das Thema bei ihr anzuschneiden.«

»Ja und?«

»Ich hatte den Eindruck, sie wäre äußerst schockiert, wenn sie es erführe.«

»Was soll das denn heißen? Willst du mir sagen, daß sie einen Schlaganfall kriegt, wenn sie's erfährt?«

»Sie soll's von mir aus erfahren. Irgendwann erfährt sie's ja sowieso. Aber doch nicht so brutal. Aus der Zeitung.«

»Also soll *ich* zu ihr gehen und es ihr sagen?«

»Um Gottes Willen! Das muß man diplomatisch machen, vorsichtig, mit Feingefühl.«

»Und das haben Schwuchteln ja bekanntlich nicht.«

»Bitte, Gregor!«

Löhr wurde es schlagartig heiß in der Telefonzelle, obwohl die Mittagssonne nur einen schmalen Streifen Licht in den gläsernen Käfig warf. Er zwängte sich, den Hörer zwischen Ohr und Schulter geklemmt, aus seinem Jackett, was nun endgültig zu einem Schweißausbruch führte. Löhr verfluchte die Enge der Zelle. Daran ändern sie nie etwas! Bloß magentafarben angestrichen sind die Dinger jetzt, aber um keinen Deut bequemer.

»Müssen wir denn am Telefon da drüber sprechen, Gregor? Können wir das nicht in aller Ruhe heute abend machen, uns treffen?«

»Nein. Ich hab dir schon mal gesagt, ich laß mich nicht mehr von dir bequatschen wie damals bei der Domplatten-Aktion. Die Sache hier ist mir zu wichtig.«

»Und Mutter? Ist dir Mutter nicht wichtig?«

»Natürlich ist mir Mutter wichtig. Aber dir geht es doch gar nicht um Mutter! *Dir* ist die Hochzeit peinlich, *dir* ist es peinlich, 'nen schwulen Bruder zu haben!«

»Du weißt ganz genau, daß das nicht stimmt, Gregor!«

»Ach nein? Ich brauch dich bloß an deinen spießigen Auftritt gestern bei Pfarrer Milde zu erinnern.«

»Das war doch gar nicht so gemeint, Gregor. Da hab ich nur ...« Löhr wand sich gequält, drehte sich, als könne von draußen vielleicht Hilfe kommen, zur Tür der Zelle. Er sah in das Gesicht eines Afrikaners. Der

Mann mußte schon die ganze Zeit vor der Zelle gewartet haben, denn Löhr erinnerte sich, daß sie vorhin beide gleichzeitig davor angekommen waren und der andere ihm den Vortritt gelassen hatte. Doch er konnte kein Anzeichen von Ungeduld in der Miene des Mannes erkennen. Im Gegenteil lächelte er Löhr geduldig und freundlich zu, so, als wolle er ihm Mut bei seiner qualvollen Verhandlung zusprechen. Löhr erwiderte das Lächeln. »Also ich hab da nur den Advocatus Diaboli gespielt, wie man so sagt ...«

»Haha! Jedenfalls warst du sehr überzeugend! – Nein, nein, Jakob. Ich denke, das ist mein Bier. Da solltest du dich überhaupt nicht einmischen.«

»Was meinst du damit?«

»*Ich* geh zu Mutter und sag es ihr. Wird sowieso höchste Zeit, mit der verdammten Heuchelei aufzuhören.«

»Nein, Gregor!« Löhrs Stimme überschlug sich fast. »Ich kenn dich doch! Du fällst immer gleich mit der Tür ins Haus! Das wird ein Schock! Das verkraftet die nicht!«

Schweigen am anderen Ende der Leitung.

»Laß mich das machen, Gregor, bitte!« bettelte Löhr. »Wann heiratet ihr noch mal?«

»Jetzt am Samstag.«

»Gut«, sagte Löhr. »Samstag.«

Auf dem Weg zurück zur Löwengasse zog Löhr sein Jackett nicht wieder an, sondern hängte es sich über die Schulter. Es war ein sommerlich warmer Mittag, fast war es heiß, und Löhr hielt sich auf der Sonnenseite der Straße in der Hoffnung, die Schweißflecken in seinem Hemd, die das Gespräch mit seinem Bruder verursacht hatte, würden so schneller trocknen. Er mußte zu seiner Mutter! Gut, nicht sofort, er hatte bis Samstag Zeit. Aber er mußte zu ihr und sie über ihren Sohn Gregor ins Bild setzen. Das war seine Pflicht. Das Gregor selbst zu überlassen, würde den Tod der alten Frau bedeuten. Er kannte Gregors Dampfgeplauder. Der würde die arme Frau glatt überfahren, brutal und schonungslos. Um Himmelswillen, nein! Die Bürde lag allein auf seinen Schultern. Und während er sich wegen dieser Bürde ein wenig selbst bedauerte, fiel ihm wieder der Anruf seiner Tante Helene ein. Da mußte er sich auch drum kümmern! Das war doch schon ein paar Tage her, das war Sonntagabend gewesen, als sie angerufen hatte! Und es war ein Hilferuf gewesen! Sie hatte *ihn* angerufen, um *seine* Hilfe zu erbitten! Wieso hatte er das vergessen? Wieso vernachlässigte er seine Familie? Der verdammte neue Fall! Löhrs Blick streifte im Vorübergehen noch einmal die Flaucher-Plakate am Waidmarkt. Die schlecht gespielte Güte schien aus der Miene des Kandidaten verschwunden zu sein, Löhr glaubte jetzt, eine bösartige Verschlagenheit in dessen Lächeln zu entdecken. Dieser verdammte Politiker, der den Fall so kompliziert machte! Wenn der nicht wäre, wäre es ein schöner, kein glatter, aber ein Fall, der nach einer eleganten, einer raffinierten Lösung verlangte. Allein dieser Hessreiter als Tatverdächtiger, ein Leckerbissen! Nur der Politiker machte ihn so unnötig verzwickt, *würde* ihn verzwickt machen, denn die Schau hatte ja noch nicht einmal begonnen, das ganze Theater stand ihnen ja noch bevor! Löhr begann, seinen neuen Fall zu hassen.

Esser telefonierte, als Löhr zurück ins Büro kam, das heißt, er lauschte in seinen Hörer und gab ab und zu ein »ja« oder »hm« von sich. Löhr hängte sein Jackett sorgfältig an die Garderobe, setzte sich hinter seinen Schreibtisch, wartete ab, ohne etwas anderes zu tun, als zum Fenster hinaus und auf die ewig gleiche, unverputzte Rückfront eines Gebäudes zu schauen, das seit Jahren sein einziger Ausblick aus dem Bürofenster war. Endlich hatte Esser sein Gespräch beendet. Löhr mußte während des Wartens nicht allzu fröhlich geguckt haben, denn Esser fragte ihn in dem Augenblick, als er auflegte: »Was ist denn mit dir los?«

»Mit mir? Nichts. Was soll mit mir los sein?«

»Du hättest gerade mal dein Gesicht sehen sollen!«

»Gottseidank gibt's hier keinen Spiegel. Mit wem hast du eben gesprochen?«

»Mit einem von der Sitte. Die sollten mal checken, ob einer der Freier der Stephan, die die Fahndung observiert hat, bei denen schon mal auffällig geworden ist.«

»*Alle* Freier? Auch Flaucher?« Löhr merkte, wie seine Stimme bebte. So weit war er schon! So weit hatte ihn der verdammte Fall schon gebracht, daß er Angst bekam. Wenn irgend jemand von der Sitte erfuhr, daß Flaucher als Tatverdächtiger im Fall Stephan in Frage kam, war das gleichbedeutend mit einem Anruf bei einem Reporter von der Bild-Zeitung.

»Nein, natürlich nicht«, sagte Esser schnell. »Meinst du, ich bin verrückt? Ich hab ihnen diesen Hessreiter und die Namen durchgegeben, die die Fahndung am 28. März observiert hat.«

Am 28. März hatten die Fahnder drei Freier vor dem Haus in der Bonner Straße fotografiert und deren Autokennzeichen notiert. Esser hatte sie mit denen vom 15. April bei der Zulassungsstelle abgleichen und die Halter ermitteln lassen.

Löhr atmete erleichtert auf. »Ja gut. Aber warum die vom 28. März?«

»Sicherheitshalber«, sagte Esser. »Könnte ja sein, daß Hessreiter nicht lügt und der Täter schon vor ihm bei der Stephan war.«

»Meinst du wirklich, dieser Hessreiter hat nicht gelogen?«

Esser zuckte die Schultern. »Der Typ ist schon 'ne Nummer für sich. Aber irgendwie hab ich das Gefühl ... Ich weiß nicht, so primitiv würde der nicht lügen. Ein Gespräch mit der Bürvenich, und er wär entlarvt.«

»Er könnte die Stephan vorher umgebracht und sich *danach* zu der Bürvenich gesetzt haben«, sagte Löhr.

»Ja, könnte er. Aber die Möglichkeit, daß tatsächlich noch einer vor ihm bei der Stephan war, sollten wir auch nicht aus den Augen verlieren.«

»Hm«, machte Löhr. »Und warum haben die Fahnder dann am 15. April diesen Mann nicht gesehen?«

»Weil die mit ihrer Observation am 15. April erst um neunzehn Uhr dreißig angefangen haben!«

»Punkt für dich«, gab Löhr zu. »Unser Täter könnte also davor bei ihr gewesen sein, und es könnte ihr Dauerkunde gewesen sein, und der war vielleicht schon unter den Freiern vom 28. März?«

»Eine Möglichkeit«, sagte Esser. »Deswegen will ich die auch überprüfen.«

»Sehr vage«, murmelte Löhr.

»Vage, aber möglich«, beharrte Esser.

»Das würde aber heißen«, hielt Löhr dagegen, »alle beide, Hessreiter und Flaucher, hätten am 15. April abends bei der Bürvenich gewartet, und die Stephan lag zu dem Zeitpunkt schon tot nebenan in ihrem Appartement?«

»Klingt unwahrscheinlich, geb ich zu, es könnte aber sein.«

»Klingt *verdammt* unwahrscheinlich«, sagte Löhr. »Wir müssen unbedingt mit der Bürvenich sprechen! Die hat mich bei der ersten Vernehmung ganz schön auf den Arm genommen.«

»Ja. Wir müssen aber zuerst mit unserem Oberbürgermeisterkandidaten 'nen Termin machen!« sagte Esser. »Ich hab mir seine Durchwahlnummern schon rausgesucht.« Er streckte Löhr seinen Notizblock entgegen.

Löhr stand auf und hielt sich theatralisch eine Hand an den Bauch. »Ich hab einen furchtbaren Kohldampf, Rudi. Es ist ein Uhr durch, und wir sollten zuerst mal was Ordentliches essen gehen.«

Esser grinste, aber es lag dabei ein leicht böser Zug um seine Mundwinkel. »Nein, zuerst machen wir den Termin mit Flaucher. Wenn du nicht anrufst, mache ich es.«

»Können wir das denn nicht nach dem Essen machen? Ich meine, auf nüchternen Magen so was?«

Der böse Zug um Essers Mund verstärkte sich, und statt zu antworten, zog er das Telefon zu sich heran. Im gleichen Augenblick klingelte es. Esser nahm unwillig ab.

»11. K, Esser.«

Esser lauschte in den Hörer, der böse Zug in seinem Gesicht verschwand und machte einem erstaunten Ausdruck Platz.

»Ach ja«, sagte er ins Telefon. »Und wo ist die Akte jetzt? Ha! Gut. Dann weiß ich Bescheid. Danke.« Er legte auf.

»Wer war das?« fragte Löhr.

»Noch mal die Sitte. Wir haben vielleicht 'nen Treffer. Einer der Freier vom 28. März, ein Georg Heym, der ist bei denen als sadistischer Feier registriert.«

»Aha!« machte Löhr und nahm die Hand, die er die ganze Zeit über nicht von seinem Magen gelassen hatte, herunter. Hoffnung leuchtete in seiner Miene auf. »Wissen die auch was Genaueres?«

»Nein, eben nicht! Sie haben die Akte nicht zur Hand.«

»Soll ich raten, wo sie ist?« grinste Löhr.

»Aber ich fahr nicht *noch mal* zu dieser versifften Hütte an der Sieg raus!« protestierte Esser.

Triumph leuchtete aus Löhrs Augen: »Immer noch besser, als sich mit so 'nem – so 'nem Bonsai-Machiavelli wie Flaucher rumzuquälen.«

***

Natürlich hatte sich Esser durchgesetzt. Das war, mußte sich Löhr im nachhinein wieder einmal eingestehen, das Gute an Esser: in den Momenten, in denen Löhrs Unlust angesichts der Unannehmlichkeiten eines Falls dermaßen die Überhand gewann, daß er vor allen unangenehmen Aufgaben zu fliehen versuchte und, wenn möglich, ganz aus dem Büro floh und sich statt auf den Fall mit Inbrunst auf seine Familienangelegenheiten stürzte, gab Esser nicht nach, sondern rief Löhr zur Ordnung und zwang ihn mit Bitten und Drohungen subtilster, aber auch weniger subtiler Art, bei der Stange zu bleiben. Also hatten sie, bevor sie hinüber zur Kantine im Präsidium gingen, Flaucher in seinem Büro angerufen. Das heißt, Esser hatte das getan, hatte sich wieder als Privatperson ausgegeben und den Oberbürgermeisterkandidaten tatsächlich nach einigem Hin und Her an den Apparat bekommen.

Nach dem Telefonat berichtete Esser Löhr von dem bereits von Hessreiter bekannten Flüsterton, in den der Kandidat verfallen war, nachdem Esser ihm gesagt hatte, um was es ging. Merkwürdig fand Esser allerdings, daß darauf keine empörten Unschuldsbeteuerungen und Dementis folgten – etwas anderes *konnte* man eigentlich von Politikern nicht erwarten –, sondern nur die hastige Bitte, die Angelegenheit absolut diskret und möglichst nur unter vier Augen abzuhandeln. Nein, am Nachmittag stünde er nicht für ein Gespräch zur Verfügung. Da war eine Ratssitzung, an der er teilnehmen müsse und die würde erst am Abend beendet sein. Esser verabredete sich mit Flaucher daraufhin gegen sieben Uhr im »Sion«, natürlich nicht, ohne anzukündigen, daß er einen Kollegen mitbringen würde. Das war nun wahrlich kein allzu diskreter Ort, aber vermutlich dachte Flaucher so wie Hessreiter, ein brisantes Gespräch mit einem Unbekannten würde an einem gut besuchten öffentlichen Platz weniger auffallen als der Besuch eines Polizeibeamten etwa im Büro des Oberstadtdirektors.

»Daß der nicht gleich alles geleugnet hat«, murmelte Esser auf dem Weg von der Löwengasse zum Präsidium.

»Wart's ab, das kommt noch«, murrte Löhr, der immer noch damit haderte, daß ihm der Abend durch die peinliche Befragung eines Politikers versaut werden würde. »Bin mal gespannt, was dem alles einfällt.«

»Wird ihm schwerfallen, sich da rauszureden. Immerhin haben wir das Fahndungsfoto vom Tattag vor dem Haus der Stephan von ihm.«

»Ob das wirklich 'n Indiz ist?« zweifelte Löhr. »'n fast schwarzes Foto?«

»Vergiß das Autokennzeichen nicht! Der Mann *war* am Tattag bei der

Stephan! Und wenn der Fingerabdruck auf der Nachttischlampe auch noch von ihm stammt, dann *ist* Flaucher unser Täter!«

»Dazu müssen wir ihn aber noch zur Abnahme aufs Revier laden. Und das – o Gott!« stöhnte Löhr.

»Wirst du schon schaffen«, sagte Esser.

»*Ich*?« Löhr blieb stehen.

Esser räusperte sich mehrmals, und zwar so auffällig, daß Löhr vollends mißtrauisch wurde. »Was ist los? Spuck's schon aus!«

»Mit heute abend, um sieben, der Termin mit Flaucher …«

»Was ist denn damit?«

»Ist mir ein bißchen unangenehm, Jakob …«

»Jetzt sag's schon!«

»Eigentlich bin ich um halb acht verabredet.«

Aha! Das konnte nur Essers Freundin sein, die, die er schon seit etlicher Zeit vor seiner Frau geheimhielt. Das Verhältnis, das Löhr insofern deckte, als er Esser gegenüber dessen Frau regelmäßig Alibis verschaffte. Das nicht etwa, weil er Essers Fremdgehen moralisch gut geheißen hätte, sondern weil er es als eine die Ehe der Essers stabilisierende Beziehung ansah. Löhr sah kurz in Essers zerknirschtes Gesicht. Ein warmes, freundschaftliches Gefühl stieg in ihm auf, das ihn in dieser Intensität sonst nur bei Familienangehörigen überkam. Ja, Esser gehörte mit zur Familie, Esser war sein Freund, und er hatte einiges an seinem Freund gut zu machen: Daß er ihm das Handy verweigerte. Daß er ihm immer die unangenehmen Aufgaben überließ. Daß Esser sich aufopferte, um ihm den Bürokram vom Leib zu halten. Löhr legte seinen Arm um Essers Schulter und behielt ihn dort ein paar Schritte lang.

»Ist doch klar, Rudi. Der Abend ist sowieso im Eimer.«

»Danke«, sagte Esser schlicht, aber nicht ganz ohne Ergriffenheit angesichts Löhrs ungewohnt herzlichen Tonfalls.

In der Kantine gab es nur noch zwei Gerichte zur Auswahl: Deutsches Beefsteak mit Möhrengemüse und Salzkartoffeln und Gemüseeintopf mit Wursteinlage. Da die übliche Mittagessenzeit der Polizei schon über eine Stunde zurücklag, hatte sich die Menge der zur Verfügung stehenden Beefsteak-Scheiben auf wenige und dazu noch recht unansehnliche, auf Frikadellengröße zusammengeschrumpfte Exemplare reduziert. Esser rümpfte leicht die Nase und entschied sich, auch wenn er Bedenken angesichts dessen undefinierbaren Inhalts hatte, für den Eintopf. Löhr jedoch kam, trotz des mickrigen Äußeren der Fleischballen, die Erinnerung an die wunderbar duftenden Hackfleischbraten seiner Mutter (die sie, so weit er sich entsinnen konnte, »Falscher Hase« nannte), so daß er sich für dieses Gericht entschied.

Außer ein paar uniformierten Polizisten waren sie die einzigen Gäste in der Kantine, und sie setzten sich an einen der heißbegehrten Fensterplätze, aus denen man allerdings keine andere Aussicht hatte, als die auf den Innenhof des Präsidiums und die darin abgestellten Bereitschaftsfahrzeuge. Sie hatten sich kaum gesetzt, da stand Fischenich, ein Hauptkommissar aus dem KK42, der Wirtschaftskriminalität, neben ihrem Tisch. Er balancierte einen Teller mit Möhrengemüse, bleichen Kartoffeln und einem – wie Löhr sofort erkannte –, wesentlich besser aussehenden Beefsteak als das seine.

»Darf ich mich zu euch setzen?« fragte er. »Ist sonst so einsam hier.«

»'türlich«, murmelte Esser, der in eine mißtrauische Betrachtung seines Eintopfs versunken war, rückte ein Stück, und Fischenich setzte sich.

Fischenich kannten sie aus etlichen gemeinsamen Fällen, zuletzt hatten sie ihm während der Aufklärung des Mordes an einem Domprobst zu dem heiklen Korruptionsfall im Generalvikariat verholfen, für den demnächst die Gerichtsverhandlungen beginnen würden, das heißt, Fischenich hatte ihnen im Gegenzug natürlich auch bei der Aufklärung ihres Falls geholfen. Seitdem pflegten Löhr und Esser ein fast kameradschaftliches Verhältnis zu dem großen, schlaksigen Mann.

»Und, wie läuft's bei Ihnen so?« fragte Löhr Fischenich ein wenig griesgrämig, denn er war nicht nur neidisch auf dessen appetitlicher aussehendes Beefsteak, sondern außerdem noch fest davon überzeugt, daß Fischenich es in seinem Kommissariat tausendmal besser hätte als er und Esser zur Zeit.

»Wunderbar!« grinste Fischenich und zerteilte mit der Gabel sein Beefsteak. »Wir arbeiten gerade an 'nem echten Leckerbissen! Habt ihr noch nichts davon in der Zeitung gelesen?«

»Nein«, sagte Löhr und versuchte sich ebenfalls mit der Gabel an seiner Frikadelle, stellte aber fest, daß deren harte Konsistenz eine solche Behandlung leider nicht zuließ und nahm nach einem neidischen Blick auf Fischenichs sehnige Hände sein Messer zur Hilfe.

»Der Klenk und die Quirinus-GmbH!« sagte Fischenich, bevor er sich die halbe Frikadelle in den Mund schob.

Esser, der von seinem Eintopf bisher noch keinen Löffel zu sich genommen hatte, sondern nach dessen Betrachtung dazu übergegangen war, bloß in der Terrine zu rühren, sah überrascht auf, suchte schnell den Blick Löhrs, doch der, mit seiner Frikadelle beschäftigt, zuckte mit den Schultern.

»Ach ja, natürlich hab ich das gelesen!« sagte Esser und versuchte sich dabei kein sonderliches Interesse anmerken zu lassen. »Soll diese Quirinus-GmbH nicht zu überteuertem Preis ein Grundstück von der Stadt gekauft haben?«

Fischenich nickte, sagte aber nichts, da die Fleischkloßhälfte selbst für seinen Mund offensichtlich ein zu großer Brocken war.

»Klenk?« fragte Löhr jetzt beiläufig. »Das ist doch der Fraktionsvorsitzende von der CDU?«

Fischenich nickte kauend. »Da haben wir's mal wieder«, meinte Löhr, dessen Messer im gleichen Augenblick von der harten Frikadelle abrutschte und einen häßlichen Ton auf dem Teller verursachte. »Die kriegen nie den Hals voll!« Er nahm die Frikadelle in die Hand und biß hinein.

»Aber da kommt ihr doch offenbar nicht weiter«, fragte Esser. »Ihr könnt doch dem Klenk nicht nachweisen, daß er was mit der Quirinus-GmbH zu tun hat, oder?«

Fischenich schüttelte heftig den Kopf. Löhr beobachtete ihn dabei ungläubig. Fischenich mußte tatsächlich eine völlig andere Frikadelle erwischt haben als er. Seine war nicht nur äußerlich undurchdringlich, sondern auch innen fast ungenießbar hart.

»'tschuldigung«, sagte Fischenich schließlich und schluckte den letzten Bissen herunter. »Verdammt harte Brocken die Frikadellen heute. Aber was Klenk und die Quirinus angeht, da sind wir jetzt ein schönes Stück weitergekommen. Was in der Zeitung steht, ist Schnee von gestern! Mit noch ein bißchen Glück kriegen wir ihn richtig zu fassen!«

Löhr gab es auf, sich die Zähne auszubeißen. Hatte der Kerl ein Glück! Zähne wie ein Haifisch, und außerdem konnte der auch noch stolz und in aller Offenheit über einen Fall sprechen, in den eine der Kölner politischen Lokalgrößen verwickelt war. Davon konnten sie nur träumen.

»Und wieso könnt ihr ihn denn *jetzt* drankriegen?« fragte Esser, lediglich verhaltenes Interesse demonstrierend.

»Weil wir kurz davor stehen, beweisen zu können, daß er doch tiefer in der Quirinus-GmbH steckt, als er bisher zugegeben hat. Aber das bleibt bitte unter uns. Das ist noch nicht offiziell!«

»Natürlich!« sagte Esser. »Ist doch selbstverständlich!«

»Quirinus, Quirinus« murmelte Löhr auf ihrem Rückweg zur Löwengasse. »Da sind wir in unserem Fall doch auch schon mal drauf gestoßen ...«

»Klenk, Immobilien, Quirinus-GmbH, Wohnungsbordelle ... genau der Zusammenhang, den Weber vermutet, sagte Esser.«

»Du Scheiße!« Löhr schloß einen Moment lang die Augen und atmete tief durch. »Dann steckt dieser Klenk also jetzt doch noch richtig im Fall Corinna Stephan drin, oder?«

Esser blieb stehen, kramte seine Zigaretten hervor und steckte sich eine an. Er kam Löhr mit einem Schlag um Jahre gealtert vor. Zum ersten Mal glaubte er, Tränensäcke unter Essers Augen zu bemerken. Esser inhalierte tief den Rauch und gleichzeitig damit wohl eine kleine Portion Optimismus, denn er sagte: »*Noch* ist das ja nicht bewiesen, daß Klenk was mit der Quirinus und vor allem mit dieser Geldwäsche zu tun hat!«

»Aber das ist bei der Verbindung zwischen Klenk, der Quirinus-GmbH und dem Appartement unseres Opfers doch jetzt wohl kaum noch 'n Zufall, daß wir bei der Stephan Klenks goldenes Ford-Schreibset finden, Mann!«

»Mach mal ruhig, Jakob!« Esser inhalierte noch einmal, und es schien Löhr jetzt tatsächlich, als nehme er mit dem Zigarettenrauch das Bewußtsein verändernde Stoffe – zu einer kindlich-positiven Weltsicht – zu sich: »Es ist doch noch überhaupt nicht gesagt, daß das Schreibset von Klenk stammt. Und wenn, dann ist noch lange nicht raus, daß die Stephan es unmittelbar von ihm bekommen hat. Er kann's ja vorher an 'nen dritten weitergegeben haben.«

»An Flaucher zum Beispiel«, kam es Löhr plötzlich in den Sinn.

Esser antwortete nicht gleich, sah Löhr verdutzt an und vergaß sogar das Rauchen. »Wie kommst du denn da drauf?«

»Könnte doch sein«, spann Löhr, nun auf den Geschmack gekommen, die einmal aufgegriffene Idee mit munterer Bitterkeit weiter, »daß die beiden da unter einer Decke stecken. Klenk macht mit den Zuhältern und Menschenhändlern und der Quirinus als Geldwaschanlage Geschäfte, verschafft Flaucher Nutten, womöglich für lau, weil der ihm im Rat oder in der Verwaltung im Gegenzug den einen oder anderen Gefallen tut.«

»Jetzt hör auf, Jakob!« Esser warf verärgert seine Zigarette weg und nahm den Gang die Severinstraße hinunter wieder auf. »Das ist doch völlig absurd! Der Schlamassel, in dem wir durch Flaucher stecken, ist schon schlimm genug. Da brauchst du jetzt nicht auch noch Mafia-Horror-Geschichten dazu erfinden!«

»Erfinden?« protestierte Löhr. »Hab ich das *erfunden*, daß Klenk mit dieser Immobiliengesellschaft krumme Geschäfte macht?«

»Es ist nicht *bewiesen*!« hielt Esser dagegen. »Es ist nicht bewiesen, daß er tatsächlich hinter der Quirinus steckt, und vor allem ist nicht bewiesen, daß die Quirinus 'ne Geldwaschanlage ist. Und im übrigen geht uns das nichts an und wir sollten froh sein, *daß* es uns nichts angeht.«

»Pah!« machte Löhr aufmüpfig und immer noch kampfesmutig. Doch bereits zwei, drei Schritte weiter sah er ein, daß Esser recht hatte. Sie waren keine süditalienischen Staatsanwälte mit nahezu unbeschränkten Rechtsmitteln. Und selbst die nützten ja bekanntlich nichts gegen Sprengladungen und Maschinenpistolensalven. Außerdem waren sie hier in Köln und nicht in Palermo. Hier kostete die Korruption der städtischen Politiker zwar nicht unmittelbar Menschenleben, aber immerhin Köpfe. Seinen und den Essers möglicherweise. Und es war nicht einzusehen, weshalb sie die opfern sollten. Er erinnerte sich an seinen Alptraum von Sonntagnacht: er allein in einem Meer von Politikern auf der Jagd nach einem Teller Fischhäppchen, das ihm der Oberbürgermeister gestohlen hatte. Sollte dieser Traum doch eine Bedeutung haben? Ihn warnen vor dem, was auf ihn zukommen würde, wenn er sich auf diese Bande einließe? Selbst wenn sie Klenk und Flaucher zu Fall bringen könnten: da standen schon ganze Bataillone von gierigen Nachwuchspolitikern in den Startlöchern, um sich die Beute zu teilen und das Spiel von vorne zu beginnen.

»Trotzdem!« sagte Löhr nach vier weiteren Schritten laut. »Trotzdem sollten wir das im Auge behalten!«

»Was?« fragte Esser.

»Daß Klenk mit Flaucher unter einer Decke steckt. Vielleicht ist das der Schlüssel zur Lösung unseres Falls.«

»Aber das sind doch politische Todfeinde!« protestierte Esser. »Wenn der eine was über den anderen wüßte, was dem schaden könnte, würde er's doch gleich an die große Glocke hängen! Vor allem jetzt im Wahlkampf!«

»Todfeinde!« sagte Löhr verächtlich. »So was gibt's doch bei denen nicht. Dafür sind die doch alle viel zu sehr aufeinander angewiesen. Der eine beschafft dem anderen 'nen Aufsichtsratsposten oder was weiß ich, und da spielt es gar keine Rolle, von welcher Partei der eine oder andere ist. Sie muß bloß *mächtig* genug sein. Die *spielen* doch nur Konkurrenz oder Feindschaft, machen 'ne Show. Für *uns*. Damit wir meinen, wir könnten *wählen*. Damit wir meinen, das wäre Demokratie. In Wirklichkeit teilen die sich die Macht und verteidigen sie mit Klauen und Zähnen gegen jeden, der auch noch mit ins Boot will.«

»Du bis ein Anarchist«, stellte Esser fest.

»Wenn, dann ein *konservativer* Anarchist«, gab Löhr zurück. »In dem Fall wär ich nämlich ausnahmsweise mal für Recht und Ordnung.«

»Du bist schon von Berufs wegen für Recht und Ordnung«, erinnerte ihn Esser.

»Von Berufs wegen bin ich für *Gerechtigkeit*«, antwortete Löhr. »Das ist was anderes. – Nein, nein. Die halten zusammen wie Pech und Schwefel. Wenn die sich in 'ner Ratssitzung beharkt haben wie die Berserker, dann sitzen die anschließend in der ›Keule‹ zusammen, saufen, machen ihre Geschäfte und gehen zusammen in den Puff. So läuft das bei denen. Und wenn sie dann in so einer Sache in Schwierigkeiten geraten, dann decken sie einander. Wahlkampf hin, Wahlkampf her.«

Sie waren im Innenhof des Bürogebäudes in der Löwengasse angelangt, wo Esser ihren Dienstwagen geparkt hatte. Esser ging gleich auf den Wagen zu und öffnete die Fahrertür. Löhr wollte schon um das Auto herum zur Beifahrerseite gehen, zögerte aber dann.

»Ich muß noch mal schnell ins Büro, Rudi«, sagte er.

Esser runzelte die Stirn. »Wir haben noch 'n ganz schönes Programm heut nachmittag, Jakob!«

»Dauert nur 'ne Sekunde«, sagte Löhr.

***

Seinen Vetter Oliver hatte Löhr zum letzten Mal bei der Beerdigung von dessen Vater, Onkel Willi, gesehen. Oliver und er hatten in ihrer Kindheit viel miteinander zu tun gehabt, denn Willi wohnte mit seiner Familie damals ganz in der Nähe des Thürmchenswalls, in der Machabäerstraße, und Oliver und Löhr waren gemeinsam zur Realschule in der Dagobertstraße gegangen, wenn auch in unterschiedliche Klassen. Oliver war zwei Jahre älter als Löhr. Als Kind waren Löhr die etwas unangenehmen Züge, die sich bei Oliver später herauskristallisieren sollten, natürlich nicht aufgefallen. Oliver war ihm immer etwas klüger, etwas cleverer, etwas zielstrebiger als er selbst vorgekommen. Aber das lag gewiß am Altersunterschied, der zwischen einem Acht- und einem Zehnjährigen beträchtlich erscheint. Wenn er allerdings versuchte, sich ihre in der Kindheit gemeinsam verbrachte Zeit genauer zu vergegenwärtigen, meinte Löhr, sich daran zu erinnern, daß Oliver damals – gleich, ob sie mit Klickern oder mit Indianerfiguren oder mit Groschen gespielt hatten –, am Ende des Spiels immer ein paar Klicker, Indianerfiguren oder Groschen mehr gehabt hatte als zu Anfang, und daß ihm das stets rätselhaft vorgekommen war. Inzwischen wußte er genau, daß er sich damals keineswegs getäuscht hatte, sondern daß es an Olivers ausgeprägtem Sinn, seinen eigenen Vorteil zu wahren, gelegen haben mußte, daß er aus jedem Spiel mit nicht unbeträchtlichem Gewinn herausgekommen war. Nach der Schule hatten sie sich dann weitaus weniger, eigentlich nur anläßlich von Familienzusammenkünften, gesehen. Löhr war aber gleichwohl über den weiteren Lebensweg des Vetters auf dem laufenden geblieben, so, wie er über alle Mitglieder seiner Sippe immer recht gut informiert war. Anfangs schien es so, als ob Oliver eine steile Karriere als Versicherungskaufmann vor sich habe, in der Hierarchie eines Versicherungskonzerns immer weiter nach oben klettern und sich irgendwann einmal in der Vorstandsetage des Konzerns etablieren würde. Aus Löhr nicht weiter bekannten Gründen gab es jedoch vor etlichen Jahren einen Bruch in der Karriere des strebsamen Vetters, und Olivers Laufbahn schien bis auf weiteres auf mittlerem Niveau zu stagnieren. Löhr war – bei aller Neugierde, die er sonst an den Tag legen konnte –, nicht neugierig genug, hinter die Ursachen von Olivers Karriereknick zu kommen, denn dazu hätte er im Familienkreis nachfragen müssen, wozu einfach keine Notwendigkeit bestand. Außerdem schien der Vetter mit der einmal errungenen Position in seiner Firma durchaus zufrieden zu sein. Löhr erinnerte sich dessen behäbig zur Schau gestellter Selbstzufriedenheit während seines letzten Besuchs in Olivers Reihenhäuschen in Bilderstöckchen, das er mit seiner Frau und drei Kindern bewohnte.

Seit dem Gespräch mit seiner Mutter fragte sich Löhr, warum die Familie ausgerechnet Oliver dazu bestimmt haben mochte, für die alte kranke Mutter, Löhrs Tante Helene also, zu sorgen. Immerhin hatte Oliver noch zwei Schwestern und einen Bruder. Und denen dürfte doch eigentlich Olivers wenig zu Altruismus neigender Charakter bekannt sein. Nun, wenn das wichtig sein sollte, würde er es schon noch erfahren, dachte Löhr schulterzuckend, als er im Büro die Telefonnummer seines Vetters wählte.

»Jakob! Lang nix mehr von dir gehört! Wie ist et denn so?«

»Gut, gut«, nuschelte Löhr. »Und selbst?«

»Ja, gut – wie immer!« dröhnte der Vetter. »Und selbst?«

»Wie immer«, sagte Löhr knapp. »Weshalb ich anrufe, Oliver, ist wegen Tante Helene. Wie geht es *der* eigentlich so?«

»Der Mama?« Löhr meinte, Erstaunen in der Stimme des Vetters zu hören. »Der geht et gut. Ganz prima. Die war bis letztes Wochenende noch bei uns.«

»Und die Krankheit?« fragte Löhr vorsichtig. Er hatte sich vorgenommen, Oliver nichts vom Anruf seiner Mutter bei ihm zu erzählen, um den Vetter nicht zu beunruhigen. Außerdem wollte er sich selbst ein Bild machen.

»Ach! Dat ist halb so wild. Na gut, die vergißt ständig irgendwas, aber dat ist eigentlich harmlos.«

»Das freut mich«, sagte Löhr. »Sag mal, Oliver, kann man die eigentlich besuchen? Meine Mutter hat mir erzählt, die wohnt irgendwo im Bergischen.«

»Besuchen?« Jetzt meinte Löhr nicht nur Erstaunen, sondern auch eine Spur von Mißtrauen aus der Stimme des Vetters herauszuhören. »Weshalb willst du die denn *besuchen*?«

»Ach«, sagte Löhr bewußt leichthin. »Du kennst mich doch. Ich bin 'n altes Familientier. Von Zeit zu Zeit muß ich jeden aus der Sippe mal sehen, sonst fehlt mir was. Und deine Mutter hab ich schon seit anderthalb Jahren, seit Willis Beerdigung, nicht mehr gesehen.«

»Ach so.« Mehr dazu oder dagegen konnte Oliver nicht sagen, denn Löhrs sentimentale Marotten und Anwandlungen waren familienintern bekannt. »Du willst die also besuchen ...« Seine Stimme klang zögernd, und das Mißtrauen darin war jetzt unüberhörbar.

Esser guckte, als habe er in eine Zitrone gebissen, als er den Motor startete.

»Dauert 'ne *Sekunde*, hast du gesagt«, zischte er. »Und dann warst du über 'ne Viertelstunde weg!«

»Ich war nicht ›weg‹, ich war im Büro!« sagte Löhr in einem Ton, als habe er dort Schwerstarbeit geleistet. Das traf in gewisser Weise ja auch zu.

»Und? Was hast du herausgefunden?« fragte Esser hinterhältig. Natürlich wußte er genau, daß Löhr mit Sicherheit nichts Dienstliches im Büro erledigt hatte, sonst hätte der das nämlich vorher verkündet.

»Leider nichts«, antwortete Löhr im Tonfall ehrlichen Bedauerns.

»Wirklich schade«, höhnte Esser und fuhr auf der Severinstraße den zweiten Gang des Wagens bis zum Anschlag aus.

»Jetzt hab dich mal nicht so, Rudi«, versuchte Löhr einzulenken.

»Du weißt genau, was wir heute noch alles zu erledigen haben!«

»Also erstens, habe *ich* heute abend noch einiges zu erledigen, wenn du das vergessen haben solltest, lieber Rudi. Und zweitens kannst du gleich, wenn ich mit der Bürvenich spreche, 'ne Runde spazierengehen. Das Hühnchen will ich nämlich allein mit der rupfen.«

»Spazierengehen!« zischelte Esser, schwieg dann aber, bis sie von der Bonner Straße zum Haus Nummer 345 einbogen.

Das unschuldige Lächeln der alten Frau verschwand augenblicklich unter Löhrs strengem Blick.

»Darf ich reinkommen, Frau Bürvenich?« fragte Löhr und ging, ohne eine Antwort abzuwarten, in die Wohnküche, setzte sich auf den gleichen Küchenstuhl mit dem rotem Kunststoffpolster, auf dem am Sonntagabend die Frau gesessen hatte, und sah ihr ernst ins Gesicht. Doch bevor er etwas sagen konnte, begann sie zu jammern: »Ich weiß, ich hab Ihnen nicht die Wahrheit gesagt. Aber das müssen Sie doch verstehen, Herr Kommissar, daß das für mich, Sie wissen schon, das ist nicht so einfach für mich mit der kleinen Rente, und daß ich das gemacht hab für die Corinna, das ist mir so ...« Sie unterdrückte ein Schluchzen, suchte in ihrem Hauskittel ein Taschentuch und rieb sich die Augen.

»Sie haben mir bloß nicht die *ganze* Wahrheit gesagt, Frau Bürvenich«, sagte Löhr beruhigend. Sein Auftritt hatte gewirkt, er brauchte die Frau jetzt nicht noch mehr in die Enge zu treiben. Er stand auf und bugsierte sie auf den Stuhl. »Ich habe Sie ja auch nicht danach gefragt. Es ist schon alles in Ordnung.«

»Es tut mir so leid. Aber es war mir so, es ist mir so peinlich.« Jetzt schluchzte sie tatsächlich, senkte den Kopf und preßte das Taschentuch gegen ihre Augen. »Und daß die Corinna tot ist, das ist so schrecklich. Ich hab sie wirklich gern gemocht.«

Löhr blickte sich um, entdeckte einen zweiten Küchenstuhl, zog ihn heran, setzte sich Frau Bürvenich gegenüber und wartete, bis sie sich beruhigt hatte, den Kopf hob und sich die letzten Tränen von den geröteten Lidern wischte.

»Sie brauchen hier keine Beichte abzulegen, Frau Bürvenich«, sagte Löhr, weiterhin um einen beschwichtigenden Tonfall bemüht. »Das ist ja schließlich kein Verbrechen, daß Sie Frau Stephan ein bißchen behilflich gewesen sind.«

Frau Bürvenich schniefte und schneuzte in ihr bereits durchnäßtes Taschentuch.

»Und ich persönlich«, fuhr Löhr lächelnd fort, »finde das überhaupt nicht schlimm.«

»Ich hab alles Geld meiner Tochter gegeben, die sitzt da allein mit drei Kindern, der Mann ist ihr abgehauen, als sie das letzte kriegte. Deswegen hab ich's auch nur gemacht.«

»Ja«, sagte Löhr. »Das versteh ich. Aber, Frau Bürvenich ...« Er suchte den Blick der Frau, sah sie ernst an, ohne dabei sein Lächeln ganz verschwinden zu lassen. »Sie müssen mir jetzt ganz genau und ganz ehrlich auf jede Frage antworten. Versprechen Sie das?«

Frau Bürvenich nickte.

***

Esser sah stirnrunzelnd zu Löhr hinüber, der eine Straßenkarte auf seinem Schoß auseinandergefaltet hatte und sie, seitdem sie von der Autobahn abgebogen waren, sorgfältig studierte. Es war das erste Mal, daß Löhr das in seiner Gegenwart tat.

»Was machst du denn da, Jakob?«

»Ich?« machte Löhr. Doch die Unschuld, die er in die Rückfrage legte, ließ Essers Mißtrauen erst recht erwachen.

»Sag schon! Was hast du vor?«

»Ist irgendwie 'n komischer Zufall«, grinste Löhr und tippte auf die Karte. »Aber direkt hinter Eitorf, da lebt 'ne alte Tante von mir.«

»Ach!« knurrte Esser, der sofort ahnte, worauf das Ganze hinauslaufen würde.

»Nur 'n Katzensprung.«, sagte Löhr.

»Du weißt ganz genau, Jakob – « Essers Stimme lag zwei Oktaven höher als gewöhnlich.

»Daß wir noch 'ne Menge zu erledigen haben«, ergänzte Löhr. »Ich weiß. Aber heute brauchen wir nur noch bei Weber die Akte von diesem Heym abzuholen. Danach ist Feierabend. Zumindest für dich.«

Esser schwieg nach dieser gewiß nicht sonderlich feinfühligen Anspielung und preßte die Lippen aufeinander. Schließlich sah er auf die Uhr. »Also gut«, sagte er endlich mit gequälter Stimme, »wo müssen wir hin?«

»Hier!« Löhr schob die Karte ein Stück rüber und tippte auf ihr Ziel. »Richtung Waldbröl. Sind nur 'n paar Kilometer hinter Eitorf. Und da, hinter Schladern biegst du rechts ab. Holpe heißt das Dorf, in dem meine Tante Helene wohnt.«

»'n paar Kilometer«, murmelte Esser mißmutig und schob die Karte zu Löhr zurück.

Tatsächlich handelte es sich natürlich nicht nur um ein paar Kilometer, wie Löhr gemeint hatte. Die Landstraße schmiegte sich eng an den Lauf der Sieg und machte ihre Kurven und Mäander mit, führte vor allem aber durch etliche, reichlich mit Ampeln bewehrte Dörfer und Städtchen, so daß Esser immer häufiger auf die Uhr schaute.

»Jetzt werd doch nicht nervös, Rudi!« versuchte Löhr ihn zu beruhigen. »Sieh doch mal nach draußen! So 'n schönes Wetter! Und das im April!«

»Kuhdörfer!« preßte Esser zwischen den immer noch strichförmigen Lippen hervor.

»Hach! Das Land! Die Landluft!« sagte Löhr und kurbelte sein Fenster herunter. »Wann kommt man sonst schon mal hier raus?«

»Hör auf mit dem Schmu und mach das Fenster bitte wieder zu«, erwiderte Esser. »Ich kann Landluft nicht ausstehen. Und Kuhkäffer erst recht nicht!«

»Ich dachte, es macht dich ein bißchen ausgeglichener«, antwortete Löhr mit gespielter Resignation und kurbelte das Fenster wieder hoch.

»Ich wär wesentlich ausgeglichener, wenn wir endlich in unserem *Fall* ein Stück weiterkämen!«

»Tja«, machte Löhr. »Das sieht im Moment ein bißchen verzwickt aus. Bin mal gespannt, was mir der Herr Oberbürgermeisterkandidat heute abend zu erzählen hat.«

»Also, der Hessreiter hat als erster 'ne Viertelstunde bei der Bürvenich gesessen ...« begann Esser zu rekapitulieren, was Löhr ihm über sein Gespräch mit der alten Frau zu Beginn ihrer Fahrt berichtet hatte.

»Ich hab dir doch gesagt, daß der Kerl uns nicht belogen hat!«

»In *dem Punkt* nicht belogen«, erwiderte Esser. »Da hatten wir doch schon mal drüber gesprochen: er kann's vorher gemacht haben und sich *anschließend* zu der Alten reingesetzt haben.«

»Ja. Natürlich«, sagte Löhr knapp. »Auf die Tour hätte er sich so was wie 'n Alibi verschaffen können. Einer, der gerade einen Menschen ermordet hat, plaudert nicht gleich anschließend mit der Aufwärterin übers Wetter. *Normalerweise* nicht. Aber Hessreiter *ist* ja nicht ganz normal.«

»Gut«, nickte Esser. »Ich denke auch, den behalten wir im Auge. Aber Flaucher wäre damit raus, oder?«

»Wieso?« fragte Löhr. »Weil er *nach* Hessreiter bei der Bürvenich aufgetaucht ist?«

»Klar doch.«

»Nein, nein, der ist damit nicht raus!« Löhr schüttelte den Kopf. »Der kann doch *vorher* schon bei der Stephan gewesen sein, *bevor* die Fahnder mit ihrer Observation angefangen haben. Zumindest theoretisch.«

»Das ist doch Quatsch!« sagte Esser. »Wieso sollte der Stunden nach der Tat noch mal zum Tatort zurückkehren und dann noch bei der Bürvenich die Schau abziehen, so tun, als warte er auf die Stephan?«

»Vielleicht, weil er am Tatort was vergessen hat «, sagte Löhr.

»Okay. Das würde aber heißen, er hätte 'nen Schlüssel von dem Appartement.«

»Hat er auch! Das heißt, der *Täter* muß ihn haben! Oder haben wir bei der Stephan zu Hause etwa 'nen Schlüssel gefunden?«

»Nein. Haben wir nicht«, sagte Esser. »Aber trotzdem! Selbst wenn Flaucher der Täter war und Stunden nach der Tat zum Tatort zurückgekehrt ist, dann ist es immer noch nicht plausibel, warum er anschließend bei der Bürvenich klingelt.«

»Eigentlich nicht«, stöhnte Löhr. »Hast wahrscheinlich recht.«

Sie schwiegen eine Weile, und Löhr schaute zum Fenster hinaus. Die

Landschaft, die sie durchfuhren, erschien ihm nun wesentlich weniger idyllisch als zu Beginn ihrer Landpartie. Auf den Wiesen sah er Bauern mit Tankanhängern an ihren Treckern, und aus den Anhängern floß Gülle. Von wegen frische Landluft!

»Ist doch lächerlich! Absurd!« sagte er schließlich.

»Was?« fragte Esser.

»Da sitzen die beiden Typen nacheinander bei der alten Bürvenich, quatschen, trinken Kaffee mit der, die geht zwischendurch 'n paar mal rüber zum Appartement der Stephan, klopft, und die Stephan liegt bereits die ganze Zeit tot da drin. Das ist doch ...«

»Alles ziemlich unwahrscheinlich, ja«, ergänzte Esser.

Wieder schwiegen sie. Löhr vergewisserte sich auf der Karte und mit einem Blick auf die Verkehrsschilder, daß es noch sechs Kilometer bis Holpe waren.

»Und du bist sicher, die Bürvenich hat dich nicht wieder verladen?« fragte Esser nach einer Weile.

»Ganz sicher! Warum sollte die auch? Das, was die mir beim ersten Mal verschwiegen hat, daß sie quasi die Aufwartefrau von 'ner Prostituierten war, das ist jetzt raus. Bei allem anderen hat sie gar keinen Grund, die Unwahrheit zu sagen.«

»Das heißt, wir müssen jetzt davon ausgehen, daß die Stephan um neunzehn Uhr dreißig bereits tot war«, sagte Esser gedehnt. »Wann, sagt die Bürvenich, hat sie die Stephan das letzte Mal gesehen?«

»Am Donnerstag, nachmittags. Also den ganzen Freitag über nicht! Deshalb dachte sie ja auch am Freitagabend, die Stephan wäre schon längst nach Hause gegangen und hat Hessreiter und Flaucher wieder weggeschickt.«

»Wenn das stimmt, was die Bürvenich und Hessreiter sagen, dann heißt das, die Stephan ist schon im Laufe des Freitags umgebracht worden.«

»Oder schon donnerstags.«

»Nein, nein!« widersprach Esser. »Die von der Gerichtsmedizin schreiben: Tattag ist Freitag, der 15. April!«

»Wär nicht das erste Mal, daß die danebenhauen«, sagte Löhr. »Aber ein Gutes hat's auf jeden Fall, wenn die Stephan vor Freitagabend umgebracht worden ist!«

»Und was?«

»Daß der Flaucher aus dem Spiel ist!« Löhr grinste zu Esser hinüber, doch der schüttelte den Kopf.

»Da hatten wir doch schon drüber gesprochen, Jakob! Theoretisch können der oder der Hessreiter bei der Stephan gewesen sein, bevor sie bei der Bürvenich waren!«

»Aber *sehr* theoretisch!« widersprach Löhr. »Sehr, sehr unwahrscheinlich. Kann ich mir einfach nicht vorstellen. Nee, nee, Rudi. Ich denke, wir müssen uns nach 'ner neuen Spur umsehen.«

Esser verlangsamte abrupt das Tempo, um Löhr scharf ins Gesicht sehen zu können. »Du hast doch nicht etwa vor, den Flaucher ganz aus dem Spiel zu nehmen? Den nicht zu verhören? Jakob! Das können wir nicht machen!«

»Nein, nein, keine Panik«, sagte Löhr. »Das mach ich schon, ich nehm mir den schon vor. Ach! Schau mal! Wir sind da!«

Löhr wies auf das Ortseingangsschild vor ihnen.

»Holpe!«

***

Die Adresse, die sein Vetter ihm gegeben hatte, erwies sich als ein an der Durchgangsstraße des Dorfes gelegenes, recht großes Einfamilienhaus. Es lag ein paar Meter vom Straßenrand zurückgebaut hinter einem Vorgarten, den ein kniehoher Jägerzaun umgab.

Löhr öffnete ein Türchen im Jägerzaun, ging ein paar Schritte aufs Haus zu und sah sich um. Hier war die Welt noch in Ordnung. In den Rabatten des Vorgartens standen die Krokusse; Tulpen und Narzissen in Reih und Glied sprossen aus einem satten, schwarzbraunen und feinkrümeligen und hundert Prozent unkrautfreien Erdreich. Das ebenfalls unkrautfreie Gras auf den handtuchgroßen Rasenstücken zwischen den Rabatten schien mit der Nagelschere kurz gehalten, und das Wasser in der schneckenförmigen Vogeltränke glitzerte so frisch, als würde es zweimal täglich erneuert. In ähnlich peniblem Zustand befand sich das Haus. Die lasierten, hellgrauen Klinker erinnerten an eine keimfreie Waschküche, und auf jedem Fensterbrett war ein dunkelgrüner Plastikblumenkasten mit sauber zurückgeschnittenen und kräftigen und gesunden, neu sprießenden Geranien plaziert. Die Gardinen hinter den selbstverständlich blitzsauberen Fenstern strahlten in makellosem Weiß und ließen auf einen den des Vorgartens bei weitem überbietenden Ordnungsterror im Innern des Hauses schließen.

O mein Gott!, dachte Löhr. Kein Wunder, daß die arme Alte hier raus um Hilfe schreit. Das ist ja schlimmer als ein Knast. Neben der Tür befand sich eine bronzefarbene Klingel mit einem einzigen Namensschild. »Lindenhoven« las Löhr und drückte auf den Knopf.

Die Frau, die ihm öffnete, entsprach vollkommen Löhrs anhand des Gartens und des Hauses gewonnenen Erwartungen. Graue, straff zurückgekämmte und auf dem Hinterkopf zu einem dicken Knoten zusammengeflochtene Haare umrahmten ein rundes, rotwangiges, durch und durch gesundes und vor entschlossenem Ordnungswillen strotzendes Gesicht. Über einem dirndlähnlichen, blaugeblümten Kleid trug sie eine gestärkte weiße – und selbstverständlich blütenreine – Schürze. Das »Guten Tag« sprach sie mit einem zwar freundlichen, aber überaus deutlichen Fragezeichen.

»Jakob Löhr«, stellte er sich vor. »Ich bin ein Neffe von Frau Löhr, kam zufällig hier vorbei und wollte mal schauen, wie's meiner Tante so geht.«

Was dann folgte, widersprach so grundlegend dem Bild, das sich Löhr bisher von der neuen Heimat seiner Tante gemacht hatte, daß er sich zunächst eine ganze Weile lang fragte, ob man ihm hier nicht ein bodenlos verlogenes Theater vorspielte. Das erste Mißtrauen der Frau verwandelte sich schlagartig in eine unaufgesetzte und fast erdrückend herzliche Freundlichkeit. Sie schüttelte ihm eine halbe Stunde lang mit unglaublich festem Druck die Hand, klopfte ihm mit der anderen, nicht weniger kräftigen Hand auf die Schulter, sagte, wie sehr es sie freue, daß sich endlich einmal ein Verwandter ihrer Pensionsgäste hier sehen lasse und führte ihn in eine geräumige helle Küche, in der ein kräftiger Mann in den Sechzigern und mit wettergegerbtem Gesicht an einem Tisch saß und Kartoffeln schälte.

»Das ist Egon, mein Mann, und das ist Herr Löhr, ein Neffe von der Helene«, stellte die Frau die beiden einander vor. »Setzen Sie sich doch, Herr Löhr. Wir bereiten gerade das Abendessen vor.«

Löhr schüttelte Egons nasse Hand, wobei er das Gefühl hatte, der andere zerquetsche dabei die seine. Egon Lindenhoven hatte Hände wie Bratpfannen, was daher kam, wie Löhr wenig später erfuhr, daß er sein Leben lang im Wald gearbeitet hatte. Löhr setzte sich zu ihm an den Küchentisch, sah ihm beim Kartoffelschälen und der Frau beim Fuhrwerken mit diversen großen Töpfen auf dem Herd zu und unterhielt sich mit ihnen. Die Lindenhovens, erfuhr er, waren ein Ehepaar, dessen Kinder vor fünfzehn Jahren dem Haus entwachsen waren, das seitdem, weil es für ihre Bedürfnisse nun viel zu groß geworden war und natürlich auch, weil dies ein ordentliches Zubrot zur Rente des Mannes einbrachte, als Pension für pflegebedürftige alte Menschen betrieben wurde. Drei solche Pensionsgäste hatten sie dauerhaft im Haus, für jeden ein Zimmer auf der ersten Etage. »Natürlich betreuen wir hier keine schweren Fälle«, sagte die Frau, während sie den Inhalt eines ihrer Töpfe abschmeckte. »Dafür haben wir ja gar nicht die Ausbildung.«

»Ja, aber trotzdem«, tastete sich Löhr, dessen Mißtrauen immer noch lebendig war, vor, »auch wenn das keine schweren Fälle sind, die Leute sind doch ziemlich alt und gebrechlich, können vielleicht nicht mehr allein aufstehen, sich waschen, allein essen. Das ist doch sehr viel Arbeit.«

»Ja«, sagte Egon und hob dabei das Schälmesser in seiner Pranke ein wenig in die Höhe. »Es ist Arbeit. Aber die tun wir gern und die tun wir vor allem mit *Liebe*. Und das ist es, worauf's bei unseren Alten ankommt.«

Frau Lindenhoven am Herd nickte lächelnd, und Löhr wußte nicht, ob die Worte des Mannes ihn ergreifen oder ob sie sein Mißtrauen erneut aufflackern lassen sollten. Er erhob sich.

»Tja, dann werd ich jetzt mal meiner Tante Guten Tag sagen. Geht es ihr eigentlich gut?«

»Der Helene? Der geht's bei uns ganz prima! Die ist putzmunter und kerngesund«, antwortete Egon.

»Gesund? Ich denke, die hat Alzheimer?«

Frau Lindenhoven lachte. Ein kräftiges Lachen, bei dem sie den Kochlöffel in die Seite stemmte.

»Alzheimer? Von wegen. Ich kenne Alzheimer-Patienten! Und bei der Helene weiß ich ganz genau: die hat nie und nimmer Alzheimer!«

»Aber deswegen ist sie doch überhaupt bei Ihnen!«

»Ich weiß nicht, warum die Verwandtschaft die zu uns gegeben hat. Aber bestimmt nicht wegen Alzheimer. Na gut, die vergißt ab und zu mal was. Aber das hält sich alles im Rahmen. Alzheimer ist das bestimmt nicht!«

»Na schön«, sagte Löhr, dem dazu nichts weiter einfiel, dem im Augenblick gar nichts einfiel, so verwirrt war er. Kein Alzheimer? Kerngesund? Warum war sie denn überhaupt hier? Und warum rief sie an und bat ihn um Hilfe? Irgend etwas stimmte da doch nicht! Mit neu erwachter Skepsis sah er auf das Ehepaar, doch Egon mit den Bratpfannenhänden schälte mit unerschütterlicher Ruhe und der gutmütigen Miene des Naturmenschen weiter Kartoffeln. Die rotwangige Frau nickte ihm aufmunternd zu, legte den Kochlöffel neben die Herdplatte und straffte ihre Schürze. »Ich zeig Ihnen den Weg.«

Im Flur des ersten Stocks brauchte Löhr nicht lange nach dem Zimmer seiner Tante zu suchen. An der zweiten Tür, an der er vorbeikam, hing ein buntemailliertes Schild mit der handgemalten Aufschrift »Helene«. Löhr klopfte, und eine klare Frauenstimme rief »Herein!«

Er hätte seine Tante fast nicht wiedererkannt. Von der Beerdigung Onkel Willis, wo er sie zuletzt gesehen hatte, war sie ihm winzigklein, ganz zusammengeschrumpft, hohlwangig und bleich, selbst dem Tod nah, in Erinnerung geblieben. Aber hier saß eine Siebzigjährige in einem Lehnstuhl am Fenster, der man ihr Alter kaum ansah; gesund, ein wenig rundlich sogar, die vollen weißen Haare zu einer kecken Pony-Frisur gelegt. Tante Helene ließ das Strickzeug sinken, schob die Brille ein Stück herunter und sah mit dem Ausdruck ungläubigen Staunens zu Löhr hoch.

»Jakob?«

»Ja, Tante Helene. Ich bin's, der Jakob.«

»Ja Jakob! Was machst du denn hier?«

Jetzt wäre es an Löhr gewesen zu staunen, doch er zwang sich zu einem verbindlichen Lächeln, ging auf seine Tante zu und reichte ihr die Hand. »War gerade in der Nähe, beruflich. Und da dachte ich, seh ich mal nach, wie's dir so geht.«

»Wirklich, Jakob. Das ist aber nett!«

Tante Helene stand auf und legte ihr Strickzeug auf die Fensterbank. Sie war wirklich klein. Sehr klein, und Löhr fiel der Ausdruck seiner Mutter ein. »Föttcheanderäd«. Er mußte ein Grinsen unterdrücken. Tante Helene machte ein paar Schritte durch den Raum und zog von einem Couchtisch einen kleinen Sessel zum Fenster heran.

»Komm, setz dich doch, Jung! Ich kann dir hier nix anbieten. Aber et gibt gleich Abendessen, wenn du willst, kannst du bleiben und mit uns essen.«

»Nein, nein danke, Tante Helene. Ich bin wirklich nur auf'n Sprung hier. Draußen wartet mein Kollege.«

»Ach, dat ist aber schade«, sagte die Tante, setzte sich wieder in ihren Lehnstuhl und blinzelte Löhr neugierig an. Löhr setzte sich auch und stemmte ein wenig verlegen die Hände auf die Oberschenkel. Hatte er sich vertan? Hatte er sich verhört? War das jemand anders gewesen, der ihn am Sonntagabend mit kaum verständlicher Nuschelstimme angerufen hatte? Das war doch nicht möglich.

»Wie geht es dir denn so, Jakob?«

»Mir? Mir geht's gut, Tante Helene. Aber wie geht's dir hier?«

»Wunderbar, Jakob! Ganz wunderbar! Das ist hier, als wär man in der Kur. Et fehlt einem an nix. Die Landluft. Und still ist et hier, bis auf die Trecker und die Hähne frühmorgens.«

»Und die Leute?«

»Du meinst die Klara und den Egon? Ach, Jakob! Dat sind die nettesten Menschen, die du dir denken kannst. Die sind rund um die Uhr für mich da, die lassen et mir an nix fehlen. Also Jakob, so wat von freundlichen Menschen kannst du dir gar nicht vorstellen!«

»Hm«, brummte Löhr. Das war ein Rätsel. Das konnte doch alles nicht möglich sein. Wo lag der Schlüssel zu diesem Geheimnis? Löhr blickte sich im Zimmer der Tante um: Da war das Bett mit einer straffgezogenen Überdecke, daneben der Nachttisch, der Couchtisch mit zwei leichten Sesseln darum und, an der Wand neben der Tür, zwei riesige, nebeneinander stehende und bis zur Decke reichende Regale. Regale, vollgestellt mit einer gewaltigen Stereoanlage, Lautsprecherboxen, zwei Fernsehern, zwei Videorekordern, einem Schallplattenspieler, einem CD-Player und einer kompletten Videokameraausrüstung. Löhr sperrte den Mund auf, erhob sich und ging auf die Regale zu.

»Sag mal, Tante Helene, was machst du denn *damit*?«

Die Tante blinzelte zu Löhr hinüber. »Ach dat! Da mach ich gar nix mit. Ich guck doch hier oben kein Fernsehen! Wenn wat Schönes drin ist, dann gucken wir alle zusammen unten im Wohnzimmer.«

»Ja, aber was macht das denn hier? Zwei Videorekorder, zwei Fernseher?« Löhr strich mit den Fingern über die Apparate. Sie waren alt, trugen Spuren ausgiebigen Gebrauchs, und keines der Geräte war angeschlossen.

»Die hat mir alle der Oliver geschenkt«, sagte Tante Helene achselzukkend und sah dabei aus dem Fenster.

»Der Oliver? Obwohl du hier gar nicht Fernsehen guckst? Und der CD-Player? Und eine Videokamera? Machst du Videofilme?«

»Ach wat!« Die Tante schaute immer noch zum Fenster hinaus.

»Sondern?«

»Die hat der mir geschenkt. Einfach so.« Die Tante hielt den Blick aus dem Fenster gerichtet. Löhr kam wieder auf sie zu, setzte sich in den Sessel.

»Und warum schenkt der dir sowas? Obwohl du es gar nicht gebrauchen kannst?«

Die Tante drehte langsam den Kopf, und Löhr bemerkte zwei winzige Tränen, die in ihren Augenwinkeln glitzerten. »Einfach so. Ich weiß et nit, Jakob.« Ihre Stimme klang auf einmal brüchig.

Löhr senkte den Blick, um seiner Tante Gelegenheit zu geben, sich die Tränen zu trocknen, und schwieg eine Weile. Dann fragte er leise, behutsam: »Sag mal, Tante Helene, warst du das, die mich am Sonntagabend angerufen hat?«

Die Tante knetete ein kleines weißes Taschentuch in ihren rundlichen weichen Händen.

»Ja«, sagte sie, kaum hörbar, mit piepsiger Stimme.

»Du hast gesagt«, fuhr Löhr mit sanfter Stimme fort, »du hast gesagt: Ich halt das nicht mehr aus.«

Die Tante nickte bloß, statt zu antworten, und wieder traten zwei Tränen aus ihren Augen.

»Aber was denn, Tante Helene? Was hältst du nicht mehr aus? Du hast doch eben gesagt, es ginge dir gut hier!«

Die Tante preßte ihre kleinen fleischigen Lippen aufeinander, blickte zu Boden, betupfte mit dem Taschentuch die Augen, schniefte, räusperte sich, und sagte dann sehr leise und kaum verständlich: »Ich hab nicht von hier angerufen. Ich hab vom Oliver aus angerufen.«

***

Während der Rückfahrt war Löhr so schweigsam, wie Esser es seit langem nicht mehr erlebt hatte. Etliche Male versuchte er, hinter diesen seltsamen Stimmungsumschwung zu kommen, doch Löhr schüttelte bloß stumm den Kopf, preßte die Lippen aufeinander und starrte zum Fenster hinaus. »Muß ich erst noch drüber nachdenken, Rudi«, war die einzige Auskunft, die Esser ihm entlocken konnte. Esser gab es schließlich auf, Löhr weiter mit Fragen zu bedrängen. Irgendwann würde er schon damit herausrücken.

Sie fuhren zu Webers Wochenendhütte, Löhr blieb, weiterhin in offenbar trübsinnige Gedanken vertieft, im Wagen sitzen und ließ Esser allein den Abhang hinaufklettern, um bei Weber die Akte über Heym abzuholen, den die Fahnder am 28. März vor Corinna Stephans Appartement observiert und fotografiert hatten und der einige Male durch die Mißhandlung von Prostituierten aufgefallen und deswegen auch vorbestraft und bei der Sitte als »abartig« und »gefährlich« registriert war. Esser warf, nachdem er mehr rutschend als gehend den Abstieg hinter sich gebracht hatte, Löhr die Akte auf den Schoß. Dort blieb sie unaufgeschlagen liegen, bis sie wieder in Köln waren und Esser den Wagen im Hinterhof ihres Bürogebäudes in der Löwengasse parkte. Beim Aussteigen reichte Löhr Esser die Akte.

»Kannst du dich da drum kümmern? Ich muß sehen, daß ich den Kopf bis zu meinem Termin mit Flaucher freikriege.«

»Klar, Jakob«, sagte Esser und wollte Löhr noch dafür danken, daß er diesen Termin mit Flaucher allein wahrnähme, doch Löhr hatte sich bereits abgewandt und war auf dem Weg zur Toreinfahrt.

Es war bereits dunkel, als er am Gürzenich und dem neuen Museum vorbeiging und auf den Platz vor dem Historischen Rathaus zusteuerte. Löhr hatte den Kopf keineswegs frei für sein Gespräch mit dem Oberbürgermeisterkandidaten bekommen. Seit nahezu drei Stunden kreisten seine Gedanken ausschließlich um seine Tante Helene, so, als ginge ein magnetisches Kraftfeld von der kleinen Person und ihrem Schicksal aus, auf das sich die Kompaßnadel, nach der sich seine Gehirntätigkeit richtete, immer wieder zitternd fixierte, gleich, welche Richtung er ihr auch geben wollte. Von der Tante selbst hatte er kaum noch etwas erfahren. Nachdem sie einmal zugegeben hatte, daß sie Löhr am Sonntag von ihrem Sohn Oliver aus angerufen hatte, schwieg sie beharrlich zu diesem Thema, das für sie ganz offensichtlich sehr unangenehm war. Sie wollte noch nicht einmal mehr etwas davon wissen, daß sie Löhr bei ihrem Telefonat um Hilfe angegangen war, gejammert hatte, sie halte das alles nicht mehr aus. Nein, das könne sie nicht gewesen sein, log die kleine Frau mit gesenktem Blick, da müsse er sich vertun, das sei bestimmt jemand anderes gewesen. Nachdem sie sich in so offensichtliche Widersprüche hineinmanövriert hatte, hatte Löhr aufgehört, nachzubohren.

Aufschlußreicher war dann das Gespräch mit Klara Lindenhoven, der Pensionswirtin seiner Tante, gewesen. Sie hatten es vor der Haustür geführt, weil Egon in der Küche fürs Abendessen gedeckt und Tante Helene und die beiden anderen Pensionsgäste, ein schweigsamer Greis und eine zittrige Neunzigjährige, bereits am Tisch Platz genommen und zu essen begonnen hatten. Löhr fragte Frau Lindenhoven zunächst nach dem Berg von Elektrogeräten, den er im Zimmer seiner Tante gefunden hatte. Die Frau zuckte mit einem Ausdruck des Bedauerns die Schultern. »Müll! Ihr Sohn kauft sich auf ihre Kosten ständig neue Klamotten dieser Art und stellt die alten bei ihr ab.«

»Wie? Auf ihre Kosten?«

»Er ist doch ihr amtlich bestellter Betreuer! Damit verwaltet er auch ihr Vermögen.«

»Versteh ich immer noch nicht.«

»Ihre Tante ist betreuungsbedürftig, das wissen Sie doch?«

Löhr antwortete mit einer vagen bejahenden Geste.

»Und wenn man betreuungsbedürftig ist, heißt das auch, daß man teilweise entmündigt ist. Daß man zum Beispiel keinen Zugriff mehr auf sein Geld hat, daß das der amtlich bestellte Betreuer verwaltet.«

»Ich versteh immer noch nicht, was das mit dem ganzen Elektroschrott zu tun hat.«

»Weil ihre Tante als Pflegefall eingestuft worden ist, steht ihr in gewissen Abständen die Anschaffung solcher Dinge zu. Fernseher, Videorekorder und so weiter. Die kauft der Sohn.«

»Und behält sie dann für sich?«

So hatte er nach und nach erfahren, daß Tante Helene über eine monatliche Rente von zweitausendsechshundert Mark netto verfügte. Die Unterbringung bei den Lindenhovens kostete fünfzehnhundert Mark. Den Rest »verwaltete« sein Vetter Oliver in seiner Funktion als amtlicher Betreuer seiner Mutter, das heißt, er sackte, da die alte Frau hier draußen so gut wie keinen Bargeldbedarf hatte, Monat für Monat elfhundert Mark ein. Und ab und zu auch eine neue Stereoanlage. Löhr hatte schlucken müssen vor Scham.

»Aber wieso muß es denn überhaupt einen Betreuer für meine Tante geben? Wieso gilt die als pflegebedürftig? Der fehlt doch nichts! Haben Sie vorhin selbst gesagt. Kein Alzheimer, gar nichts.«

Klara Lindenhoven hatte nicht gleich geantwortet, sondern Löhr in die Augen gesehen mit einem forschenden, durchdringenden Blick, unter dem Löhr sich schuldig vorkam. »Das wissen Sie nicht?«

»Nein, nein! Wirklich nicht!« beteuerte Löhr.

»Ihr Sohn hat das erwirkt, sie für pflegebedürftig erklären zu lassen.«

»Und das geht einfach so?«

Die Frau zuckte die Schultern.

»Da werd ich mich dann mal drum kümmern müssen«, hatte Löhr gemurmelt und war einen Schritt vom Haus weg in Richtung der Straße gegangen, wo Esser seit fast einer Stunde mit zurückgelehntem Kopf im Wagen wartete.

»Vor allem sollten Sie sich vielleicht auch einmal darum kümmern, daß dieser Sohn sie nicht alle paar Wochen zu sich nach Hause holt.«

Löhr drehte sich noch einmal um. »Ja. Das wollte ich sowieso noch fragen. Sie scheint sich da nicht besonders wohl zu fühlen. Warum tut er das, und was fehlt ihr dort?«

»Das fragen sie ihn am besten selbst.«

Löhr ging, ohne einen Blick darauf zu werfen, am mittlerweile illuminierten Historischen Rathaus vorbei und mußte an der Budengasse ein paar Autos passieren lassen, bevor er die Straße überqueren und zum »Sion« hinübergehen konnte. Das also auch noch! Als wenn sein Bedarf an unlösbaren Problemen mit der hirnrissigen Idee seines Bruders Gregor und der daraus folgenden Notwendigkeit, seiner Mutter die Welt von Grund auf neu erklären zu müssen, nicht schon vollständig gedeckt wäre! Jetzt hatte er auch noch eine arme eingeschüchterte Tante als Opfer ihres raffgierigen Sohnes am Hals. Und nicht nur das. Da drüben wartete eine noch viel unangenehmere Aufgabe auf ihn.

Das »Sion« war, obwohl es Dienstag war und der Dienstag bekanntermaßen der einzige Tag der Woche ist, an dem die Kölner Gastronomie über Flauten klagt, gerammelt voll. Vor der Theke standen sie in einer Dreierreihe. Löhr machte gar nicht erst den Versuch, sich anzustellen, warf bloß einen Blick auf die im Thekenraum versammelten Gäste. Flaucher war nicht darunter. Er wandte sich nach rechts und ging durch den angrenzenden Raum. Jeder Tisch war besetzt, an jedem zweiten Tisch wurden Hämchen mit Sauerkraut gegessen. Nirgendwo Flaucher. Löhr wanderte weiter, ging auf den Wintergarten des Brauhauses zu. Vielleicht hatte sich Flaucher einen diskreten Platz etwas abseits des Hauptbetriebs gesucht? Aber der Wintergarten lag im dunkeln, war geschlossen. Löhr machte kehrt, quetschte sich zwischen dem »Beichtstuhl«, dem Sitz des Geschäftsführers, und den vorm Kücheneingang ihr Kölsch im Stehen trinkenden Anzugträgern vorbei zurück in den Thekenraum, fest entschlossen, sich jetzt zuerst mal ein Kölsch zu erkämpfen. Da sah er Flaucher, der gerade zur Tür hereinkam und sich suchend umblickte. Und Löhr war nicht der einzige, der den Oberstadtdirektor und Oberbürgermeisterkandidaten sah. Die Gespräche verebbten, Sätze blieben unbeendet in der verräucherten Luft hängen, der Geräuschpegel sank mit einem Schlag auf Flüsterniveau, und ein Kopf nach dem anderen wandte sich der Tür und dem Kandidaten zu.

Jetzt konnte Löhr zweierlei beobachten. Zum einen erlebte er erstmals mit, wie sich ein bekannter Politiker in einer ihn begaffenden Menge verhält. Und zum anderen entdeckte er die Funktion einer so dicken Brille, wie der Kandidat sie trug. Flaucher tat noch einen Schritt weiter in das Lokal hinein, einen ein wenig unsicheren, zögernden Schritt, dann noch einen, jetzt etwas festeren, auf die Theke zu. Gleichzeitig setzte er ein breites Lächeln auf. Ein wissendes und leicht gönnerhaftes Lächeln, mit dem er signalisierte, daß er wußte, daß die anderen wußten, wer er war, daß er erkannt worden war, und mit dem er gleichzeitig zeigte, daß ihm dies nichts ausmachte. Aber es war nur ein von der Muskulatur um den Mund verursachtes Lächeln. Die übrige Miene blieb davon unberührt. Man sah Flauchers Augen überhaupt nicht. Die Brille war so dick und reflektierte das von vorn einfallende Licht so stark, daß man seine Augen nicht erkennen konnte. Flaucher versteckte sich mit seiner Brille wie hinter einer Maske. Er sah alle und alles, aber niemand konnte ihn sehen. Er brauchte nur sein Lächeln aufzusetzen. Löhr war gleichermaßen fasziniert wie abgestoßen. Flaucher bewegte sich jetzt, nun sogar ein wenig federnd, auf die Theke zu, und sofort bildete sich eine Gasse. Flaucher nickte leicht nach rechts, nickte leicht nach links den Leuten zu, die ihm Platz gemacht hatten und die ihn neugierig und dabei sein Lächeln erwidernd begafften, kam dann an der für das »Sion« typischen, niedrigen Theke an, sah kurz auf seine Armbanduhr und hielt nach einem Köbes Ausschau. Löhr warf ebenfalls einen Blick auf seine Uhr, es war fünf nach sieben. Er beobachtete den Oberbürgermeisterkandidaten weiter. Einer der Thekensteher hatte ihn angesprochen. Löhr hatte nicht gehört, was er gesagt hatte, aber er sah, wie sich ein qualvoller Zug in das mechanische

Lächeln des Kandidaten mischte. Er antwortete höflich und steif lächelnd. Dann kam ein Köbes auf ihn zu; Löhr sah, wie Flaucher eine Bestellung aufgab und wie der Köbes ihm ein paar Sekunden später mit völlig gleichmütiger, ja fast unfreundlicher Miene, so, als sei Flaucher ein beliebiger Gast wie jeder andere, ein Kölsch hinstellte. Bevor Flaucher den ersten Schluck trinken konnte, sprach ihn ein anderer Gast an. Wieder die gleiche Reaktion beim Kandidaten, das zunehmend gequälte Lächeln, die höfliche, knappe Antwort. Da mochte er noch soviel lächeln, eines stand fest: Für Flaucher war der Umgang mit ganz gewöhnlichen Menschen in einer ganz normalen Kneipe alles andere als ein Bad in der Menge, es war ihm eine offensichtliche Qual. Löhr überlegte, ob er Flaucher noch ein wenig schmoren lassen, ihn den sichtlich unangenehmen Fragen seiner Thekennachbarn aussetzen sollte, doch dann sagte er sich, daß das die Sache nicht wert sei. Er hatte einen harten Tag hinter und einen noch härteren vor sich, und er wollte dieses unangenehme Gespräch so schnell wie möglich hinter sich bringen. Er bahnte sich einen Weg durch die allmählich ihre Gespräche wieder aufnehmenden Biertrinker hindurch auf Flaucher zu und tippte dem, an der Theke angekommen, leicht auf den Unterarm.

»Herr Flaucher?«

»Herr Esser?« Flaucher stellte sein kaum angetrunkenes Kölschglas ab. Löhr kam es vor, als sei dies eine Geste der Erleichterung. Doch von dem Gesicht des Kandidaten war nichts abzulesen.

»Nein. Löhr ist mein Name. Der Kollege Esser ist leider verhindert.«

»Hören Sie«, sagte Flaucher, dessen notorisches Lächeln auf einmal ganz verschwunden war. »Das hier war doch keine so gute Idee. Ich dachte, es wäre leerer und wir könnten irgendwo unauffällig ...«

Löhr sagte nichts, sah Flaucher nur an und wartete vergeblich darauf, ein Zeichen von Nervosität an ihm zu entdecken. Doch er entdeckte nichts in der Miene des anderen. Sie blieb ausdruckslos. Löhr sah lediglich, daß Flaucher, den er hier zum ersten Mal leibhaftig sah, kleiner war, als es die Fotos und Plakate suggerierten, einen halben Kopf kleiner als er selbst, und daß seine Haare – auch das konnte man auf den Fotos nicht erkennen –, extrem lockig waren. Was jedoch Flauchers Erscheinung keineswegs liebenswürdiger machte. Der Mann strahlte den Charme eines toten Kabeljaus aus. Löhr spürte, wie die Leute um sie herum auf jedes Wort die Ohren spitzten, das zwischen Flaucher und ihm gesprochen werden würde.

»Mein Chauffeur wartet draußen im Wagen«, sagte Flaucher. »Vielleicht könnten wir …«

»Könnten wir nicht ein bißchen am Rhein spazierengehen und uns dabei unterhalten?« schlug Löhr im unverbindlichsten Unschuldston vor.

Flaucher zögerte. Dann griff er in die Innentasche seines grauen Anzugs, zog ein edles bordeauxrotes Portemonnaie hervor, holte Silbergeld heraus, legte es auf die Theke und nickte. »Auch gut«, sagte er, und jetzt erst glaubte Löhr, ein leichtes Zittern in der Stimme des anderen gehört zu haben. Genau darauf hatte er die ganze Zeit gewartet.

***

Ein unangenehm kalter Wind wehte über die Uferpromenade zwischen Hohenzollern- und Deutzer-Brücke. Löhr knöpfte sein Jackett zu und fror trotzdem weiter. Der Sonnenschein, der ihn am Morgen empfangen hatte, als er das erste Mal zum Schlafzimmerfenster hinausgeblickt hatte, hatte ihn dazu verleitet, auf den sonst üblichen Pullunder zu verzichten. Aber mehr noch als der kalte Wind ließ ihn die Anwesenheit seines abendlichen Begleiters frösteln. Die Unsicherheit, die er im »Sion« noch mit Genugtuung bei Flaucher beobachtet hatte, war vollständig verschwunden, nachdem der Kandidat seinem vor der Tür bei laufendem Motor wartenden Fahrer gesagt hatte, er käme von jetzt an allein zurecht. Der Fahrer hatte genickt, mit zwei Fingern an einen imaginären Mützenrand getippt, das Wagenfenster geräuschlos nach oben gleiten und den Mercedes danach ebenso geräuschlos die Straße hinunterrollen lassen. Flaucher hatte sich nach dieser kleinen Zurschaustellung seines unangreifbaren Status gestrafft und war federnden Schrittes Löhr hinunter zum Rheinufer gefolgt.

»Wo ist das Problem, Herr Kommissar?« fragte er betont obenhin, so als ginge es im Stadtrat um ein Thema wie die Aufstellung von Automaten für Artikel zur Beseitigung von Hundekot auf den Straßen. »Ich habe mit einer Nutte verkehrt. Na und? Das ist für den einen oder anderen vielleicht moralisch bedenklich. Aber es ist nichts Illegales. Und es ist meine Privatsache.«

»Das ist auch gar nicht das Problem, Herr Flaucher«, antwortete Löhr und knöpfte sich jetzt auch noch den obersten Hemdknopf zu. »Das Problem ist, daß diese Prostituierte tot ist. Ermordet.«

»Das ist *Ihr* Problem, nicht meins. Oder halten Sie mich etwa für den Täter?«

»Ich bin dabei, nach ihm zu suchen.«

»Damit hab ich doch nichts zu tun! Das ist doch absurd!«

»Sie waren am mutmaßlichen Tag ihrer Ermordung bei ihr.«

»Was Sie natürlich beweisen können.« Arroganter Hohn durchtriefte jedes Wort.

»Natürlich« entgegnete Löhr langsam und so neutral wie möglich. »Es gibt ein Foto.«

Abrupt blieb Flaucher stehen und starrte Löhr an. Flauchers Gesicht blieb absolut ausdruckslos, nur seine Augen, die Löhr jetzt, im von oben einfallenden Licht einer Laterne, durch die Brillengläser hindurch erkennen konnte, schienen sich zu weiten. Große, schlachtschiffgraue Augen mit einem wachsamen Flackern am Rand der Iris. Ein Eulenblick, dachte Löhr. Er hat Augen wie eine Eule. Und jetzt im Augenblick scheint diese Eule gerade eine Gefahr entdeckt zu haben. Die Augen brannten vor Aufmerksamkeit.

»Ein Foto? Was für ein Foto?«

Da war es wieder. Dieses unsichere Beben in der Stimme des Oberbürgermeisterkandidaten.

»Ein Foto, das Sie beim Betreten des Hauses von Corinna Stephan zeigt. Am Tattag. Freitag, 15. April, kurz vor einundzwanzig Uhr.«

Flaucher öffnete leicht den Mund. Einen breiten Fischmund, an den Winkeln leicht nach unten gebogen. Ein Mund wie zum Verschlingen gemacht. Jetzt aber hatte er nichts zum Verschlingen, er öffnete sich bloß zum Luftholen, vor Schreck.

»Wie kommen Sie an ein solches Foto? Wer hat das Foto gemacht?«

»Das Haus, in dem Frau Stephan arbeitete, wurde zu dem Zeitpunkt polizeilich observiert. Ein Polizeifoto.«

»Und wieso? Wieso diese – diese Observation?«

Flauchers Stimme flatterte jetzt. Er hatte offenbar Angst, die Observation hätte ihm gegolten. Löhr erkannte in dieser Angst des Kandidaten die Chance, sich ihn gefügiger zu machen, mehr aus ihm herauszuholen, als er eigentlich bereit gewesen war preiszugeben.

»Darüber kann ich Ihnen nichts sagen. Leider.«

»Kommen Sie, Löhr«, sagte der Oberstadtdirektor und verstand es auf einmal tatsächlich, ein vertrauliches Timbre in seine Stimme zu legen. Er faßte Löhr leicht am Arm wie einen guten Bekannten und nahm den Spaziergang wieder auf. Löhr war vor der Berührung zurückgezuckt, doch sie dauerte nur eine Sekunde. Flaucher hatte ihn bloß gestreift. Ein weiteres Mal mußte Löhr an seinen Traum vom vergangenen Wochenende denken und achtete darauf, einen halben Schritt Abstand zum Kandidaten zu halten. »Die Kölner Polizei wird doch wohl keine Staatsgeheimnisse haben«, fuhr Flaucher fort, den vertraulich-anbiedernden Ton beibehaltend. Er meint, dachte Löhr: keine Geheimnisse vor mir. Er hält sich für den Staat in Person.

»Tut mir wirklich leid«, sagte Löhr laut. »Aber ich weiß selbst so gut wie nichts über diese Observation. War Zufall, daß wir bei unseren Ermittlungen auf Ihr Foto gestoßen sind.«

Der Kandidat schwieg, mindestens zehn Schritte lang. Löhr sah ihn kurz von der Seite an. Er faßte sich schnell wieder, überlegte sich seinen nächsten Schritt. Sie gingen an dem Pavillon vorbei, in dem man tagsüber Karten für die Rheintouren der »Köln-Düsseldorfer« kaufen konnte. Der Pavillon lag im Dunkeln, die Rolladen waren heruntergelassen, weit und breit war niemand zu sehen. Wie sie überhaupt die einzigen Spaziergänger auf diesem Stück Rheinufer zu sein schienen, von ein paar Radfahrern, die mit hohem Tempo an ihnen vorbeirauschten, abgesehen.

»Ein Oberstadtdirektor«, begann Flaucher von neuem und in wieder einer anderen Tonart, es klang jetzt wie ein Plaudern, »ein Oberstadtdirektor hat natürlich keine unmittelbaren Einflußmöglichkeiten auf die Polizei. Aber doch die eine oder andere mittelbare. Wir sind schließlich in Köln ...« Flaucher machte eine Kunstpause. Löhr erwartete ein Lachen des Kandidaten. Es blieb aus. Löhr hätte auf diesen Anbiederungsversuch oder diese Drohung – Flaucher hatte eine Formulierung gewählt, die beide Möglichkeiten offenließ – schon eine passende Antwort parat gehabt. Zum Beispiel: »Ja, solange er im Amt ist.« Aber er beschloß, zu schweigen und abzuwarten, wie Flaucher fortfahren würde.

»Man kann aus der Stadtverwaltung heraus Karrieren bei der Kriminalpolizei also durchaus positiv beeinflussen.«

Löhr schwieg weiter. Jedes Wort dazu hätte ihn ein Stück näher an diesen Menschen herangebracht. Er hatte zwar befürchtet, daß diese Sorte genauso war, wie er sie sich immer vorgestellt hatte. Doch noch auf dem Weg zum »Sion« hatte er – trotz allen Grausens vor diesem Treffen –, ein wenig darauf gehofft, daß Flaucher, stände er ihm erst einmal gegenüber, irgendeinen annehmbaren menschlichen Zug offenbaren würde. Diese Hoffnung hatte ihn gründlich getrogen. Was Flaucher ihm bisher von sich gezeigt hatte, übertraf sämtliche Vorurteile, die Löhr gegenüber Politikern im allgemeinen und Kölner Lokalpolitikern im besonderen hegte. Vorurteile, die bisher auf keiner konkreten persönlichen Erfahrung beruhten. Jetzt machte er eine solche Erfahrung. Und er hätte sehr gern darauf verzichtet. Auch auf die Bestätigung seiner Vorurteile.

»Was uns interessiert«, sagte Löhr, »ist, was Sie am Abend des 15. April bei Frau Stephan gemacht beziehungsweise gesehen haben.«

»Gemacht!« Zorn lag jetzt in Flauchers Stimme. »Was macht man schon bei einer Nutte?«

»Sic haben also am Freitag, den 15. April, kurz nach einundzwanzig Uhr mit Frau Stephan verkehrt?«

»Verkehrt! Ja natürlich. Meinen Sie, ich hätte mit der Händchen gehalten?«

»Sind Sie sicher?«

Statt zu antworten sah Flaucher Löhr nur an. Ein verächtlicher, vernichtender Blick. Sie waren am Rheinpegel angekommen. Löhr blieb stehen. Das hatte keinen Zweck so. Es blieb ihm nichts anderes, als Flaucher zu einer ordentlichen Vernehmung ins Präsidium zu bestellen.

»Kehren wir um?« sagte er und wechselte, ohne Flauchers Antwort abzuwarten, die Richtung und ging wieder auf die Hohenzollernbrücke zu. Flaucher folgte ihm, schloß auf.

»Was soll das? ›Sind Sie sicher?‹ Natürlich bin ich sicher. Bin schließlich nicht senil.«

»Ich meine, sind Sie sicher, was den Zeitpunkt angeht? Könnte es nicht sein, daß Sie schon früher an diesem Abend bei Frau Stephan waren?«

»Ich denke, Sie haben ein Foto, das mich um einundzwanzig Uhr vor ihrer Haustür zeigt?«

»Vielleicht waren Sie ja zweimal an diesem Abend da? Einmal um einundzwanzig Uhr und einmal, sagen wir um sechs oder um sieben?«

Flaucher blieb stehen, fixierte Löhr, der sich gezwungen sah, ebenfalls stehen zu bleiben.

»Was soll das? Das ist doch Unsinn! Warum soll ich denn zweimal zu der gegangen sein?«

Löhr zuckte die Schultern. »Weil ich mir nicht vorstellen kann, daß Sie nach einundzwanzig Uhr noch mit Frau Stephan zusammen waren.«

»Ach nein? Und wieso können Sie sich das nicht vorstellen?«

Löhr zögerte die Antwort einen Augenblick lang hinaus, hielt dem verächtlichen Eulenblick des anderen stand. »Weil einiges, wenn nicht alles dafür spricht, daß Frau Stephan um einundzwanzig Uhr bereits tot war.« Er behielt Flauchers Augen im Blick. Der Mann hatte sich jetzt wieder vollständig unter Kontrolle. Löhr ging weiter. Nach ein paar Schritten war Flaucher wieder gleichauf mit ihm.

»Das ist doch unmöglich! Wie kommen Sie da drauf? Ich schwöre Ihnen ...«

»Tut mir leid«, unterbrach ihn Löhr kalt. »Aber ich denke, wir brauchen eine schriftliche Aussage von Ihnen.«

»Ich soll ins Polizeipräsidium? Im Zusammenhang mit einem Prostituiertenmord? Wissen Sie, was das heißt?« Flauchers Stimme überschlug sich, wurde heiser. »Ich hab mich auf dieses Treffen hier mit Ihnen eingelassen, weil ich davon ausgegangen bin, das so zu regeln. Unter Männern. Weil ich davon ausgegangen bin, daß Sie mir glauben.«

Während Flaucher von der Seite auf ihn einredete, meinte Löhr am »Köln-Düsseldorfer«-Kiosk eine schnelle, huschende Bewegung zu bemerken. Er sah genauer hin. Jetzt bewegte sich dort nichts mehr, aber er sah einen Schatten. Den Schatten eines Menschen. Jemand mußte sich an der Rückseite des Pavillons aufhalten, gegen die Wand gepreßt. Ein Einbrecher? Eher ein Penner, der sich für die Nacht einen Platz sucht und von uns dabei gestört wurde, dachte Löhr und richtete seinen Blick wieder nach vorn.

»Das, was Sie mir eben erzählt haben, Herr Flaucher, steht im Widerspruch zu unseren bisherigen Ermittlungsergebnissen. Diesen Widerspruch müssen wir aufklären. Das heißt, daß wir Ihre Aussage zu Protokoll nehmen müssen.«

»Was heißt denn hier Widerspruch? Ich habe Ihnen die Wahrheit gesagt, Mann!« Flauchers Stimme wurde zum ersten Mal richtig laut. »Ich habe nichts mit diesem Mord zu tun! Als ich von der Frau wegging, war sie so lebendig wie Sie und ich!«

»Außerdem«, fuhr Löhr, Flauchers Beteuerungen ignorierend, fort, »brauchen wir Ihre Fingerabdrücke. Sie müssen also so oder so zu uns kommen.«

»Das ist unmöglich! Ausgeschlossen! Das wissen Sie so gut wie ich! Wenn mich da einer sieht, wird's unter Garantie Nachfragen geben. Und können Sie sich vorstellen, was passiert, wenn publik wird, daß ich in dem Zusammenhang vernommen worden bin? Daß ich bei 'ner Nutte war?«

Auch diese Frage ließ Löhr unbeantwortet. »Wir werden das selbstverständlich so diskret wie möglich behandeln«, sagte er.

Flaucher blieb wieder stehen und Löhr tat es ihm widerwillig gleich. Er wollte das hier hinter sich bringen. Nach Hause. Die Füße hochlegen. Einen Whisky trinken, eine Zigarre rauchen, Musik hören.

»Hören Sie! Halten Sie mich da raus!« Flauchers Stimme nahm eine für Löhr bisher unbekannte Tonlage an, wurde bittend. Ein feuchter, schmatzender Bettelton, den seine Hände mit kreisenden und sich Löhr nähernden Bewegungen begleiteten. Löhr wich einen Schritt zurück. »Das kann ich mir nicht leisten. Nicht jetzt, eine Woche vor der Wahl. Dafür müssen Sie doch Verständnis haben. Vor allem, wenn ich Ihnen hier und jetzt mein Ehrenwort gebe, daß ich mit dem Tod dieser armen Frau nichts, aber auch gar nichts zu tun habe!«

Ehrenwort! dachte Löhr. Dazu würde ihm viel einfallen. Zum Ehrenwort eines Politikers. Er konnte Flauchers Anblick nicht länger ertragen, wandte den Blick von dessen Fischmund ab, und da sah er ihn wieder. Den huschenden Schatten. Direkt ihnen gegenüber zwischen den kleinen Bäumen der Grünanlage, die die Frankenwerft von der eigentlichen Uferpromenade abtrennte. Jemand hatte sich mit einem schnellen Schritt hinter einem der Bäume versteckt und schien offenbar dort zu verharren. Hatte Flaucher einen Bodyguard mitgebracht mit dem Auftrag, ihnen unauffällig zu folgen? Dann würde der sich aber doch nicht verstecken.

»Begleitet uns Ihr Leibwächter?« fragte er Flaucher. Der sah ihn verständnislos an.

»Nein. Natürlich nicht. Steht mir auch gar nicht zu. Noch nicht. – Also hören Sie, Löhr: Halten Sie mich da raus! Bitte!«

Löhr starrte hinüber zu den Bäumen. Nichts bewegte sich mehr. Vielleicht doch ein Penner.

»Das geht nicht. Aber wir werden, wie gesagt, die Sache so diskret wie möglich behandeln. Sie bekommen keine Vorladung. Sie kommen morgen früh einfach bei uns im Büro in der Löwengasse vorbei und ...«

»Ich hab Ihnen eben ja etwas über die Einflußmöglichkeiten eines Oberstadtdirektors erzählt.« Jetzt endlich hatte Flauchers Stimme den Klang, der am besten zu ihr paßte. Sirrend und scharf die Luft durchbohrend wie ein gerade abgeschossener Pfeil. Löhr erwartete jetzt eine Drohung, etwa, daß Flaucher dafür Sorge tragen würde, daß Löhr demnächst wieder Streife fahren müßte, ins letzte Pißkaff im ganzen Regierungsbezirk versetzt werden würde oder dergleichen, und er begann schon, sich eine entsprechende Antwort zurechtzulegen. Aber es kam anders. »Wann haben Sie sich eigentlich das letzte Mal im Spiegel angeschaut, Löhr?« fragte der Kandidat in wieder verändertem Ton. Er klang jetzt fast gemütlich, jovial.

»Wieso«, gab Löhr zurück.

»Haben Sie schon mal über eine Diät nachgedacht? Oder darüber, mal ein bißchen Sport zu treiben?«

Löhr schwieg.

»Wieviel Übergewicht haben Sie? Zehn? Fünfzehn Kilo?

Löhr schwieg.

»Sie sehen ungesund aus, Löhr. Um nicht zu sagen, heruntergekommen. Und dann die Klamotten, die Sie tragen! Wenn Sie so in meiner Dienststelle arbeiteten, würd ich mir wirklich Sorgen um Sie machen. Haben Sie keinen, der sich ein bißchen um Sie kümmert? Keine Frau zu Hause?«

Löhr blickte auf seine Schuhe und spürte, wie sich sein Magen zusammenkrampfte, zu einer harten Kugel zusammenzog, so hart, daß es wehtat.

»Dachte ich's mir«, fuhr Flaucher in mitleidigem Ton fort. »Keine Frau, die sich um Sie kümmert. Kommen abends geschafft vom Dienst nach Hause, kippen sich 'n paar Schnäpse, fallen mit den Klamotten aufs Bett – o Gott ...!«

»Ich versteh nicht ganz, worauf Sie hinauswollen«, sagte Löhr und überlegte sich gleichzeitig, ob dieser Stein aus seinem Bauch verschwinden würde, wenn er Flaucher mit der Faust ins Gesicht schlagen würde, einmal, zweimal, dreimal, auf die Nase, auf den Mund, immer wieder.

»Ach!« machte Flaucher kummervoll. »Irgendwie tun Sie mir leid, Löhr. Und irgendwie versteh ich Sie auch. Immer nur Leichen, Mord und Totschlag, das Gehalt reicht gerade für die Miete und den Schnaps, da wär ich auch so frustriert wie Sie. Es ist schon ein Jammer.«

Löhr blieb stehen. Er steckte die zu Fäusten geballten Hände in die Hosentaschen. Auch Flaucher blieb stehen. Der Schein einer Laterne beleuchtete sein Gesicht, und Löhr sah, daß er ihn angrinste. Er überlegte, ob er die Fäuste doch wieder herausholen sollte. Aber vielleicht war es gerade das, was Flaucher beabsichtigte. Daß er sich gehenließ, auf die Provokation ansprang. Den Gefallen würde er ihm nicht tun.

»Ich erwarte Sie dann morgen um neun Uhr in meinem Büro. Guten Abend«, sagte Löhr mit sehr beherrschter Stimme. Dann ließ er Flaucher stehen und ging auf den Baum zu, hinter dem er den Besitzer des vorbeihuschenden Schattens vermutete. Er hatte sich dem Baum auf fünfzehn Meter genähert, da löste sich tatsächlich eine Gestalt aus dessen Schatten, ein Mann, von dem Löhr lediglich dunkle Konturen erkennen konnte. Der Mann rannte weg, die Deckung der Bäume und Sträucher benutzend, auf die Hohenzollernbrücke zu. Löhr blieb stehen, sah ihm nach, zuckte schließlich die Schultern und ging weiter. Wahrscheinlich hatte Flaucher doch einen Leibwächter dabeigehabt, vielleicht als Zeuge ihres Gesprächs. Und wenn schon. Nützen würde es ihm nichts.

***

So schlecht gelaunt war Löhr selten morgens ins Büro gekommen. Er hatte in der Nacht kaum geschlafen. Möglich, daß der Whisky statt der normalerweise beruhigenden eine stimulierende Wirkung entfaltet hatte. Kaum meinte er, eingeschlafen zu sein, da spulte sein Unterbewußtsein wieder den Film von der Schiffstour ab, versetzte ihn in die Fortsetzung der Geschichte vom Wochenende, nur, daß dieser Traum ein sehr billiges, sehr schlechtes Remake des Original-Traums war. Außerdem hatte der Traumregisseur teilweise das Personal ausgewechselt. Statt des schmierigen, aber immerhin dummen und deswegen leicht durchschaubaren Siegbert Geyer drängte ihn jetzt ein eulengesichtiger, fischmäuliger Flaucher vom Büffet ab, stahl ihm seinen Teller und, als Löhr daraufhin protestierte, zischte ihn der Kandidat an: »Wenn Sie noch einen Ton sagen, dann mach ich Sie fertig!« Löhr verlangte trotzdem die von Flaucher gestohlenen Häppchen zurück, woraufhin dieser mit seiner Beute zu fliehen versuchte, Löhr ihm nachsetzte und bei der Verfolgung auf den Polizeipräsidenten stieß, der ihm den Weg versperrte. »Sie lassen ihn sofort laufen, oder Sie sind erledigt!« dröhnte der Präsident, und als Löhr sich überlegte, ob er dem Präsidenten eine Ohrfeige geben sollte, wachte er, vor diesem ebenso beängstigenden wie unlösbaren Dilemma kapitulierend, schweißgebadet auf. Danach war an einen erholsamen Schlaf nicht mehr zu denken gewesen. Bei jedem weiteren Versuch, wieder einzuschlafen, hatte sich sofort wieder sein Traum gemeldet und ihn mit immer beklemmenderen und aussichtsloseren Varianten seiner Jagd nach den gestohlenen Häppchen gepeinigt und ins Bewußtsein zurückgeholt. Um fünf Uhr hatte er dann den letzten Versuch, in den Schlaf zu gelangen, abgebrochen, war aufgestanden, hatte Tee getrunken, alte Zeitungen gelesen, war darüber am Küchentisch eingenickt und erst gegen halb acht wieder aufgewacht, wobei er sich mit dem Kopf auf dem Küchentisch wiederfand, einem Kopf, in dem es stach und brummte, als hätte er die ganze Nacht durchgezecht. Er fühlte sich nicht nur verkatert. Er fühlte sich erniedrigt, gedemütigt, seiner Würde vollständig beraubt, als er schließlich, zu spät, nämlich erst nach der Frühbesprechung, im Kommissariat auftauchte.

»Und? Wie war's gestern abend?« strahlte ihn ein viel zu gutgelaunter Esser an, Löhrs Fehlen bei der Frühbesprechung demonstrativ großzügig übergehend. Löhr hätte ihn anspringen können, so neidisch war er plötzlich auf Esser und seine ganz offensichtlich beglückende Affäre.

»Wir kriegen diesen arroganten Typen!« zischte er halblaut, während er sich aus seiner Jacke schälte.

»Ach? Erzähl!« sagte Esser, und Löhr schickte ihm für die ostentative Harmlosigkeit der Frage einen wütenden Blick zu.

Löhr ließ sich Zeit, sortierte sich erst umständlich hinter seinem Schreibtisch, ehe er Esser antwortete.

»Er hat mich belogen! Er hat mich zu schmieren versucht. Er hat mich beleidigt, gedemütigt! Dafür buchte ich ihn ein, egal was es kostet!« Löhrs Stimme bebte vor Zorn. Jetzt, wo er aussprach, welche Demütigung ihm gestern abend widerfahren war, sie beim Namen nannte, kam die Wut auf den Kandidaten erst voll zur Entfaltung, zumal sie sich mit der über die schlaflose Nacht, die ebenfalls auf Kosten des Kandidaten ging, zu einem in seinem Innern unheilvoll brodelnden Haß vermischte, von dem er spürte, daß er so bald wie möglich ein Ventil brauchte, um abgelassen zu werden, wenn er sich nicht selbst zerfleischen wollte.

»He, he!« machte Esser, jetzt doch eine Spur besorgt um den Zustand seines Kollegen. »Kannst du nicht mal der Reihe nach erzählen?«

Löhr berichtete das Wenige, was es über seine abendliche Begegnung mit Flaucher zu berichten gab. Neben dessen Beleidigungen, auf deren Inhalt Löhr allerdings nicht im einzelnen einging, war das im wesentlichen lediglich Flauchers Behauptung, er habe die Stephan am mutmaßlichen Tatabend gesehen, gar mit ihr verkehrt, eine Behauptung, die sowohl der Aussage der Bürvenich wie der des anderen Tatverdächtigen, Hessreiter, widersprach.

»Und? Was denkst du?« fragte Esser.

»Daß der lügt, natürlich«, zischte Löhr.

»Mist!« Esser schüttelte den Kopf, stand von seinem Schreibtischstuhl auf und begann, nervös durch den Raum zu tigern. Seine Champagner-Laune war zerstoben. »Aber warum? Warum erzählt der so was?«

»Das werden wir vielleicht gleich erfahren«, sagte Löhr. »Ich hab ihn für neun Uhr zur Vernehmung hierher bestellt.«

»Du hast was?«

»Hast du doch gehört.«

»Das bringt uns in Teufels Küche, Mann!«

»Der ist doch tatverdächtig? Oder etwa nicht? Oder ist einer, weil er Oberstadtdirektor und Oberbürgermeisterkandidat ist, schon deswegen nicht tatverdächtig?«

»Du weißt genau, was ich meine, Jakob! Wenn wir den hier vorführen und es stellt sich heraus, daß er nichts mit dem Mord zu tun hat, macht der uns so viel Ärger, sag ich dir, da lassen wir uns am besten gleich nach Wipperfürth versetzen.«

»Nein!« Löhr schob seinen Stuhl mit einem heftigen Ruck nach hinten und stand jetzt gleichfalls auf. »*Ich* mach dem Ärger! Da kannst du dich drauf verlassen! Ich mach dem so viel Ärger, daß der sich seinen beschissenen Oberbürgermeisterposten abschminken kann. Das schwör ich dir!«

Esser wich erschrocken einen Schritt vor Löhr, der wie eine wütende Dampfwalze auf ihn zugepoltert war, zurück. »Und wenn er mit dem Mord nichts zu tun hat?«

»Mach ich ihn trotzdem fertig!« Löhr stand schnaubend vor Esser, streckte ihm kampflustig seinen Bauch entgegen, so, als wäre der und nicht der Kandidat die Ursache seines biblischen Zorns.

Esser wich noch weiter zurück und verzog sich wieder hinter seinen Schreibtisch. Er sah auf seine Uhr. »Können wir da nicht noch mal in Ruhe drüber sprechen?«

»*Nach* dem Verhör!« sagte Löhr mit diktatorischer Lautstärke. Esser wollte etwas sagen, schluckte es aber hinunter.

»Ich hab auch schon 'ne Idee«, fuhr Löhr fort. Er ging zu seinem

Schreibtisch, nahm das interne Dienststellenverzeichnis und blätterte darin nach der Durchwahl Fischenichs.

»Jakob!« machte Esser warnend.

Löhr schaute auf. »Mach du das mit dem Verhör. Bitte. Ich kann diese Eulenvisage nicht mehr sehen.«

»Aber ...«

»Hol dir die Sekretärin zum Protokollieren. Ich hab was anderes zu tun.« Löhr hatte gefunden, wonach er gesucht hatte. Er nahm den Telefonhörer auf und tippte die Nummer in den Apparat.

»Aber Jakob, wie soll ich ...?« In Essers Stimme war ein leichtes Zittern geraten. Löhr ignorierte es und wandte den Blick von dem plötzlich sehr zerbrechlich wirkenden Esser ab und konzentrierte sich ganz auf den Telefonhörer.

Fischenich meldete sich am anderen Ende der Leitung.

»Löhr, 11. K.«, sagte Löhr ins Telefon. »Haben Sie 'ne Sekunde Zeit für mich?«

»Jetzt gleich?«

»Ja«, sagte Löhr. »Ich komm zu Ihnen rüber.«

»Na gut. Aber um halb zehn hab ich 'ne Dienstleiterbesprechung.«

»So lange dauert das nicht«, sagte Löhr. »Bis gleich also.« Er legte auf und sah, wie Esser ihn völlig entgeistert anstarrte.

»Was hast du vor?« fragte Esser.

Löhr atmete tief ein, zögerte mit der Antwort. Vielleicht war die Idee doch nicht so gut, besser, er sprach sie Esser gegenüber nicht aus, deutete sie bloß an. »Wenn er's nicht war, dann muß ich ihn anders kriegen. Wie, das muß ich noch klären.«

»Wen? Wen willst du anders kriegen?«

»Den Flaucher natürlich.«

Essers Mund öffnete sich, klappte wieder zu. Dann hob er die Hände hoch, und es sah fast so aus, als bedecke er damit gleich theatralisch sein Gesicht. »Jakob!« jammerte er. »Du packst richtig in die Scheiße.«

»Richtig«, antwortete Löhr. »Faß ich Flaucher an, packe ich in Scheiße. So ist das eben.«

Esser ließ die Hände in Zeitlupentempo sinken, sah fassungslos durch Löhr hindurch in eine Zukunft, die ihm offenbar nichts als Finsternis und Verderben verhieß. »Wir hatten so 'ne schöne Zeit hier, Jakob«, sagte er tonlos.

Löhr sah seinen Kollegen mit seinem gnadenlosesten Blick an. Esser war zu einem jammervoll gekrümmten Fragezeichen zusammengesunken. Löhrs Blick enteiste sich. Wenn Esser so aussah wie jetzt, dann konnte er nicht anders, dann mußte er einlenken. Aber das konnte er nicht. Nicht jetzt. Nicht in diesem Moment. Nach einigen Augenblicken wirrer Gefühlsschwankungen ging er zu ihm und legte die Hand auf seine Schulter.

»Kein Angst, Rudi. Das kriegen wir schon alles hin.«

»*Wir*?« machte Esser schwach.

»Ja. Wir«, sagte Löhr mit Mut machendem Trost und auch ein wenig Pathos in der Stimme. Zu mehr Zugeständnissen war er nicht in der Lage. Esser schwieg, und Löhr beschloß, das Thema zu wechseln.

»Was ist eigentlich mit der Akte über diesen Heym?« fragte Löhr, während er sich am Garderobenständer die Jacke anzog.

»Die hab ich heut morgen vor der Dienstbesprechung zum ED rübergegeben. Zum Abgleichen der Fingerabdrücke vom Tatort.«

»Die müßten doch bald fertig sein?«

Esser zuckte bloß mit den Schultern, so, als habe er alles Interesse an der Welt verloren und warte nur noch auf seine Hinrichtung durch Flaucher. Da muß er eben durch, sagte sich Löhr. Warum soll es dem besser gehen als mir gestern abend?

»Dann geh ich gleich da vorbei und hol sie ab«, sagte er laut.

»Und mach bitte, bitte, daß es dieser Heym war und nicht Flaucher!« flehte Esser.

»Völlig egal, ob er's war oder nicht«, sagte Löhr beim Hinausgehen. »Der Flaucher, der ist auf jeden Fall erledigt. Absolut erledigt. Und vergiß nicht, seine Fingerabdrücke zu nehmen!«

***

Das Büro Fischenichs hatte er als einen mit Hunderten von Akten zugestellten, muffigen, kleinen und fast fensterlosen Raum in Erinnerung. Das, was er aber jetzt sah, hatte mit einem Büro kaum mehr Ähnlichkeit, noch nicht einmal mehr mit der engen Abstellkammer, in der sie im KK11 die abgeschlossenen Fälle aufbewahrten. Es waren nicht Hunderte, es schienen ihm Tausende von Aktenordnern aus den Regalen an allen vier Wänden zu quellen und sich, in meterhohen Schichten übereinandergestapelt, bis zur Mitte des Raumes vorgearbeitet zu haben, wie eine Endmoräne eine dünnere Schicht von Heftern und Blättern vor sich herschiebend, die die Beine des Schreibtischs und des Sessels, auf dem Fischenich saß, bedrohlich umspülte.

»O Gott!« murmelte Löhr entsetzt statt einer Begrüßung, als er den Raum betrat.

»Tja«, lächelte Fischenich und nahm die Lesebrille ab. Er erkannte an Löhrs Blick, was der mit seinem Ausruf gemeint hatte. »Wirtschaftskriminalität ist ein Papierjob. Vor allem in dem Fall.«

»Immer noch Klenk?«

»Was denn sonst?«

Fischenich griff hinter sich, zog aus einem Haufen von Aktenordnern einen Schemel hervor und reichte ihn Löhr grinsend. »Nehmen Sie. Er ist der letzte seiner Art. Alle anderen Besucherstühle hab ich mittlerweile rausschmeißen müssen.«

Löhr nahm den Schemel, scharrte mit den Schuhen vorsichtig ein paar auf dem Boden verstreute Aktenblätter zur Seite und setzte sich Fischenich, der hinter seinem Schreibtisch sitzen blieb, gegenüber.

»Also Klenk und diese Quirinus-GmbH?« fragte er noch einmal.

Fischenich nickte und sah ihn erwartungsvoll an.

Löhr nickte bedächtig. »Deswegen bin ich bei Ihnen. Vielleicht hab ich was für Sie.«

»Ach?« Fischenich klang nicht sonderlich begeistert.

»Sind Sie nicht interessiert?«

»Doch, doch, doch!« Fischenich machte eine beschwörende Geste mit beiden Händen. »Es ist nur so, daß wir mit unseren Ermittlungen kurz vor dem Abschluß stehen. Und wenn Sie jetzt mit etwas kommen, was uns nötigt, einen von unseren Strängen noch mal ganz von vorn aufzurollen, dann ... Verstehen Sie?«

»Okay«, sagte Löhr. Vielleicht war er doch ein bißchen zu schnell mit der Tür ins Haus gefallen. »Sie stehen also kurz vor dem Abschluß. Das heißt, Sie haben Klenk bereits überführt?«

»Ja«, nickte Fischenich bedächtig. »Gestern sind wir beim Finanzamt auf Unterlagen gestoßen, wonach der nicht nur als Anwalt Rechtsbeistand, sondern auch eingetragener Gesellschafter der Quirinus-GmbH war.« Fischenich begann, mit der Rechten die Finger seiner Linken abzuzählen, eine Eigenart, die Löhr schon mal an ihm beobachtet hatte. »Außerdem besitzen wir jetzt Unterlagen, wonach Klenk für Kredite der Quirinus persönlich gebürgt hat. Und drittens haben wir schon seit längerem Beweise, daß er zusammen mit der Quirinus eine Briefkastenfirma in Luxemburg besitzt. Wenn wir das alles sortiert haben, dann ist er dran.«

»Und worauf läuft die Anklage hinaus?« fragte Löhr.

»Nach unseren Ermittlungen können wir ihn für die krummen Geschäfte der Quirinus haftbar machen. Vorteilnahme, Steuerhinterziehung, vielleicht auch Betrug.«

»Und was hat Klenk zu erwarten? Haft? Geldstrafe?«

»Geldstrafe. Sechsstellig schätzungsweise.«

»Na bravo!« sagte Löhr, sehr darum bemüht, keinerlei Hohn mitklingen zu lassen. »Und wie ich Klenk kenne, dreht der's so, daß er danach nicht als vorbestraft gilt und alle seine Ämter und Pöstchen behalten darf.«

Fischenich runzelte die Stirn. In seine Stimme kam etwas Lauerndes. »Um was geht's denn, Herr Kollege?«

»Ach!« Löhr machte eine wegwerfende Handbewegung durch die staubige Luft und sagte dann so beiläufig er konnte: »Geldwäsche, Zuhälterei, Bildung einer kriminellen Vereinigung, Menschenhandel ...«

»Sie sprechen doch jetzt nicht von der Quirinus-GmbH, oder?« Fischenichs Miene nahm einen leicht überheblichen Ausdruck an.

»Wär ich sonst zu Ihnen gekommen?« fragte Löhr unschuldig.

Fischenich fuhr aus seinem Schreibtischsessel hoch und funkelte ihn an wie ein Raubtier seine Beute. »Ist da wirklich was dran?«

»Und ob da was dran ist«, sagte Löhr gelassen, und hätte der Schemel, auf dem er saß, eine Lehne gehabt, hätte er sich dabei gemütlich zurückgelehnt.

Ortlieb, der Beamte des Erkennungsdienstes, der am Morgen den Abgleich der Fingerabdrücke aus der Akte Georg Heyms mit den im Appartement der Stephan gefundenen vorgenommen hatte, war nicht da. Einer seiner Kollegen fand aber auf dessen Schreibtisch einen Umschlag mit dem Aktenzeichen des Stephan-Falls. »Ist da das Ergebnis drin?« fragte Löhr den Mann. »Sicher!« sagte der andere. »Sonst hätte mein Kollege den Umschlag nicht zugeklebt.« Löhr quittierte den Empfang und verließ die Räume des Erkennungsdienstes.

Beschwingt trat er ins Freie, ging am Friedrich-Wilhelm-Gymnasium vorbei, warf dem über ihm verzweifelt nach oben strebenden, aber auf ewig am Gemäuer festklebenden Ikarus einen mitfühlenden Blick zu und genoß die laue Frühlingsluft, die ihm von der Severinstraße her Gerüche von Pizza, Gyros und Falafel entgegentrug.

Er war gewiß kein Mann, der an radikalen Stimmungsumschwüngen litt. So etwas wie heute morgen erlebte er selten, eigentlich nie. Zuerst diese zornige, wutschnaubende Katerstimmung und jetzt diese sanfte Beschwingtheit, die ihn erwartungsfroh in den Tag hineinschreiten ließ. Sein Zorn hatte ein Ventil gefunden. Das war der Grund. Fischenich hatte den Köder angenommen, hatte sofort einen Kurier hinaus zu Webers Wochenendhaus an der Sieg geschickt, um dessen Quirinus-Akte zu holen. Löhrs Plan könnte aufgehen. Wenn Fischenich in der Akte fündig werden würde, und zweifellos würde er das, dann war er, Löhr, an der Reihe. Dann gab es vielleicht für ihn eine Möglichkeit, an den Fäden und Flaucher mit in diese Geschichte hineinzuziehen. Wenn er nicht ohnehin schon mittendrin saß. Diese Kugelschreiber-Geschichte konnte kein Zufall sein.

Und er, Löhr, würde es sich nicht entgehen lassen, an allen möglichen Fäden zu ziehen. Nicht nach dem, wie Flaucher ihn gestern abend behandelt hatte.

Als er an der Ecke angekommen war, an der sich Severinstraße, Spitzengasse und Löwengasse kreuzen, er hinüber zur Löwengasse gehen wollte, aber wegen eines vorbeifahrenden Autos kurz warten mußte, bemerkte er auf dem dem Bürogebäude des 11. Kommissariats gegenüberliegenden Parkplatz einen Mann. Das Auffällige an diesem Mann war zum einen, daß er sich zwischen den parkenden Autos gebückt hielt, so, als verstecke er sich und beobachte gleichzeitig das Bürogebäude. Das zweite Bemerkenswerte war, daß Löhr diesen Mann kannte. Es war Hundertgeld. Was machte der denn da? Gleich gegenüber dem Kommissariat? Löhr trat ein paar Schritte zurück, stellte sich in den Eingang des Teppichgeschäfts an der Ecke Severinstraße und Spitzengasse und behielt den Mann mit den verfilzten grauen Locken, der weiterhin in halbgeduckter Stellung hinter einem Wagen verborgen den Eingang zur Dienststelle beobachtete, im Auge. Jetzt ging Hundertgeld ganz in die Hocke, zog ein Päckchen Tabak aus seinem grünen Parka und begann, dabei den Blick nicht vom Eingang abwendend, eine Zigarette zu drehen. Kaum hatte er die Zigarette angezündet, da wußte Löhr, was Hundertgeld dort wollte. Aus dem Kommissariatsgebäude trat mit forschem Schritt Flaucher. Löhr sah, wie Hundertgeld erstarrte und sich noch tiefer hinter das Auto duckte. Flaucher blickte sich kurz um, wahrscheinlich, um sich zu vergewissern, daß ihn niemand gesehen hatte, dann ging er zügig zur Severinstraße, direkt auf Löhr zu. Nur noch die Fahrbahn trennte sie. Löhr drückte sich ganz gegen die Glastür des Teppichgeschäfts, aber da war Flaucher schon um die Ecke gebogen. Er ging Richtung Hohe Pforte. Löhrs Blick wanderte wieder zu Hundertgeld. Der hatte sich inzwischen aufgerichtet, hielt unschlüssig seine halbgerauchte Kippe zwischen den Fingern und schien zu überlegen, was er als nächstes tun sollte. Sein Blick glitt über die Fassade des Kommissariatsgebäudes, schwenkte dann in die Richtung, in die Flaucher verschwunden war, wanderte zurück zum Gebäude, und dann ging ein Ruck durch den schmächtigen Körper des Zettelkasten-Mannes, und er schoß zwischen den parkenden Autos hindurch über die Löwengasse, lief weiter, zur Severinstraße hoch, hinter Flaucher her. Löhr wartete, bis Hundertgeld aus seinem Blickfeld verschwunden war, dann trat er vorsichtig aus dem Ladeneingang und blickte die Severinstraße hinunter. Flaucher ging bereits am Historischen Archiv vorbei, und Hundertgeld folgte ihm, seinen Gang verlangsamend, in zwanzig, dreißig Metern Abstand. Was ging da vor? Was wollte Hundertgeld von Flaucher? Warum verfolgte er ihn? Löhr fiel der Mann ein, der gestern abend am Rheinufer vor ihm davongelaufen war. War das auch Hundertgeld gewesen? Er hatte ihn in der Dunkelheit nicht erkennen können. Aber jetzt, als er ihn bei Tageslicht sah, war es durchaus möglich, daß der Mann von gestern abend tatsächlich Hundertgeld gewesen war. Ein ungutes Gefühl, der Schatten einer bösen Vorahnung, verdüsterte Löhrs eben noch so glänzende Laune.

»Na endlich!« stöhnte Esser, als Löhr im Büro erschien. Esser saß über den kleinen Schreibmaschinentisch gebeugt, vor sich ein Dutzend vollgetippter DIN-A4-Blätter, offensichtlich das Protokoll der Vernehmung Flauchers. Essers ansonsten immer tadellose Föhnfrisur war zerrauft, der Knoten seines Schlipses hing zehn Zentimeter unter der Stelle, wo er hätte sitzen müssen, und sein Gesicht war so aschfahl, daß Löhr ein impulsives Mitleid überkam, er gleich zu Esser hinüberging und ihm eine tröstende Hand auf die Schulter legte.

»War's so schlimm?«

Esser schüttelte mit leerem Blick den Kopf. »Ich weiß nicht mehr, wo ich dran bin.«

»Erzähl«, sagte Löhr sanft.

Esser wies auf die Blätter vor sich. »Steht alles da drin«, sagte er tonlos.

Löhr nahm die Blätter auf, behielt sie aber, ohne darauf zu schauen, in der Hand. »Hilft's dir vielleicht, wenn du's mir erzählst. Hat er dich auch beleidigt?«

Esser schüttelte wieder den Kopf. »Nee. Der war brav wie 'n Schuljunge.«

»Und hat wieder Lügengeschichten erzählt?«

Wieder schüttelte Esser den Kopf. Kein Wunder, dachte Löhr, daß seine schöne Frisur ruiniert ist. Allmählich mußte er sich Sorgen um Essers Zustand machen. »Dann versteh ich nicht«, sagte er laut, »wieso du so fertig bist?« Er legte Das Protokoll der Flaucher-Vernehmung auf seinen Schreibtisch.

Esser gab nicht sofort eine Antwort, starrte auf die Schreibmaschine vor sich, dann erhob er sich abrupt, strich sich mit der Hand durchs Haar und sah Löhr in die Augen. »Weil Flaucher, glaub ich, die Wahrheit gesagt hat und wir immer noch keinen Täter haben. Der Fall ist jetzt vier Tage alt und wir stehen immer noch am Anfang. Vor dem Nichts!«

»*Was* hat Flaucher gesagt?« insistierte Löhr.

»Nach dem, was der hier alles von sich gegeben hat, kann der, glaub ich, nur die Wahrheit gesagt haben.« Esser breitete hilflos die Arme aus. »Daß er am 15. April bei der Bürvenich gesessen, Kaffee getrunken, drauf gewartet hat, bis die Stephan frei war, dachte, die hätte noch 'nen anderen Kunden und so weiter und so fort. Das gleiche, was Hessreiter uns erzählt hat, und was dir die Bürvenich gesagt hat. – Die Wahrheit.«

»Die Wahrheit! Aha!« schnaubte Löhr verächtlich, während er zu seiner am Garderobenständer aufgehängten Jacke ging und daraus den Umschlag hervorzog, den er vom Erkennungsdienst mitgebracht hatte. »Und wieso erzählt der mir gestern abend 'ne ganz andere Geschichte? Hat er dir das auch erklärt?«

»Gott! Er wollte sich bei dir deswegen entschuldigen. Er hat gesagt ...«

»Entschuldigen!« Löhr prustete voller Verachtung und ging mit dem Umschlag zu seinem Schreibtisch.

»Er meinte«, fuhr Esser, der sich allmählich wieder faßte, seine Krawatte richtete und sich noch einmal ordnend durchs Haar fuhr, geduldig fort, »er wäre gestern verwirrt gewesen, hätte Angst gehabt, nicht gewußt, wie er reagieren sollte.«

»Pah!« machte Löhr. »Der und Angst. Der wird …« Den Rest des Satzes verschluckte er. Es erschien ihm augenblicklich nicht klug, Esser weiter über seinen geplanten Schachzug in Kenntnis zu setzen.

»Kann man ja irgendwie auch verstehen«, murmelte Esser.

Löhr riß den ED-Umschlag auf und blickte Esser an. »Scheinst ja 'n richtiger Fan von Flaucher geworden zu sein?« sagte er höhnisch. Je mehr Esser sich wieder in Fasson gebracht und sein gewohntes Aussehen wiedererlangt hatte, desto mehr war Löhrs Mitleid geschmolzen.

»Mensch! Der hat mir hier 'ne komplette Beichte abgeliefert, der Mann!« protestierte Esser und deutete auf das Protokoll, das nach wie vor ungelesen auf Löhrs Schreibtisch lag.

»Und?« machte Löhr ungerührt.

»Der ist impotent, der Mann!«

Löhr hatte den Umschlag vor sich geöffnet und den zweiseitigen Bericht des Erkennungsdienstlers bereits herausgezogen. Statt ihn zu lesen, starrte er Esser mit großen Augen an. »Der ist was?«

»Impotent!« wiederholte Esser mit Nachdruck. »Die Stephan, sagt er, ist bloß sein Kummerkasten gewesen. Der hat sich bei der das Herz ausgeschüttet, nur gequatscht.«

Löhr lachte laut auf. »Hab ich's doch gewußt! Der verarscht uns.«

»Nein, glaub ich nicht. Wenn du das Protokoll gelesen hast, dann weißt du auch, daß der uns nicht belügt. Einer, der so die Hosen runtergelassen hat wie Flaucher.« Essers Stimme klang ziemlich ernst. Wieso auf einmal?, dachte Löhr. Was ist in den gefahren? Aber dann kümmerten ihn plötzlich weder diese Fragen noch eine mögliche Antwort darauf. Er hatte den ED-Bericht überflogen. Er stand auf, ging, den Bericht in der Hand, zu Essers Schreibtisch, und legte ihm die beiden Blätter hin.

»Vergiß Flaucher!« sagte er. »Das hier ist unser Täter!«

»Unser was?« Statt einen Blick auf den Bericht zu werfen, sah Esser Löhr ungläubig an.

»Dieser Heym. Der Sadist. Die Weber-Akte. Das ist unser Mann!«

Esser öffnete den Mund.

Löhr tippte mit dem Zeigefinger auf den Bericht. »Der Fingerabdruck auf der Nachttischlampe. Der stammt von Heym!«

***

Die Zoobrücke war stadtauswärts wegen einer Baustelle verstopft, die Autokarawane kroch im Schrittempo und kam alle paar Meter zum Stillstand. Esser trommelte mit den Fingern aufs Lenkrad.

»Keine Panik, Rudi«, sagte Löhr. »Der haut schon nicht ab.«

»Und wenn er was gemerkt hat?« fragte Esser.

Esser hatte vom Büro aus bei Heym angerufen und ihn tatsächlich direkt erreicht. Esser hatte mit einem »'tschuldigung, hab mich verwählt« aufgelegt. Das war ihr übliches Verfahren, um festzustellen, ob sie einen Tatverdächtigen, den zu verhaften sie beabsichtigten, in seiner Wohnung antreffen konnten. Das ersparte ihnen eine aufwendige Fahndungsaktion. Außerdem brachte eine solche Festnahme den Vorteil mit sich, daß sie sich gleich in der Wohnung des Tatverdächtigen umsehen konnten. Löhr hatte Urbanczyk, den Staatsanwalt, angerufen und ihn um die Erwirkung eines Durchsuchungsbeschlusses und Haftbefehls gegen Heym gebeten. Beides würde zwar erst am Nachmittag vorliegen, aber da Gefahr im Verzug war, Fluchtgefahr bestand, besaßen sie den nötigen Spielraum. Dem ED hatten sie die Adresse von Heym gegeben und zwei Leute zur Spurensuche angefordert. Am Tatort und an der Leiche hatte der ED eine Menge von Fussel- und Faserspuren abgeklebt, und die Gerichtsmedizin hatte an der Leiche fremdes DNA-Material ausfindig gemacht, Haare und Hautschuppen. Nach einem Abgleich mit dem in Heyms Wohnung gefundenen Material stünde, falls die Ergebnisse positiv sein würden, innerhalb von vierundzwanzig Stunden eine lückenlose Indizienkette.

»Wieso sollte der?« meinte Löhr. »Daß sich einer verwählt, ist doch normal. Und bisher hat das auch noch immer geklappt.«

»Frag mich nur, wieso der an 'nem Mittwochmorgen zu Hause ist«, grummelte Esser, der vom Trommeln zu einem hektischen Massieren des Lenkrads übergegangen war. »Wieso ist der nicht am Arbeitsplatz?«

Löhr zuckte die Schultern, kramte seine Brille aus der Brusttasche seine Jacketts hervor, setzte sie auf und schlug auf seinem Schoß die Akte des KK12 über Heym auf. »Kaufmann«, sagte er nach kurzem Blättern. »Hier steht, der ist von Beruf Kaufmann.«

»Kann alles bedeuten«, sagte Esser.

»Ja. Und auch, daß er von zu Hause aus oder zu Hause arbeitet«, sagte Löhr und klappte die Akte wieder zu.

»Nein, nein!« protestierte Esser. »Lies noch mal vor, was da sonst noch drin steht. Will mir 'n Bild von dem Kerl machen.«

Gehorsam schlug Löhr die Akte noch einmal auf, suchte die entsprechenden Seiten und überflog sie. »Tja«, sagte er schließlich, den Blick dabei auf der Akte behaltend, »erster Eintrag 1993. Anzeige einer Prostituierten wegen Körperverletzung. Wollte sie fesseln, sie weigerte sich, er hat sie gezwungen, ihr dabei 'n Schultergelenk ausgekugelt. 1996 hat er eine Prostituierte gebissen. Anzeige. Strafverfahren. Verurteilung wegen Nötigung und Körperverletzung. – Ha!« Löhr hob die Akte hoch. »Der hat in der Verhandlung behauptet, *er* wär der Betrogene. Er hätte dafür *bezahlt*!«

»Also ist das unser Mann?« fragte Esser im Ton einer Feststellung.

»Sieht so aus. Nach dem, wie die Stephan offenbar mißhandelt worden ist«, murmelte Löhr. Eigentlich hätte er jetzt froh sein müssen, daß sie so kurz vor der Festnahme eines so offensichtlich Tatverdächtigen standen und morgen bei der Frühbesprechung vielleicht schon mit der Aufklärung ihres Falls, vier Tage, nachdem sie ihn bekommen hatten, aufwarten konnten. Er war trotzdem nicht zufrieden. So schön das alles war, aber es brachte seinen Plan bezüglich Flaucher in Gefahr. Für seinen Plan war es eigentlich nötig, daß Flaucher weiter in der Mordsache Stephan einer der Tatverdächtigen blieb. Zumindest noch eine Weile.

»Hast du eigentlich Flauchers Fingerabdrücke?« fragte er Esser.

Der sah ihn mit gekräuselter Stirn an. Inzwischen war kurz vor dem Tunnel unter der Bahntrasse der Verkehr auf dem Zubringer zur Autobahn seit fünf Minuten völlig zum Stillstand gekommen. »Na klar. Hat der ED schon in der Mache. Wieso fragst'n das?«

»Nur so.« Löhr zuckte möglichst beiläufig die Schultern. Als er merkte, daß Esser ihn immer noch bohrend ansah, schob er, etwas gequält, eine Erklärung nach. »Könnte doch sein, daß Heym doch nicht unser Mann ist. Und sowieso. Flaucher ist nach wie vor bei uns auf der Liste.«

»Versteh dich nicht«, sagte Esser gereizt. »Mal bist du heilfroh, daß wir den als Tatverdächtigen streichen können, mal nicht.«

»Ist nur für die Akte«, beschwichtigte Löhr. »Und im übrigen steht ja noch aus, zu wem der Fingerabdruck auf diesem Ford-Kuli paßt, oder?«

Esser schwieg eine Weile. »Was hast du vor, Jakob?« fragte er schließlich mißtrauisch, während er den Wagen erneut startete. Die Wagenkolonne kroch jedoch nur im Schrittempo voran.

»Nichts!« antwortete Löhr. »Außer, daß wir unsere Akte in Ordnung halten müssen. Und außerdem interessiert es mich einfach, von wem der Fingerabdruck auf dem Kugelschreiber ist.«

»Ich hab übrigens im Verhör eben Flaucher auf den Kuli angesprochen.«

»Du hast was? – Das sagst du mir jetzt erst?«

»Reg dich doch nicht auf!« Esser stieß eine Rauchwolke gegen das Dach des Wagens. »Ist doch nichts bei rausgekommen. Sonst hätt ich dir doch längst was gesagt.«

»Also? Was sagt er dazu?«

»Nichts! Sag ich doch. Hätte er nie gehabt, so einen Kugelschreiber.«

»Und? Hast du's ihm geglaubt?«

Esser hob die Schultern. »Ich weiß nicht. Aber irgendwie kam er mir 'ne Spur unsicher vor, als ich ihn nach dem Kuli gefragt hab.«

»Könnte also sein, daß er lügt, daß die Stephan den Kuli von ihm hatte?«

»Schon möglich«, sagte Esser, kurbelte das Wagenfenster hinunter und warf seine Kippe hinaus.

Endlich sahen sie die Ursache des Rückstaus auf der Zoobrücke. Kurz vor den Zufahrten zur A3 war ein Lastwagen umgekippt und blockierte die beiden rechten Fahrstreifen. Verkehrspolizisten lenkten den Verkehr rechts und links um den wie ein großes verendetes Tier auf der Seite liegenden Lastwagen herum. Esser hielt sich links, blieb auf der A4, und sobald sie die Unfallstelle passiert hatten, gab er Gas. Löhr dachte über Flauchers Reaktion auf die Frage nach dem Ford-Kugelschreiber nach. Wenn der tatsächlich ihm gehört hatte, dann eröffnete sich eine interessante neue Perspektive. Denn dann war es wahrscheinlich, daß Flaucher dieses Ford-Schreibset von Klenk bekommen hatte. Warum hatte Klenk Flaucher ein solches Geschenk gemacht? Das war zwischen zwei sich – in der Öffentlichkeit jedenfalls – spinnefeinden Lokalgrößen sicher nichts Alltägliches. Nun gut, es war ein banales Geschenk, ein Schreibset, auch wenn es aus Gold war. Doch dadurch, daß es diese Gravur besaß, hatte es über seinen eigentlichen hinaus auch einen symbolischen Wert. Ford. Welche Rolle spielte Ford in dieser Geschichte? Oder war das ein bloßer Zufall? Hatte Klenk Flaucher bloß irgend etwas geschenkt, um sich für eine andere Aufmerksamkeit zu bedanken? Zum Beispiel dafür, daß Flaucher als Oberstadtdirektor bei den Geschäften von Klenks Quirinus die Augen zudrückte oder sie gar lancierte? – Er würde dahinterkommen. Allein allerdings, ohne Esser einzuweihen. Bei seinem Plan Flaucher betreffend schien es Löhr ohnehin nicht ratsam, Esser gegenüber etwas verlauten zu lassen. Der würde mit Sicherheit gleich abwinken und ihn mit seinen tausend Bedenken davon abbringen wollen – und das womöglich auch noch schaffen.

Esser, der von Löhrs Gedanken natürlich nichts ahnte und jetzt, da sie sich ihrem Einsatzort näherten, angespannt hinterm Lenkrad saß, fuhr von der A4 die Abfahrt nach Merheim hinunter, bog auf die Olpener Straße Richtung Landesklinik ab und verlangsamte das Tempo.

»Hier müßte es irgendwo sein«, sagte Esser und sah sich nach rechts um. »Soester Straße ...«

»Die geht, glaub ich, von der Detmolder ab«, sagte Löhr. Vor ihrer Abfahrt hatten sie sich nicht die Zeit genommen, den Stadtplan im Geschäftszimmer genauer zu inspizieren.

»Und wo ist die Detmolder?«

»Ich meine, die müßte hier rechts parallel laufen«, sagte Löhr.

Esser bog bei der nächsten Gelegenheit ab. Sie fuhren im Schrittempo durch ein Viertel, in dem Löhr noch nie gewesen war, das ihm aber in seiner häßlichen Menschenfeindlichkeit bekannt vorkam. Es gab eine ganze Reihe ganz ähnlicher Siedlungen in fast allen Kölner Vororten. Hin zur Olpener Straße türmten sich langgestreckte vierstöckige Wohnblocks, wabenförmige Ineinanderschachtelungen von Wohneinheiten, gesichtslose Mietskasernen aus den sechziger Jahren, bei deren Anblick im Stadtbild Löhr sich fragte, was die Leute immer gegen die Plattenbauten in den Neuen Bundesländern hatten. Die sozialdemokratischen Wohnungsbaugesellschaften in Köln hatten an der Peripherie der Stadt ästhetisch und sozialpolitisch den Plattenbauten durchaus ebenbürtige Abbilder in vormals blühende Ackerlandschaften geklotzt. Gegenüber diesen Wohnblocks – ebenso typisch für die abstrusen städtebaulichen Absichten der damaligen Planer – streckte sich, unterteilt und durchschnitten von schmalen Sackgassen, ein Meer von Flachbauten. Nebeneinandergewürfelte garagengroße Schuhkartons, wo die besserverdienenden Eigenheimfanatiker ihr Glück hinter handtuchbreiten Vorgartenimitationen finden wollten. Das Ganze – Mietskasernen und Flachbauten – sollte, um ein trostloses Einkaufszentrum herum zusammengestellt, eine architektonische, die Integration verschiedener sozialer Schichten fördernde Einheit bilden, wofür man damals – so meinte Löhr sich zu erinnern – den Begriff »wohnungspolitisches Ensemble« gewählt hatte. Sie fuhren an zwei der die Flachbautensiedlung durchziehenden Stichstraßen vorbei. Die dritte war es. Esser bog ab. Löhr zählte die Hausnummern der vollkommen identischen, weißgekälkten und mit Glasbausteinwänden voneinander abgetrennten Pappkartons ab.

»Da ist es. Nummer 16!«

Esser fuhr zwanzig, dreißig Meter an dem von Löhr bezeichneten Häuschen vorbei, dann erst parkte er den Wagen. Eine Vorsichtsmaßnahme. Sie stiegen aus dem Wagen und gingen das Stück zurück. Das Haus Nr. 16 – wenn man bei einem ummauerten Rechteck von der Größe einer Doppelgarage von Haus sprechen wollte – zeichnete sich vor seinen eineiigen Zwillingen in der Straße dadurch aus, daß sich auf dem knapp meterbreiten Rasenstück vor der Hausfront eine große Schar Gartenzwerge tummelte. Nicht irgendwelche Gartenzwerge. Diese hier sollten – obwohl Gartenzwerge an sich in dieser Umgebung schon komisch wirkten – besonders komische Gartenzwerge sein. Die meisten von ihnen waren nämlich als Mönche, Bischöfe, Henker oder Piraten verkleidet, präsentierten sich in ulkigen Verrenkungen, und einige hatten auch, was ihr Eigentümer wohl als besonders originell empfunden haben mochte, die Hosen heruntergelassen beziehungsweise die Mönchskutten hochgeschoben und streckten dem eintretenden Gast ihren blanken Hintern entgegen. Löhr und Esser warfen sich einen vielsagenden Blick zu, während sie zur Eingangstür gingen. Esser drückte die Klingel unter einem emaillierten Schild, auf dem neben dem verschnörkelten Schriftzug »Heym« eine Eulenspiegelkappe abgebildet war. Aus dem Innern hörten sie statt eines gewöhnlichen Klingeltons einen elektronisch erzeugten Akkord, der das Schmettern einer Kindertrompete imitierte.

»'n Komiker«, murmelte Löhr.

Aus dem Häuschen war keine Reaktion auf das Klingeln zu hören. Stille. Dann, in der Tiefe des Hauses, um einiges von der Haustür entfernt, ein Rasseln und Rumpeln, so, als wäre eine Pyramide von Bauklötzen zusammengebrochen, ein unterdrückter Fluch. Esser lüftete kurz sein Jackett und zog die Sicherungsschnalle des Holsters über seiner Sig-Sauer ab. Er pflegte sich, im Gegensatz zu Löhr, der seine Dienstwaffe so gut wie nie anfaßte, bei Gelegenheiten wie dieser zu bewaffnen. Esser war eben, ging es Löhr durch den Kopf, durch und durch ein Mann der Vorsicht, und Löhr ermahnte sich noch einmal, ihn keinesfalls in seine Flaucher-Pläne einzuweihen.

Esser drückte noch einmal auf die Klingel. Im gleichen Augenblick, der Kindertrompetenakkord war noch nicht verklungen, ging die Tür auf, und sie sahen in das schweißnasse Gesicht eines großen Mannes mit einem breiten, teigig-blassen Gesicht.

»Ja?«

»Guten Tag«, sagte Löhr. »Sind Sie Georg Heym?«

Ein kurzes, mißtrauisches Nicken des anderen folgte.

»Wir sind von der Kriminalpolizei. Könnten wir Sie einen Augenblick sprechen?« Löhr und Esser zückten ihre Dienstausweise.

Löhr beobachtete Heym genau. Er hatte ein überaus trauriges Gesicht. Alles in diesem Gesicht hing: die Wangen, die Tränensäcke, das Doppelkinn. Aber außer dieser Traurigkeit und einem sich in flink bewegenden kleinen Augen spiegelnden Mißtrauen erkannte Löhr keine Reaktion bei dem bleichen Mann, die auf Angst vor der Polizei hätte schließen lassen können.

»Um was geht es denn?«

»Könnten wir das vielleicht drinnen besprechen?« sagte Esser und legte dabei einen Hauch amtlicher Schärfe in seine Stimme.

Heym zögerte einen Moment. Dann aber gab er mit einer trägen, widerwilligen Seitwärtsdrehung seines Körpers und ohne etwas zu sagen, den Eingang frei, und Löhr und Esser betraten das Haus. Es gab keinen Flur, vielmehr bestand der ebenerdige Teil des Hauses aus einem einzigen großen Raum, dessen Abschluß eine Fensterfront bildete, die den Blick auf eine winzige, von unbepflanzten Terrakottakübeln umstellte und mit ein paar weißen Plastik-Gartenmöbeln bestückte Terrasse freigab, die man durch eine der Haustür genau gegenüberliegende Glastür betreten konnte. Jenseits der Terrasse blickte man auf die kahle, fensterlose, weißgetünchte Backsteinmauer des Nachbarhauses.

»Das paßt mir im Moment eigentlich überhaupt nicht«, murmelte Heym.

Als er mit müdem Gang eine mitten in den Raum gebaute Trennwand umkreist hatte und sie ihm dabei gefolgt waren, sahen sie, warum sie ungelegen kamen und erkannten die Ursache des Gerumpels, das sie vorhin gehört hatten. Auf, unter und neben einem langen Tisch türmten sich Hunderte von Scherzartikeln: Aschenbecher aus weißem Plastik in der Form von Totenköpfen, leuchtendrote Feuerzeuge, wie erigierte Penisse geformt, hölzerne Wetterhäuschen mit kleinen Plastik-Stripperinnen, eine im weißen Bikini für gutes, eine im schwarzen Bikini für schlechtes Wetter, kleine Mönchsfiguren aus Plastik, denen – das war an einem an ihrem Rücken angebrachten Drehmechanismus zu erkennen – man die Kutte hochziehen konnte, und Löhr wußte gleich, ohne es gesehen zu haben, was darunter zum Vorschein kommen würde. Und noch Dutzende ähnlich skurrile Gegenstände in großer Stückzahl. Als sie klingelten, mußte Heym dabei gewesen sein, diese Scherzartikel in bereitliegende Versandkartons zu verpacken, wobei ihm ein ganzer Stapel vom Tisch gefallen war.

»Was machen Sie denn *damit*?« fragte Löhr staunend und mit Blick auf das Scherzartikel-Chaos.

»Ich vertreibe Scherzartikel«, brummte Heym mißmutig. Das Verpakken des bunten Unsinns mußte ihn übermenschliche Kräfte gekostet haben. Nicht nur sein Gesicht und seine dichten dunklen Haare waren schweißnaß, auch auf dem Rücken und unter den Achseln seines blaßrosafarbenen Hemdes zeichneten sich dunkle Schweißflecken ab.

»Gut.« Esser zupfte sich die Krawatte zurecht und fixierte Heym. »Wir ermitteln im Mord an Corinna Stephan ...«

Beide, Esser und Löhr, beobachteten scharf die Reaktion des Mannes. Aber es gab nichts zu beobachten, von einem kurzen, ruckartigen Strekken seines Doppelkinns abgesehen.

»Ja und? Was habe ich damit zu tun?« Löhr meinte, die Andeutung eines Zitterns in Heyms Stimme zu hören.

»Sie wissen, daß Frau Stephan tot ist?« fragte Esser weiter.

»Stand ja in der Zeitung.«

»Wo waren Sie am Freitag, den 15. April?« fragte Löhr.

Ein Grinsen umspielte Heyms Mund. »Auf der Spielwarenmesse. Halle fünf. Den ganzen Tag an meinem Stand. Bis zweiundzwanzig Uhr.«

»Da gibt es Zeugen für?« fragte Esser.

»Dutzende.« Heyms Grinsen wurde noch breiter.

»Und wo waren Sie nach zweiundzwanzig Uhr?« bohrte Esser.

»Mit drei, vier Kollegen einen trinken. In der Altstadt.«

»Die Namen können Sie uns sicher geben?« Essers Miene wurde hölzern.

»Selbstverständlich.«

»Und am Donnerstag?« fragte Löhr. »Wo waren Sie am Donnerstag, den 14. April? Auch auf der Messe?«

»Da war noch keine Messe.«

»Und wo waren Sie da?«

Heyms Grinsen erstarb. »Das weiß ich nicht mehr. Aber spielt das überhaupt eine Rolle? Ich meine, die Stephan ist doch am Freitag – ist die doch ...«

»Ach ja?« Jetzt setzte Löhr seinerseits ein kleines, höhnisches Grinsen auf.

»Aber das stand doch in der Zeitung!« Das Zittern in Heyms Stimme war jetzt nicht mehr zu überhören.

»Ach!« sagte Löhr. »In der Zeitung! In der Zeitung steht so viel. Also? Wo waren Sie am Donnerstag, den 14. April?«

Heym antwortete nicht. Er öffnete lediglich kurz den Mund, klappte ihn dann wieder zu. Sein sich ohnehin schon in dauernder Bewegung befindlicher Blick begann zu flattern. Löhr blickte zu Esser hinüber. Der erwiderte seinen Blick, und Löhr konnte ein leichtes Staunen erkennen.

Dann, während der Sekunde, in der sie sich anblickten, geschah etwas, womit sie absolut nicht gerechnet hatten. Mit einer pantherartigen Behendigkeit und in einem gazellengleichen Tempo schoß Heym an Esser und Löhr vorbei auf die Terrassentür zu, die offensichtlich nur anlehnt war, denn es dauerte keinen Wimpernschlag, bis er sie geöffnet hatte, hindurchgelangte und im Innenhof, außer Sichtweite der beiden Polizisten verschwunden war. Löhr und Esser schauten sich mit aufgerissenen Augen an. Der erste, der reagierte, war natürlich Esser. Er drehte sich auf dem Absatz um, riß die Sig-Sauer aus dem Halfter, rannte auf die Terrasse, schaute sich um, blickte dann nach oben – offenbar war Heym auf eines der benachbarten Flachdächer geklettert –, und verschwand dann auch aus Löhrs Blickfeld. O Gott!, dachte der. Auch das noch! Gab es denn gar nichts, das mal einfach und unkompliziert und so, wie es sich gehörte, über die Bühne ging? Mußte denn alles in seinem Leben mit Haken und Ösen versehen sein? Gab es denn kein Problem, das sich nicht nur über enervierende Umwege und unter qualvoll-überflüssigen Umständen bewältigen ließ? Seufzend durchquerte er den Raum, öffnete die Haustür, trat auf die Straße und blickte nach oben, zum Dach des Hauses. Er sah in Heyms verschwitztes Gesicht. Der war dabei, an einer kleinen, dreisprossigen Feuerleiter neben dem Garagenanbau des Hauses vom Dach hinunterzuklettern. Jetzt, nachdem Löhr ihn gesehen hatte, hielt er inne, wußte nicht, ob er vor oder zurück sollte. Löhr ging zwei Schritte auf ihn zu.

»Machen Sie doch keinen Blödsinn, Heym! Nachher ballert Sie mein

Kollege noch ab. Der ist richtig scharf auf so was. Der ist 'n Killer! – Ist es das wert?«

Über Heym erschien jetzt Esser auf dem Flachdach, die Pistole auf Heym gerichtet. Er mußte die letzten Sätze Löhrs mitbekommen haben.

»Ich bin *was*?« fragte er, mit einer steilen Zornesfalte auf der Stirn, hinunter zu Löhr.

***

Unter »Pfarrei« fand sich überhaupt kein Eintrag im Telefonbuch! Und das in Köln. Was gibt es für andere Begriffe statt »Pfarrei«? Oder nennen die Protestanten so was gar nicht Pfarrei? Löhr fiel kein anderer Begriff ein. Er suchte im Telefonbuch unter »C« nach dem Wort »Christus«, in der Hoffnung, unter »Christus-Kirche« einen Eintrag zu finden, vergeblich, er fand nur so absonderliche Namen wie Christukat, Christy und Chrisula. Da fiel ihm ein, daß die Kirche gar nicht die Christus-Kirche, sondern die Martin-Luther-Kirche war. Aber auch darunter war kein Eintrag. Verdammt! Wo sollte er noch suchen? Wie hieß noch mal dieser Pfarrer? Irgendwas Frommes – Liebe, Gnade, Hoffnung? Nein! Milde! Milde hieß der Mensch, der seinen Bruder und dessen Freund trauen wollte. Kirchlich!

Esser telefonierte währenddessen mit hochrotem Kopf mit dem Staatsanwalt, umkreiste dabei, die Telefonschnur zu einem dicken Knotenknäuel verwickelnd, seinen Schreibtisch.

»Ja, natürlich sind wir dabei, sein Alibi zu prüfen! – Nein. – Ja, selbstverständlich. Der ED hat in seiner Wohnung alles abgeklebt. Die überprüfen gerade, inwieweit das mit den am Tatort und an der Toten gefundenen Spuren übereinstimmt. – Richtig. Solange warten wir noch mit dem Verhör. – Ja sicher. Mit den Ergebnissen können wir ihn massiver unter Druck setzen. – Sie wollen beim Verhör dabei sein? – Ja, natürlich sind wir einverstanden. – Ich schätze, gegen sechzehn Uhr. – Problem? Welches Problem? – Ja, das müssen wir noch überprüfen. – Ja, ich denke, das haben wir bis dahin. – Wiedersehen.«

Esser legte, merklich in sich zusammensackend, auf und sah zu Löhr hinüber. Der hatte gerade Pfarrer Milde im Telefonbuch gefunden und notierte sich dessen Nummer.

»Was machst du da?« fragte Esser inquisitorisch. Er war nicht in allerbester Stimmung, weil Löhr ihm aufgetragen hatte, Urbanczyk anzurufen, obwohl das, als Leiter der Mordkommission, eigentlich Löhrs Aufgabe gewesen wäre und Esser vor Gesprächen mit Staatsanwälten stets unerklärlichen Bammel hatte.

»Ich?« log Löhr unschuldig. »Ich hab gerade die Telefonnummer von der Bürvenich herausgesucht. Um die ging's doch gerade, oder?«

»Woher weißt du das?« Esser war erstaunt.

»Ist doch klar!« Löhr breitete die Hände auseinander. »Wenn die ED-Spuren nicht ausreichen sollten, um Heym zu nageln, brauchen wir Zeugen dafür, daß er am 15. bei der Stephan war.«

Esser nickte erstaunt. »Genau das hat der Urbanczyk auch gerade gesagt.«

Löhr faltete seine Hände jetzt bedächtig vor sich auf dem Schreibtisch und zuckte entschuldigend mit den Schultern. »Ist doch klar, was die wollen, die Staatsanwälte. Ohne konkrete Verdachtsmomente können wir 'nen Tatverdächtigen nicht mehr als vierundzwanzig Stunden in Gewahrsam halten.«

»Richtig«, nickte Esser in sich hinein, so, als geniere er sich ein wenig für sein kurzfristiges Aufbegehren und angesichts Löhrs Umsicht.

Der erhob sich, nahm den Zettel mit Mildes Telefonnummer und das Foto, das der ED von Heym gemacht hatte, an sich und ging zur Tür.

»Und was machst du jetzt?« fragte Esser mit gerunzelter Stirn.

»Ich fahr zu der Bürvenich und befrag die«, antwortete Löhr.

»Ich denk, du rufst die erstmal an?« fragte Esser und wies auf den Zettel in Löhrs Hand.

Löhr sah auf den Zettel mit Mildes Nummer. »Ach ja. Natürlich. Aber das mach ich von unterwegs aus. Ich nehm mir 'n Wagen von der Fahrbereitschaft. Die haben 'n Autotelefon. Dann geht's schneller. Irgendwie ...«

»Ach ja«, machte Esser, der nicht mehr ganz durchblickte. Dann, als er sah, daß Löhr bereits die Klinke in der Hand hatte: »Und was mach ich in der Zeit?«

»Du?« antwortete Löhr gelassen. »Du bringst unsere Akte auf den neuesten Stand. Das Protokoll von der Festnahme Heyms, die Leute müssen noch angerufen werden, die er als Zeugen für den 15. benannt hat und so weiter.«

Esser verdrehte die Augen. »Bleib nicht zu lange. Du hast gehört, um vier kommt Urbanczyk zum Verhör.«

Löhr nickte. Er mußte sich wirklich beeilen. Doch in dem Augenblick, in dem er die Bürotür öffnete, klingelte das Telefon auf seinem Schreibtisch. Er ging zurück und nahm ab. Es war Fischenich.

»Menschenskinder, Löhr! Das ist ein Knaller! Ein Volltreffer!«

»Hab ich doch gesagt«, murmelte Löhr leise und mit Blick zum anderen Schreibtisch. Doch Esser hörte gar nicht zu, sondern telefonierte bereits mit dem ersten der Messeauststeller, die Heym ihnen als Zeugen genannt hatte.

»Ich hab Klenk für morgen um elf zu 'ner Stellungnahme in mein Büro bestellt«, fuhr Fischenich fort. »Wollen Sie mit dazukommen?«

»Die Sache mit der Quirinus ist aber nicht mein Fall«, wandte Löhr zögernd ein.

»Aber Sie haben 'nen Mordfall in 'ner Quirinus-Immobilie!«

»Das schon, richtig ...«

»Das wird dem Klenk richtig Feuer unterm Hintern machen. In 'nen Mordfall verwickelt zu werden! Der wird sich um Kopf und Kragen reden, um da wieder rauszukommen. Das wird 'n Fest!«

»Sie meinen also, ich sollte morgen dazukommen?« Löhr zögerte immer noch, aber das gehörte zu seinem Spiel. Es wäre nicht klug gewesen, Fischenich merken zu lassen, daß es Löhr bei dem Verhör Klenks ausschließlich darum zu tun war, seinen Zug gegen Flaucher zu eröffnen.

»Ja, selbstverständlich!« dröhnte Fischenich durchs Telefon. »Ich verlaß mich auf Sie!«

»Also schön. Ich komme«, seufzte Löhr.

Als sich die Aufzugtür hinter ihm geschlossen hatte und der Aufzug mit ihm nach unten glitt, bewölkten doch einige Skrupel seine bis dahin glänzende Stimmung. Intrigen waren seine Sache nicht. Verstellung, Heuchelei, Lüge. Nun denn, in diesem einen Fall diente es einer guten Sache. Einen Oberbürgermeister wie Flaucher wollte Löhr nicht haben. Eigentlich wollte er gar keinen Oberbürgermeister haben, und im Grunde wollte er überhaupt keine Politiker haben. Doch die waren wohl unvermeidlich. Also mußte man sich, wie immer, in das kleinere Übel fügen. Besser jeder andere, von ihm aus auch diese Grüne, als Flaucher. Der Mann hatte sich als ein Schwein erwiesen. Und auch, wenn er als Mörder leider nicht in Frage zu kommen schien, Löhr hatte es vielleicht in der Hand, ihm ein paar andere Steine in den Weg zu legen. Er würde, er mußte diese Chance nutzen, auch wenn er dazu ein bißchen heucheln und lügen mußte. Leid tat ihm das jetzt eigentlich nur noch wegen Esser. Daß er auch ihn hintergehen mußte. Aber wenn er Esser einweihte, konnte er das Spiel gleich drangeben.

Nachdem er einen Umweg über die Kriminaltechnische Dienststelle gemacht und sich bei Ortlieb vergewissert hatte, daß Flauchers Fingerabdrücke bei ihm angelangt waren und Ortlieb ihm zugesagt hatte, sie im Laufe des Nachmittags mit den auf dem Kugelschreiber gefundenen zu vergleichen, ging er die Severinstraße stadtauswärts, in Richtung Torburg. Anders als er es Esser gesagt hatte, wollte er keineswegs mit der Fahrbereitschaft zur Bürvenich fahren. Statt dessen plante er, sie von unterwegs aus anzurufen und dann mit dem Bus zum Bonner Verteiler zu fahren.

Wenn er Esser verraten hätte, daß er vorhatte, jetzt, mitten in der heißen Phase des Falls, mit diesem Pfarrer zu sprechen, mal wieder einer Familienangelegenheit nachzugehen, dann wäre der Tag vollständig verdorben gewesen. Und das war es nicht wert. Außerdem, beruhigte sich Löhr weiter, war der Fall ja jetzt auch so gut wie unter Dach und Fach. Und außerdem *mußte* er sich endlich um diese blödsinnige Hochzeit kümmern.

In drei Tagen war Samstag, und vor seinem inneren Auge sah er seinen Bruder mit seinem Freund in einem Blitzlichtgewitter aus der Kirche treten, sah das Riesenfoto als Aufmacher im Lokalteil sämtlicher Kölner Zeitungen, sah seine Mutter mit tellergroßen Augen auf den Express starren, sah sie nach Luft ringen, sich an die Kehle fassen, sah sie ohnmächtig, vom Schlag getroffen, in ihrer Küche zusammensinken. – Noch einmal mit Gregor zu sprechen hatte überhaupt keinen Sinn. Die letzte Chance, die Katastrophe zu verhindern, war, diesen Milde umzustimmen. Danach blieb immer noch genug Zeit, zu Frau Bürvenich zu fahren.

Am Rand der Grünanlage vor St. Katharina stand eine Telefonzelle, die aus einem rätselhaften Grund gerade nicht besetzt war. Wahrscheinlich, dachte Löhr, als er die Tür aufstieß, weil alle ein Handy haben. Und dann werden sie eines Tages ganz abgeschafft. Und was mach ich dann? Er holte den Zettel mit Mildes Nummer aus seiner Jakettasche, nahm den Hörer ab und wählte.

Milde nahm sofort ab. »Jakob Löhr«, meldete sich Löhr. »Der Bruder von Gregor.«

»Ich weiß«. Die Stimme Mildes klang alles andere als milde. Eher hörte sie sich an, als hätte er sie gerade aus der Tiefkühltruhe gezogen. Löhrs reaktionären Auftritt in seiner Wohnung hatte Milde also weder vergessen noch verziehen. Löhr räusperte sich.

»Ich wollte fragen, ob wir uns vielleicht kurz treffen könnten. Ich bin gerade in der Nähe.«

»Das ist ausgeschlossen. In zehn Minuten habe ich einen Termin.« Punkt. Weiter nichts. Löhr holte tief Luft.

»Also, es geht um meine Mutter«, machte er einen neuen Anlauf und legte dabei ein besorgtes Timbre in seine Stimme. Doch am anderen Ende der Leitung folgte nicht die Spur einer Reaktion. Löhr stellte sich das gelbliche Gesicht des Pfarrers mit dem daruntergeklebten Kinnbart in selbstgerechter, wächserner Erstarrung vor. Er mußte sich überwinden, weiter im Bettelton mit diesem Seelenlosen zu sprechen. »Ich habe versucht, mit meiner Mutter über diesen Fall zu sprechen und ...«

»Fall?« bellte es am anderen Ende der Leitung.

»Ich meine, in dieser Angelegenheit«, lenkte Löhr sofort ein. »Meine Mutter«, fuhr er in mitleidheischendem Ton fort, »meine Mutter ist eine alte, gebrechliche Frau.«

Fortwährendes unchristliches Schweigen in der Leitung. Löhr überlegte, ob ein katholischer Priester ebenfalls zu solcher Herzlosigkeit imstande sein könnte, blieb aber auf dem einmal eingeschlagenen Weg. »Ich habe versucht, mit ihr darüber zu sprechen. Sie wissen ja, sie hat überhaupt keine Ahnung von Gregors – Veranlagung ...«

Immer noch keine Reaktion. Löhr dachte einen Augenblick daran, aufzuschluchzen, kam aber zu dem Schluß, daß das wahrscheinlich auch nichts helfen würde. Also stieß er bloß einen langen Seufzer aus. »Ich habe ihr gegenüber, meiner alten gebrechlichen Mutter also, ein paar vorsichtige Andeutungen in diese Richtung gemacht. Herr Pfarrer! Sie hätten dabeisein sollen! Sie hat nach Luft gerungen!« Löhr machte, ohne auf eine Reaktion Mildes zu warten, eine kleine Kunstpause, senkte dann seine Stimme zu einem vertraulichen Flüsterton: »Sie ist Hypertonikerin. Schlaganfallgefährdet! Wenn sie erfährt, daß ihr jüngster Sohn, daß der ...« Löhr ließ den Schluß des Satzes in einem herzergreifenden Seufzer untergehen.

»Könnten Sie sich bitte etwas kürzer fassen und mir sagen, was Sie eigentlich wollen?«

Dieser Mann hatte weder eine Seele noch ein Herz noch irgend etwas Vergleichbares, Menschliches! Wenn er evangelisch wäre, dachte Löhr voll bitteren Zorns, dann würde er jetzt auf der Stelle aus der Kirche austreten! Sofort! Aber da es um seine Mutter ging, faßte er sich weiter in christlicher – nein: katholischer – Demut: »Diese Veranstaltung am Samstag, diese Trauung, Hochzeit ... Wäre es vielleicht möglich, die in einem kleineren Rahmen, ich meine, ohne Presse und so weiter ...?«

»Nein. Das ist ausgeschlossen!«

»Aber meine Mutter, Herr Pfarrer! Es wird sie – es wird sie umbringen!«

Schweigen am anderen Ende der Leitung. Auch Löhr schwieg, er hatte sich bis zum Äußersten aus dem Fenster gelehnt, sich bis an den Rand der Lächerlichkeit gedemütigt.

»Wenn Ihnen ihre Mutter so am Herzen liegt, Herr Löhr,« hörte er jetzt den Pfarrer im Ton eines Beichtvaters sagen, »dann sollten sie sich wirklich intensiver um sie kümmern. Ich bin davon überzeugt, daß Sie ihr das, was es da mitzuteilen gibt, mit dem Ihnen eigenen Feingefühl sehr schonend beibringen können. Und jetzt muß ich zu meinem Termin. Einen schönen Tag noch.«

Wie betäubt nahm Löhr den Telefonhörer mit der toten Leitung vom Ohr, sah an sich hinunter und fühlte sich einsam, verlassen und mit dem Elend der ganzen Welt allein auf seinen Schultern.

***

Heym trug immer noch das gleiche blaßrosafarbene Hemd, das er bei seiner Verhaftung angehabt hatte. Die landkartengroßen Schweißflecken waren in der Zwischenzeit getrocknet, aber Löhr, der Heym und den ihm am Verhörtisch gegenüber sitzenden Esser umkreiste, sah, wie sich zwischen seinen Schulterblättern wieder ein neuer, dunkler Fleck breitmachte. Kein Wunder, denn das Vernehmungszimmer war wie immer völlig überheizt, die Luft trocken und, dank Essers Zigarettenkonsum, fast unerträglich stickig. Urbanczyk, der Staatsanwalt, hatte sich während des Verhörs im Hintergrund gehalten und sich aufs Zuhören beschränkt. Er saß mit dem Rücken zur kahlen Wand unter dem einzigen vergitterten, schachtartigen Fenster des Raumes und machte sich in einem auf den Knien liegenden Schreibblock Notizen, wobei er die Ermittlungsakte

»Stephan« als Unterlage benutzte. Eine Ermittlungsakte, in der der Vorgang »Flaucher« fehlte. Es hatte Löhr einige Überredungskunst gekostet, Esser zu dieser kleinen Manipulation zu überreden. Das ausschlaggebende Argument war gewesen, daß der ewig unter Zeitdruck stehende Urbanczyk die Akte mit Sicherheit nur durchblättern und sich ganz auf den Gang der Ermittlungen gegen Heym konzentrieren würde. Genauso war es gewesen. Urbanczyk hatte die Akte lediglich überflogen, und sie konnten anschließend, ohne daß es je auffallen würde, den fehlenden Vorgang wieder einheften.

Esser blickte auf den Bildschirm des Computers, der hier im Vernehmungszimmer zum Inventar gehörte und drückte mehrfach eine Taste. Offenbar las er den Text des bisherigen Protokolls noch einmal durch. Auch so ein Punkt, der Löhr eine zwiespältige Bewunderung seines Kollegen abverlangte: Der Mann konnte mit Computern umgehen! Weiß der Teufel woher. Muß er sich zu Hause beigebracht haben, denn Löhr weigerte sich seit einem halben Jahr standhaft, daß man auch ihnen ein solches Ding ins Büro stellte. Lange würde er das nicht mehr können, das war ihm bewußt. Ihr Büro war das letzte im KK 11, das noch nicht mit einer solchen Maschine bestückt war, und Löhrs Argument, daß diese Dinger nie funktionierten und niemand richtig damit umgehen konnte, zog allmählich nicht mehr. Und wenn sie erst einen Computer im Büro hatten, dann würde es nicht mehr lange dauern, daß Esser sich auch mit seiner Handy-Idee durchsetzen würde. Löhr seufzte innerlich. Der Geschwindigkeits-Wahn war nicht mehr aufzuhalten. Als wenn Geschwindigkeit an sich einen Wert darstellte! Als wenn damit klares Denken, Wissen, Menschenkenntnis, Weisheit ersetzt werden könnten! Löhr schüttelte den Kopf und konzentrierte sich wieder auf Essers Verhör.

»Sie sagen also«, fragte Esser Heym, »daß sie Frau Stephan zum letzten Mal am 28. März besucht haben?«

Heym nickt stumm.

»Und zu der Aussage der Frau Bürvenich, die Sie am Donnerstag, den 14. April im Flur vor der Tür von Frau Stephan gesehen hat, haben Sie nach wie vor keine Erklärung?«

»Das kann nur eine Verwechslung sein, hab ich doch schon gesagt.« Heyms Stimme war jetzt, wie bereits während des gesamten vorangegangenen Verhörs – im Gegensatz zum Zeitpunkt der Verhaftung in seinem Häuschen – fest und frei von jedem Zittern. Offenbar hatte er sich, nachdem er sich vom ersten Schock erholt hatte, in der Zeit, in der sie ihn in der Zelle des Gewahrsamsdienstes hatten schmoren lassen, eine Geschichte zurechtgelegt, die er für hieb- und stichfest hielt.

»Eine Verwechslung?« Löhr, der hinter Heym stehengeblieben war, beugte sich zu ihm herunter. »Das glauben Sie doch selbst nicht!«

Heym drehte sich nicht zu Löhr um. Das Überraschungsmoment, um dessentwillen Löhr und Esser diese Art der Vernehmung manchmal anwendeten, daß der eine Vernehmende vor dem Verhörten saß, der andere die beiden umkreiste und nicht kalkulierbar, plötzlich im Rücken des zu Vernehmenden auftauchte, war bei ihm verpufft.

»Dann steht da eben Aussagen gegen Aussage«, stellte Heym trocken fest.

Esser nickte bedächtig. »Gut«, sagte er schließlich. »Das ist dann im Augenblick alles. Spätestens morgen früh liegen uns die Laborergebnisse vor. Bis dahin bleiben Sie in Polizeigewahrsam.«

»Das können Sie nicht machen!« Löhr sah, wie Heym seine Hände zu Fäusten ballte. »Sie haben nichts gegen mich in der Hand! Gar nichts!«

»Das sehen wir anders«, sagte Esser mit einem Blick auf Urbanczyk. Der nickte, kurz nur, und weniger vehement, als Esser es wohl erwartet hatte. Esser räusperte sich, blickte auf seine Uhr, hämmerte auf die Tastatur und sagte dabei: »Dann schließen wir die Vernehmung um siebzehn Uhr zehn.«

Nach der kläglichen Abfuhr, die ihm Pfarrer Milde erteilt hatte, hatte Löhr sich in sein Schicksal ergeben. Es würde ihm also nichts anderes übrigbleiben, als seine Mutter über die homosexuelle Veranlagung ihres jüngsten Sohnes aufzuklären, bevor sie davon aus der Zeitung erfuhr. Es blieb ihm nichts erspart! Auch nicht, so bald wie möglich seinen Vetter Oliver aufzusuchen, um hinter diese merkwürdige Geschichte mit Tante Helene zu kommen. Aber eins nach dem andern. Er war mit dem Bus zu Frau Bürvenich gefahren und hatte ihr das Foto von Heym gezeigt. Frau Bürvenich hatte ihn sofort als einen Stammkunden Corinna Stephans erkannt. Und sie konnte sich sehr präzise daran erinnern, ihn kurz vor deren mutmaßlichem Todestag in ihr Appartement gehen gesehen zu haben. Allerdings, und das war der entscheidende Haken bei der Sache, nicht am Freitag, dem 15. April, sondern einen Tag vorher, am Donnerstag, und zwar am frühen Abend.

Der heftig, aber natürlich vergeblich protestierende Heym war von einem Schließer zurück in seine Zelle gebracht worden, und Löhr, Esser und Urbanczyk hatten so schnell wie möglich den trostlosen, muffigen Zellentrakt – so nannten die Polizisten den Polizeigewahrsam neben dem Präsidium – verlassen. Jetzt standen sie, die frische Luft einsaugend wie nach einem langen Tauchgang, im Innenhof zwischen dem Hochhaus, in dem das Polizeipräsidium, und dem dreistöckigen Gebäude der Kriminalwache, in dem der Zellentrakt untergebracht war. Urbanczyk, ein feingliedriger, knapp mittelgroßer Mann mit einem intelligenten Gesicht, aber auffallend müde hinter einer randlosen Brille dreinblickenden Augen, war alles andere als begeistert.

»Wie stellt ihr euch das eigentlich vor? Außer dem Fingerabdruck habt ihr so gut wie nichts gegen den Mann in der Hand! – Und der kann gottweißwie alt sein!«

Esser schüttelte energisch den Kopf. »Nein. Das halte ich für ausgeschlossen. Der ist frisch. Die Stelle an der Lampe, wo die EDler den Abdruck gefunden haben, muß, wenn man sie an- oder ausknipst, berührt werden. Da können nur frische Abdrücke drauf sein.«

»Na schön«, sagte Urbanczyk. »Das ist aber auch das einzige! Ein einziges Indiz! Darauf kann man doch keine Anklage bauen! Und der Haftrichter lacht uns morgen früh aus, wenn wir diesen Heym noch länger festhalten wollen.«

Jeden Morgen um elf pflegte ein Haftrichter in ein eigens für ihn im Zellentrakt eingerichtetes kleines Büro zu kommen, um die Haftgründe der in vierundzwanzigstündigen Polizeigewahrsam genommenen Inhaftierten zu prüfen. Da die üblichen Haftgründe – kein fester Wohnsitz, Wiederholungs- bzw. Verdunklungsgefahr – bei Heym nicht zutrafen, mußten einigermaßen hieb- und stichfeste Verdachtsmomente vorliegen.

»Morgen früh haben wir das Ergebnis vom Faserspurenabgleich«, entgegnete Esser. »Die Kollegen im Labor sind heute nicht mehr dazu gekommen.«

»Gut. Aber auch wenn dabei noch was rauskommen sollte«, Urbanczyk pochte auf die Ermittlungsakte, die Löhr beim Verlassen des Verhörzimmers gleich an sich genommen hatte und jetzt fest eingeklemmt unterm Arm trug, »das Allerwesentlichste stimmt nicht! Der Tattag! Die Gerichtsmedizin hat sich auf den 15. April als Tattag festgelegt. Für den Tag hat unser Mann ein mehrfach bestätigtes Alibi!«

Esser nickte. Er hatte den frühen Nachmittag damit verbracht, die von Heym benannten Zeugen anzurufen, hatte von denen samt und sonders bestätigt bekommen, daß Heym am 15. April tatsächlich den ganzen Tag auf der Messe und den Abend in einer Altstadtkneipe zugebracht hatte.

»Und was ist«, mischte sich jetzt Löhr ein, »wenn die Gerichtsmedizin sich irrt?«

Urbanczyk sah Löhr erstaunt an. »Wie meinen Sie ...?«

»Wäre nicht das erste Mal, daß die danebenhauen. Als die die Leiche untersucht haben, war sie über eine Woche alt. Da kommen die mit ihren Methoden nicht mehr sehr weit. Ich bezweifle, ob die sich überhaupt auf den Tag genau festlegen können.«

»Möglich, ja«, entgegnete Urbanczyk mit einem vagen Schulterzucken. »Aber da haben wir nichts von. Wir brauchen was Stichhaltiges!«

»Die Aussage dieser Aufwärterin, der Frau Bürvenich, die erscheint mir als ziemlich stichhaltig.«

»Schön. Eine Aussage. Ein Fingerabdruck ...« murmelte Urbanczyk unentschlossen.

»Das ganze Täterbild!« meldete sich Esser jetzt wieder. »Sie haben's doch eben im Verhör mitgekriegt! Der Typ ist 'n hochgradig Gestörter und ...«

»Wir müssen ihm einen *Mord* nachweisen!« unterbrach ihn Urbanczyk aufgebracht. Dann fügte er ruhiger, gleichsam entschuldigend hinzu: »Wenn wir wenigstens das Gutachten der Gerichtsmedizin auf unserer Seite hätten.«

»Wir könnten anfragen, ob die ihr erstes Gutachten noch mal überprüfen könnten«, sagte Esser.

Urbanczyk schüttelte den Kopf. »Ausgeschlossen! Die sind stur. Das sind doch *Wissenschaftler*! Die korrigieren sich nie und nimmer selbst. Und auch wenn, dann würde das neue Gutachten genau so vage bleiben wie das erste.«

Ein ratloses, betretenes Schweigen trat ein. Esser blickte auf seine Schuhe, der Staatsanwalt rückte seine tadellos sitzende Brille zurecht, wobei seine müden Augen ein nervöses Zwinkern befiel, Löhr starrte in den Himmel, wo leichte, hohe Zirruswolken einen Schleier über das helle Aprilblau zogen, und dachte nach. Er war wie Esser hundertprozentig davon überzeugt, daß sie in Heym den Täter gefunden hatten. Alles stimmte. Er war ein Dauerkunde der Stephan gewesen und hatte im Verhör zugegeben, sie gebissen zu haben. Das Täterbild, das seine Akte offenbarte, legte nahe, daß es am Tattag zu einer Übersprungshandlung gekommen war, daß er plötzlich mehr, Brutaleres, Gefährlicheres, Schmerzhafteres von Corinna Stephan gewollt hatte, als sie ihm – auch gegen noch soviel Geld, und er hatte eine Menge Geld pro Sitzung ausgeben müssen –, gestatten wollte. Daß er sich dies dann gegen ihren Willen genommen und sie schließlich, in einer Art Gewaltrausch, getötet hatte. Aber, da hatte Urbanczyk natürlich recht, die Beweislage war dünn. Ein Fingerabdruck und die Aussage von Frau Bürvenich. Möglich, sogar wahrscheinlich, daß die Faserspurenauswertung morgen früh Endgültigeres ergeben würde. Das würde für den Haftrichter ausreichen, und sie konnten Heym in Untersuchungshaft nach Ossendorf bringen. Für den Prozeß aber blieb der Tag der Tat der springende, der wesentliche Punkt. Die Spuren konnten mit einem der früheren Besuche Heyms bei der Stephan erklärt, die Aussage der Bürvenich auf einen Irrtum zurückgeführt werden. Das gerichtsmedizinische Gutachten wich um mehr als zwölf Stunden von der wahrscheinlichen Tatzeit ab. Nur, wenn man plausibel nachweisen konnte, daß die Stephan bereits am Donnerstag getötet worden war und nicht erst am Freitag, für den Heym ein wasserdichtes Alibi hatte, konnte man ihn überführen.

»Vielleicht hab ich 'ne Idee«, durchbrach Löhr mit einem leisen, nachdenklichen Murmeln das Schweigen. Ihm war – wieso ausgerechnet bei der Betrachtung des Himmels, wußte er nicht zu sagen – ein Zeitungsausschnitt eingefallen, den Irmgard ihm vor ein paar Wochen gegeben und ihn gefragt hatte, ob er etwas damit anfangen könne. Konnte er damals nicht. Er hatte sogar darüber gelächelt. Aber jetzt vielleicht.

»Forensische Entomologie«, sagte er laut.

»Forensische was?« fragten Esser und Urbanczyk fast gleichzeitig.

»Gerichtsmedizinische Insektenkunde«, erklärte Löhr. »An den Larven, die Schmeißfliegen und andere Insekten an und in einer frischen Leiche hinterlassen – und das tun die schon ein, zwei Stunden nach dem Eintritt des Todes –, an diesen Larven kann man den genauen Todeszeitpunkt ablesen.«

»Aber ...!« Wieder sprachen Urbanczyk und Esser fast gleichzeitig und in ihren Gesichter spiegelte sich – als wäre es choreographisch einstudiert – das gleiche ungläubig-erwartungsvolle Staunen. Löhr hob die Schultern.

»Es ist eine wissenschaftlich absolut korrekte Methode.«

»Und exakt?« Urbanczyk stieß seinen schmalen bebrillten Kopf gegen Löhr vor wie ein hungriger Vogel. »Hab noch nie davon gehört.«

»Exakter als die üblichen Methoden«, entgegnete Löhr. »Aber ziemlich neu. Es gibt nur ein gerichtsmedizinisches Institut in Deutschland, in dem das gemacht wird.«

»Und wo?« Urbanczyks Stimme klang heiser.

»In Frankfurt«, antwortete Löhr. »Ich müßte zu Hause nachschauen. Da hab ich die Adresse.«

»Nein, nein. Nicht nötig!« unterbrach ihn der Staatsanwalt, der ganz nervös geworden war. »Das krieg ich ganz schnell raus.« Er blickte mit plötzlich hellwachen, aufmerksamen Augen zuerst Löhr, dann Esser an. »Das wäre doch mal was!« sagte er mit einer Begeisterung, die die Kommissare noch nie bei ihm erlebt hatten. »So ein Gutachten in einem Kölner Mordprozeß! Das wär das erste Mal! Und dann womöglich noch prozeßentscheidend. – Forensische Entomologie! – Phantastisch!«

Mit einem optimistischen Zwinkern klopfte Urbanczyk auf Löhrs Oberarm. Löhr grinste ein wenig verlegen zurück, schwenkte den Blick bang zu Esser, erwartend, daß der gar nicht so begeistert von Löhrs so spontanem und mit ihm nicht abgesprochenen Vorschlag sein könnte. Doch statt Mißmut erkannte er tatsächlich einen Anflug von Bewunderung in Essers Gesichtsausdruck, vielleicht nicht ohne ein paar Gramm Neid.

***

Die Linie 13 glitt, vom übrigen Straßenverkehr ungehindert, drei, vier Meter darüber, auf der Hochtrasse über den Parkgürtel. Von hier oben, dachte Löhr, sieht das ja alles nett aus und ist vielleicht auch bequem. Trotzdem hielt er, seitdem sie gebaut worden war, diese Hochtrasse für einen städtebaulichen Sündenfall erster Klasse. Ganz davon abgesehen, daß sie völlig sinnlos, eine Geldverschwendung war. Es gab keinen einsehbaren verkehrstechnischen oder sonstigen Grund dafür, halb Nippes mittels dieses kilometerlangen Betonmonsters in eine bronxähnliche Kahlschlaglandschaft zu verwandeln.

Nachdem er sich bereits vor der Kriminalwache von Esser verabschiedet hatte und dieser noch einmal zurück ins Büro gegangen war, hatte

Löhr nach wenigen Schritten Richtung Blaubach kehrtgemacht und war zurück zur Kriminaltechnischen Dienststelle gegangen. Ihm war eingefallen, daß Ortlieb im Laufe des Nachmittags mit dem Abgleich der Fingerabdrücke fertig sein wollte.

Er war es tatsächlich, und das Ergebnis seiner Analyse kam für Löhr nicht mehr sehr überraschend. Der Fingerabdruck auf dem im Wagen der Stephan gefundenen goldenen Ford-Kugelschreiber war identisch mit dem Flauchers. Seine zunächst nur ins Blaue angenommene Spekulation bestätigte sich also doch. Die Stephan hatte den Kuli von Flaucher, Flaucher hatte ihn mit ziemlicher Sicherheit zuvor von Klenk bekommen. Ob dieser Sachverhalt unmittelbar etwas mit dem Mord an ihr zu tun hatte, hielt er für fragwürdig. Möglicherweise aber ließ sich daraus Munition für seinen morgen in der Vernehmung Klenks geplanten Schachzug gegen Flaucher gewinnen.

Die Bedingungen dafür waren im Augenblick denkbar günstig: solange der Stephan-Fall sich noch in der Schwebe befand und Heym noch nicht definitiv überführt war oder gar ein Geständnis abgelegt hatte, zählte Flaucher noch zu den Tatverdächtigen.

Zu Hause angekommen, hatte er geduscht, ein frisches Hemd angezogen und sich gleich darauf auf den Weg zur Straßenbahn gemacht. Er wollte diese Geschichte mit Oliver und Tante Helene aus dem Kopf und, wenn möglich, sogar erledigt haben, bevor er mit seiner Mutter über Gregor sprechen und bevor am Sonntag Irmgard von ihrer Kreta-Reise zurückkommen würde. Dann wäre auch der Stephan-Fall hoffentlich so gut wie abgeschlossen und vielleicht sogar sein gegen Flaucher geplanter Streich gelungen oder doch zumindest so weit in die Wege geleitet, daß er nur noch in Ruhe die weitere Entwicklung beobachten und abwarten konnte.

Aus den Lautsprechern der Straßenbahn plärrte eine Tonbandstimme: »Parkgürtel, Geldernstraße«. Löhr mußte aussteigen. Er war in Bilderstöckchen, dem Viertel, wo das Einfamilienhäuschen seines Vetters stand.

Er hätte von der Bahnhaltestelle auf direktem Weg zum Haus seines Vetters gehen können, das in einer kleinen Seitenstraße des Schiefersburger Weges lag, doch da es noch hell war und die Luft noch angenehm warm, beschloß er einen Schlenker durch das Viertel zu machen. »Bilderstöckchen« war ihm seit seiner Jugend immer als ein etwas kindischer, verkitschter Name für das Viertel einer Großstadt vorgekommen. Obwohl ihm die Herkunft des Namens aus der ländlichen Vergangenheit des Vorortes einleuchtete, – hätte man sich inzwischen nicht einmal etwas anderes einfallen lassen können? Bilderstöckchen klang nach rheinischem Disneyland, nach Märchenwald, Phantasialand. Nichts, was nur entfernt daran erinnert hätte, fand sich im wirklichen Bilderstöckchen. Löhr ging durch Straßen, die die Namen schwäbischer Städte trugen. Ravensburg, Reutlingen, Göppingen. Und plötzlich stellte er fest, daß er in eine Einöde geraten war, die mit dem Begriff Stadtteil nur noch das gemein hatte, daß dort Häuser standen. Zwischen verwahrlosten Wiesenstücken standen zwei- oder dreistöckige Mietskasernen, eingestreut Zeilen mit Einfamilien-Reihenhäusern, alle trostlos grau-braun verputzt und ohne die geringste Spur von Leben darin! Erstaunt stellte Löhr fest, daß halbe Straßenzüge völlig unbewohnt, die Fensterscheiben schwarze, gardinenlose Löcher waren oder durch Jalousien verschlossen, die Eingangstüren manchmal sogar mit Brettern verrammelt. Eine Geisterstadt. Kaum Menschen auf der Straße, abgesehen von den obligatorischen Hundeausführern. Die Häuser waren sicherlich nie Luxusherbergen und nie besonders gepflegt gewesen, sahen eher nach Sozialwohnungen oder dem aus, was man in Köln euphemistisch »Übergangshaus« nennt und wo das Sozialamt Obdachlose und kinderreiche Sozialhilfeempfänger unterbringt. Sollten sie saniert werden? Oder abgerissen? Aber ein halber Stadtteil, drei, vier Straßenzüge auf einmal? Gab es denn plötzlich zuviel Wohnraum? Vermutlich wieder einmal das Spekulationsobjekt einer städtischen Wohnungsbaugesellschaft mit einem abgehalfterten Lokalpolitiker als Geschäftsführer. So oder so, den Flauchers, Klenks, Geyers und Krügers war nicht zu entkommen. Löhr beeilte sich, aus dieser Geisterstadt herauszukommen, kam an einer trostlosen, backsteinernen Schule vorbei, überquerte den Schiefersburger Weg und gelangte in ein Viertel mit soliden freistehenden Einfamilienhäuschen, von Gärten und Bäumen umgeben, mit bunten Kinderschaukeln auf den Rasenflächen vor den Häusern, Blumenrabatten in den Vorgärten, Geranienkästen auf den Fensterbrettern. Die Welt seines Vetters Oliver.

Mit einiger Beklemmung erinnerte sich Löhr an die anmaßende Selbstzufriedenheit, die sein Vetter Oliver bei Löhrs letztem Besuch an den Tag gelegt hatte. Auch wenn er es nicht immer in dieser Formulierung aussprach, so lief doch jeder dritte Satz von Oliver auf die Feststellung hinaus: »Hammer et nit jot jetroffe?« Das hatte er vor allem in Bezug auf seinen Hausstand und die Art und Weise, wie er glaubte, ihn im Griff zu haben, gemeint. Löhr war damals peinlich berührt gewesen, mit welcher Detailversessenheit ihn Oliver darüber in Kenntnis gesetzt hatte, wie streng er beispielsweise das Haushaltsgeld seiner Frau – einem unscheinbaren und schüchternen Wesen – kontrollierte, und das, wie Löhr schien, gerade zum Überleben reichte. Ebenso verfuhr Oliver mit den Ausgaben für seine Kinder, die unter der Herrschaft des geizigen Vaters nichts zu lachen zu haben schienen. Jedenfalls kamen sie Löhr damals nicht sonderlich fröhlich vor. Für sich selbst allerdings beanspruchte der Vetter innerhalb seiner Familie eine absolut privilegierte Stellung, und als Löhr ihn mit aller Vorsicht darauf ansprach, erhielt er den lapidaren Bescheid: »Wer zahlt, hat et Sagen«. So trank Oliver zum Beispiel recht exklusive Rotweine, vor allem aber pflegte er ein Hobby, dessen Kosten mit Sicherheit mindestens die Hälfte des Budgets der Familie in Anspruch nehmen mußte: Oliver fuhr, restaurierte und sammelte alte Jaguars. »Dafür leiste ich mir auch nie 'nen Urlaub«, hatte der Vetter dieses exklusive Steckenpferd gerechtfertigt, wobei Löhr sofort klar gewesen war, daß dieses »Ich« selbstverständlich die gesamte Familie umfaßte.

Als er sich nun Olivers Haus näherte, brauchte er nicht lange nach der Hausnummer zu suchen. Auf der Auffahrt zur Doppelgarage war ein dunkelgrün funkelnder alter Jaguar aufgebockt, unter dessen aufgeklappter Motorhaube sein in einen zünftigen Blaumann gekleideter Vetter steckte. Löhr tippte ihm leicht auf die Schulter, und Oliver wandte ihm sein erstauntes, vor Anstrengung gerötetes Gesicht zu und wischte sich umständlich seine ölverschmierte Rechte am Blaumann ab, um ihm die Hand zu reichen, die Löhr dann mit aller Vorsicht nahm.

»Jakob! Wat machst du denn hier?«

»Ach!« log Löhr mit einer wegwerfenden, vagen Geste. »War gerade in der Nähe ...« Und dann, um die Lüge abzumildern und mit ein wenig Wahrheit zu unterfüttern – mein Gott!, wie oft hatte er heute nicht schon gelogen! –, und um gleichzeitig die vetterlichen Präliminarien abzukürzen und schnell zum Kern seines Besuchs zu kommen, setzte er noch hinzu: »Und weil ich gestern bei deiner Mutter war, dachte ich, ich komm einfach mal bei dir vorbei.«

»Du warst *was*?« Olivers Schnurrbart zitterte, und seine Stimme schraubte sich um mindestens eine weitere Tonlage in die Höhe.

Oliver war einen halben Kopf größer, aber um einiges korpulenter als Löhr, wenn auch nicht wirklich dick. Er hätte durchaus als stattlich gelten können mit seiner gesunden Hautfarbe, seinen dichten dunklen Haaren und seinem schwarzen Schnäuzer, wenn nicht seine Stimme in einem auffälligen Kontrast zu der ansonsten sehr männlichen Erscheinung gestanden hätte. Olivers Stimme war hoch und gequetscht, er sprach ständig in der Tonlage von jemandem, dem es aus Furcht die Stimme verschlagen hat, und wenn er in eine nicht besonders erfreuliche Situation geriet – und diese hier gehörte für ihn ganz offensichtlich nicht zu einer von der erfreulichen Sorte –, dann verfiel er in einen das Trommelfell zum Vibrieren bringenden, eunuchenhaft hohen Tonfall, der kaum erträglich war.

Löhr hob beschwörend die Hände. »Ich hatte gestern zufällig in der Nähe zu tun. Und da dachte ich, guckst du mal nach deiner Tante. Vor allem, nachdem die mich am Sonntagabend angerufen hat.«

Löhr ließ den letzten Satz leicht in der Schwebe. Er sah, wie sich das Zittern von Olivers Schnäuzer auf dessen feiste rosige Wangen übertrug. Doch dann schien er sich wieder in den Griff zu bekommen, setzte ein schiefes Grinsen auf, sagte »Ach so« und wechselte abrupt das Thema. Er wandte sich zu seinem Auto um, klopfte ihm sanft auf den vorderen Kotflügel, als handelte es sich um ein Rennpferd, und meinte: »Wat hältst du dann von dem Prachtstück hier, Jakob? Ist 'n Mark II. Baujahr '57. Alles Original! Sogar der Lack. English Racing-Green.«

Löhr warf einen Blick in das Innere des Autos und erkannte auf den ersten Blick und obwohl er eigentlich keine genauen Vorstellungen von diesen Dingen hatte, daß jedes Ersatzteil für einen solchen Oldtimer ein kleines Vermögen kosten mußte. Allein schon das Nußbaum-Lenkrad des Wagens war bestimmt einen kompletten Familien-Urlaub wert.

»Ich hab überhaupt keine Ahnung von Autos, Oliver« sagte er, und, um jedem weiteren Ablenkungsmanöver des Vetters zuvor zu kommen und die Prozedur abzukürzen, setzte er hinzu: »Deswegen bin ich ja auch gar nicht hier. Sondern wegen Tante Helene, deiner Mutter.«

»Ach ja«, schnappte der Vetter, jetzt wieder in seiner höchsten Tonlage. »Wat ist denn mit der? Ist irgendwat nit in Ordnung?«

»Doch«, entgegnete Löhr gedehnt. »Ich glaub sogar, der geht es sehr gut.« Er machte eine kleine Pause und setzte dann hinzu: »Jedenfalls in Holpe, bei dieser Familie Lindenhoven.«

»Na siehste!« Der Vetter setzte ein joviales Grinsen auf. »Dann ist doch alles in Ordnung. Dat hammer doch jot jetroffe do in Holpe, oder nit?« Dann deutete Oliver auf den Jaguar: »Willste nit mal 'ne kleine Probefahrt mitmachen, Jakob? Ich hab gerade die Vergaser neu eingestellt.«

»Nein!« sagte Löhr, jetzt doch mit einiger Schärfe, wußte andererseits aber nicht so recht, wie er weiter vorgehen sollte, ohne seinem Vetter brutal an den Kopf zu werfen, er beute seine arme alte Mutter auf obszöne Art und Weise aus. Und das war ja nur der eine Punkt. Die andere und die augenblicklich entscheidendere Frage war, warum Tante Helene Löhr sonntagsabends von Oliver aus anrief und ihm vorjammmerte, sie halte es nicht mehr aus. Dahinter mußte er kommen und er durfte sich den Weg dahin nicht durch grobe Vorwürfe verbauen.

»Wat mich eigentlich mehr interessiert«, sagte er, jetzt ohne Schärfe, eher beiläufig und in einen leichten kölschen Tonfall wechselnd, »ist dat Zimmer von der Tante Helene. Ich meine, dat, wo die drin wohnt, wenn sie bei dir ist.«

Augenblicklich stellte sich Olivers Schnurrbartzittern wieder ein, diesmal gepaart mit einem hektischen, dunkelroten Aufflammen seiner rosigen Wangen. Aha, dachte Löhr, da war er also auf dem richtigen Weg.

»Wofür dat dann?« quetschte der Vetter schrill.

»Weil die da irgendein Täschchen vergessen hat«, log Löhr. »Dat soll ich ihr bei meinem nächsten Besuch mitbringen.«

»En Täschchen?« kreischte der Vetter. »Da weiß ich aber nix von!«

»Dann laß uns doch einfach mal nachsehen«, sagte Löhr gelassen und machte einen Schritt an Oliver vorbei auf das Haus zu. Das Zimmer der Tante schien also das Geheimnis zu bergen, dort könnte er vielleicht die Ursache für ihren Hilfeschrei entdecken. Also mußte er ins Haus, obwohl er eigentlich überhaupt keine Lust auf Olivers mickrige Familie und noch viel weniger auf die Wohnung hatte, bei der er sich an nichts anderes als eine möblierte Verzweiflung erinnern konnte.

Der Vetter aber plusterte sich auf und versperrte ihm den Weg, wischte sich jetzt zum fünften Mal die schweißnassen Hände an seinem blauen Overall ab und sagte so fest, wie das seine hohe, zittrige Stimme zuließ: »Dat jeht nit!«

»Ach? – Und warum nit?«

Der Vetter wand sich, und Löhr hatte weder ein Vergnügen daran, ihn in diesem gequälten Zustand zu sehen, noch empfand er Mitleid. Er brauchte sich nur vorzustellen, wie dieser egoistische, schleimige, quäkende Geizhals seiner armen alten Tante Helene, diesem zierlichen Föttcheanderäd, zusetzte, sie ausnahm wie eine Weihnachtsgans, da verging ihm jegliches Mitleid.

»Da, da«, stotterte Vetter Oliver, »da wohnt im Augenblick jemand anders drin, in dem Zimmer.«

»Aha«, machte Löhr. »Eins von deinen Kindern?«

»Nein, nein ...«, die Augen des Vetters verfolgten den wippenden Flug einer Elster, die sich auf dem Rasen des Nachbargrundstücks niederließ.

»Keins von deinen Kindern?« insistierte Löhr. »Ja, wer denn sonst?«

Olivers Blick haftete immer noch an der Elster, die jetzt mit hastigem Picken den Rasen bearbeitete, wahrscheinlich, um einen Wurm aus der Erde zu ziehen.

»'ne Student«, sagte der Vetter leise und ohne Löhr anzusehen.

Löhr war schockiert, denn mit einem Schlag war jetzt alles klar. Und das war unglaublich!

»Kannste das noch mal sagen?« Löhr hatte jetzt ebenfalls die Stimme gesenkt. Sie hatte einen gefährlichen, drohenden Unterton bekommen.

»Ich hab dat Zimmer an 'nen Studenten vermietet«, sagte der Vetter so leise, daß Löhr ihn kaum verstehen konnte.

Löhr brauchte einen Augenblick, um sich zu fassen, einen weiteren, um sich das ganze Ausmaß dessen, was sein Vetter Oliver mit dem armen alten Föttcheanderäd trieb, bildlich vor Augen zu führen. Dann legte er los: »Aha. Wenn ich das richtig sehe, kassierst du Pflegegeld für deine Mutter, hast wahrscheinlich auch steuerliche Vorteile, wenn du sie bei dir zu Hause unterbringst – Unterstützung hilfebedürftiger Angehöriger oder so heißt das. Ja?«

Der Vetter nickte stumm.

»Aber weil sie dir lästig ist, hast du sie bei diesen Lindenhovens in Holpe untergebracht. Für fünfzehnhundert Mark. Die du natürlich nicht selbst bezahlst, sondern von der Rente deiner Mutter, die du ja als amtlich bestellter Betreuer verwaltest, und wovon du den Rest, elfhundert Mark, selbst einsackst?«

Der Vetter öffnete seinen kleinen Mund unter dem nun ganz außerordentlich vibrierenden Schnurrbart, und es sah so aus, als wolle er widersprechen. Dann aber schloß er den Mund und deutet ein ergebenes, einfältiges Nicken an.

»So«, fuhr Löhr fort. »Und aus dem Zimmer, wo eigentlich deine Mutter wohnen sollte, da schlägst du auch noch Profit. Hast das Zimmer vermietet. Und dann, wenn jemand vom Amt kommt, um zu kontrollieren, ob's deiner Mutter bei dir auch gut geht, dann quartierst du den Studenten für 'n Wochenende aus, holst deine Mutter aus Holpe – und alles ist in bester Ordnung. Außer, daß sich deine Mutter sauwohl fühlen muß in *ihrem* Zimmer, zwischen den dreckigen Socken und Unterhosen und Pornoheften von 'nem Studenten.« Löhr mußte Luft holen. Er hatte sich in Rage geredet.

»Aber Jakob!« bettelte der Vetter. »Dat ist doch nur alle paar Wochen!«

Löhr sagte nichts, fixierte Oliver nur kalt. Ihm fielen die schönen Indianerfigürchen ein, die ihm als Kind nach jedem Spiel mit Vetter Oliver gefehlt hatten.

Der Vetter machte eine ausholende Bewegung auf sein Haus. »Weißt du, wat dat alles kostet, Jakob? Das Haus! Die Familie! Die Kinder! Weißt du, wat Kinder heutzutage kosten?«

Löhr reckte sich, sah dem Vetter weiter in die kleinen, braunen Augen. Dann zeigte er mit einer Hand auf die Garage neben Olivers Haus. »Wieviele Jaguars stehen noch da drin?«

»Bloß zwei«, sagte der Vetter bescheiden.

»Dann weißt du ja, was zu tun ist«, sagte Löhr. »Ich komm in drei, vier Wochen noch mal vorbei und erkundige mich, ob du das alles in Ordnung gebracht hast.«

Damit ließ er den Vetter stehen, ging – diesmal auf direktem Weg – zurück zur Straßenbahnhaltestelle und wußte nicht so recht, ob er sich auf seinen abendlichen Whisky freuen sollte. Eher würde er ihn dazu mißbrauchen müssen, seinen Ekel herunterzuspülen.

***

Schuhmacher, der Chef des KK11, der wie üblich am Kopf des Tischekarrees thronte, zog eine Augenbraue hoch, als er Löhr in den Besprechungsraum des Kommissariats kommen sah. Es war das erste Mal seit dem vergangenen Montag, daß Löhr pünktlich oder überhaupt zur Frühbesprechung kam. Löhr setzte sich und hielt dem bohrenden Blick Schuhmachers stand. Solche mimische Zurechtweisung – zu einer verbalen hatte der Kommissariatsleiter sich ihm gegenüber noch nie vorgewagt –

berührte ihn nicht. Seiner Arbeit wegen brauchte er keinerlei schlechtes Gewissen zu haben. Esser und er hatten im Stephan-Fall gute Fortschritte erzielt. Da spielten Formalien wie Pünktlichkeit, Einhaltung der Bürozeiten und so weiter für ihn keine Rolle. Selbst wenn er einen Fall vom Bett aus lösen könnte, würde er es ohne mit der Wimper zu zucken tun, und ohne das Bedürfnis zu verspüren, sich dafür rechtfertigen zu müssen.

Um seiner offensichtlichen Mißbilligung der Löhrschen Dienstauffassung Nachdruck zu verleihen, eröffnete Schuhmacher die Runde mit dem Fall »Stephan« und der obligatorischen Frage: »Na, wie weit seid ihr denn da?«

»Abgeschlossen«, antwortete Löhr ebenso kühl wie kühn. Denn von »abgeschlossen« konnte nun wirklich überhaupt noch nicht die Rede sein. Weder lag das Ergebnis des Erkennungsdienstes über die Faserspuren vor, noch war die Frage des Tattages geklärt. Esser hatte Löhr vor der Frühbesprechung lediglich erzählt, daß Urbanczyk noch einmal im Büro angerufen und sich mit Begeisterung darauf gestürzt hatte, an das Gutachten der forensischen Entomologen in Frankfurt zu kommen und gestern am späten Nachmittag noch alles dazu Nötige in die Wege geleitet hatte. Allein diese Nachricht hatte Löhrs Zuversicht gestärkt, den Fall noch in dieser Woche zu den Akten legen zu können. Er erläuterte Schuhmacher und dem wie üblich nicht sonderlich interessierten Rest der Kollegen knapp, wie sie auf Heyms Spur gekommen waren, sie verfolgt hatten und nun nur noch auf das abschließende und wahrscheinlich definitive Ergebnis des ED warteten. Das Problem, den Tattag zu bestimmen, verschwieg er ebenso wie die Tatsache, daß der Haftrichter noch keinen Haftbefehl gegen Heym ausgesprochen hatte. Wie nicht anders zu erwarten gewesen war, bohrte Schuhmacher nach und legte natürlich gleich die Schwächen von Löhrs beschönigender Darstellung bloß.

»Hat der Haftrichter bereits einen Haftbefehl ausgesprochen?«

»Macht er gleich um elf, wenn er in den Zellentrakt geht«, antwortete Löhr.

Schuhmacher war nicht überzeugt: »War das denn die einzige Spur, die ihr hattet, dieser eine Tatverdächtige, Heym?« fragte er mit lauerndem Unterton.

Löhr verspürte ein kaltes Kribbeln auf dem Rücken. War vielleicht doch durchgesickert, daß sie Flaucher auf ihrer Liste hatten? War es das, worauf Schuhmacher jetzt hinauswollte? Oder hatte sich Flaucher selbst eingemischt, war vielleicht zum Polizeipräsidenten gegangen und hatte sich beschwert? Beides würde Löhrs Plan zunichte machen. Voraussetzung für dessen Durchführung war, daß von der Verwicklung Flauchers in den Stephan-Fall nichts durchsickerte und daß es keine Möglichkeit zur Verschleierung oder Vertuschung gab.

Löhr zuckte so lässig, wie es eben ging, die Schultern. »'türlich gab es noch 'n paar andere Tatverdächtige. Andere Freier von Corinna Stephan, die am mutmaßlichen Tattag bei ihr waren. Aber die konnten wir samt und sonders ausschließen.«

»Was nicht leicht war«, meldete sich jetzt Esser, Löhr beispringend, zu Wort. »Hat uns 'n Haufen unnötiger Arbeit gekostet.« Esser konnte zwar nicht wissen, in welcher Bedrängnis Löhr genau steckte, aber daß Schuhmacher ihn auf dem Kieker hatte, war für keinen der Anwesenden zu übersehen. Und Gottseidank gab sich Schuhmacher endlich zufrieden, nickte den Fall mit einer sehr vorläufigen Geste ab, erinnerte noch einmal daran, daß ihm die Presseabteilung deswegen auf den Füßen stehen würde, und nahm sich die nächste Akte vor.

Den weiteren Vormittag verbrachten Löhr und Esser mit der Komplettierung der Akte »Stephan« und damit, auf den Bericht des Erkennungsdienstes bezüglich des Abgleichs der am Tatort und bei Heym gefundenen Faserspuren zu warten. Währenddessen ging Löhr noch einmal die Begegnung mit seinem Vetter Oliver vom vergangenen Abend durch den Kopf. Hatte er da am Schluß das Richtige getan, indem er Oliver lediglich eine Frist gesetzt, die Dinge wieder in Ordnung zu bringen, dem gierigen Vetter also die Regulierung selbst überlassen hatte? So, wie dieser Schweinehund sich bisher verhalten hatte, war eigentlich kaum zu erwarten, daß er die Angelegenheit mit Tante Helene wirklich in korrekte Bahnen lenken würde. Irgendwo und irgendwie würde der es weiterhin verstehen, sich »seinen« Anteil von dem, was seine arme alte Mutter an Barem und Geldwertem besaß, zu holen. Wäre es nicht besser gewesen, Oliver massiver zu drohen? Oder gar bei den zuständigen Ämtern entsprechende Schritte einzuleiten? – Aber nein! Wer war er denn? War er der Richter über so einen wie Oliver? War er der Gerechte in der Schar der Ungerechten? Nein! Er mochte das Talent zum Schicksalskitter, Seelentröster und Schutzengel haben und sich innerhalb seiner Familie dazu berufen und in der Verantwortung fühlen. Als Richter aber sah er sich keineswegs. Und in dem Fall hatte er lediglich den Mund da aufgetan, wo andere offenbar die Augen verschlossen hielten. Beispielsweise die Geschwister Olivers, Löhrs Kusinen Gertrud und Sabine und der jüngste Bruder, Waldemar. Hatten die denn von alldem nichts mitbekommen? Das war zwar unwahrscheinlich, aber nicht unmöglich. Vielleicht waren sie froh, daß Oliver ihnen die lästige Verantwortung für ihre Mutter abgenommen hatte, und alles andere war ihnen gleichgültig. Falls Oliver die Sache nicht wirklich und gründlich in den nächsten Wochen bereinigt haben würde, wäre der nächste Schritt, die Kusinen und Waldemar einzuweihen, und mit ihnen alles weitere zu beraten. Bis dahin mußte er abwarten. Er hatte sich im Augenblick auf ein wahrlich brisanteres Thema zu konzentrieren.

Der Anruf vom Erkennungsdienst kam um fünf vor elf. Esser nahm ihn entgegen und Löhr beobachtete, wie Essers Kinnlade sich langsam, aber unaufhaltsam nach unten senkte. Als er auflegte, formte sein Mund ein fassungsloses, rundes »O« und sein Blick wanderte hilfesuchend zu Löhr.

»Was ist denn?« fragte der.

»Du faßt es nicht!« Esser klappte den Mund wieder zu. »Die Faserspurenauswertung ist negativ!«

»Das gibt's doch nicht!« Löhr stand auf. Das hatte ihnen jetzt noch gefehlt! Und er verkündete bei der Frühbesprechung bereits den »abgeschlossenen« Fall Stephan!

»Im Appartement sind jede Menge Spuren, die zu Heym passen, aber nicht an der Leiche.«

»Reicht das denn nicht – die Spuren im Appartement?« Löhr klammerte sich an den ersten besten Strohhalm.

»Jakob!« ermahnte ihn Esser, ziemlich genervt. »Die können von gottweißwann stammen! Der war 'n Stammkunde. Überführen können wir den nur mit Spuren am Körper des Opfers. Müßte dir doch klar sein, Mensch!«

»Und wieso hinterläßt der Drecksack da keine Spuren? Noch nicht mal 'n Haar? Oder 'n Tröpfchen Sperma?«

Esser senkte bedrückt den Blick. »Der ist schlauer, als wir bisher gedacht haben, dieser Heym! Die einzige Möglichkeit, wie der das geschafft haben kann, ist, daß er 'n Gummi- oder Latexanzug oder so was bei der Tat getragen hat. – Wenn der überhaupt noch als Täter in Frage kommt.«

»Bist du wahnsinnig, Rudi?« Löhr stand jetzt neben Esser, sah auf ihn hinab. »Der Typ ist es! Da verwette ich meinen – da drauf schließ ich jede Wette ab!«

»Ich auch«, murmelte Esser. »Aber wir können's nicht beweisen.«

»Natürlich können wir das!« dröhnte Löhr jetzt so laut, daß Esser sich genötigt sah, aufzustehen und ihm ins Gesicht zu sehen, um nicht von oben herab wie ein Schuljunge weiter angeschrien zu werden.

»Wir haben die Aussage der Bürvenich, wir haben den Fingerabdruck auf der Lampe, wir haben die Faserspuren im Appartement« fuhr Löhr, nun mit etwas verringerter Lautstärke, fort.

»Wobei die Aussage der Bürvenich nur etwas wert ist, wenn die gerichtsmedizinische Bestimmung des Tattages korrigiert wird.«

»Wird sie!« behauptete Löhr im Brustton der Überzeugung. Dann wußte er aber nicht weiter, schwieg, wandte sich von Esser ab und ging grübelnd durch den Raum.

»Wir müssen noch mal das Haus von diesem Heym auf den Kopf stellen!« sagte er schließlich.

»Der ED hat doch da alles durchsucht. Und wir auch!« wandte Esser ein.

»Nicht gründlich genug!« sagte Löhr. »Vielleicht ist der Typ doch nicht so schlau wie du denkst und hat dieses Latexzeug, das er bei der Tat getragen hat, irgendwo versteckt.«

Esser sah den auf- und abwandernden Löhr nachdenklich an. »Und wenn wir das finden, müßten da Spuren von der Stephan dran sein« ergänzte er Löhrs Gedanken.

»Und das müßte als Indiz doch wohl ausreichen, oder?« Löhr sah Esser nun herausfordernd an, so, als wäre er der Richter, der den Haftbefehl gegen Heym auszustellen hätte. Dieser Blick löste bei Esser statt eines Protests ein spontanes, ruckartiges Vorschnellen seiner linken Hand und einen panischen Blick auf seine Uhr aus.

»Herrgottnochmal! Es ist fünf nach elf! Wir sind mit Urbanczyk beim Haftrichter verabredet!«

Esser ging schnell zur Garderobe neben der Tür und nahm sich sein Wildlederblouson vom Haken. Löhr folgte ihm, nahm sein Jackett, und beide verließen gemeinsam das Büro.

Erst als sie im Fahrstuhl standen, räusperte sich Löhr umständlich. »Hm, Rudi. Sieht so aus, als wenn ich da nicht mitkommen könnte.«

Schweigen. Nicht der erwartete Aufschrei Essers folgte, sondern nur ein zunächst erstaunter, dann sich kalt abwendender Blick. Der Fahrstuhl hielt im Erdgeschoß, die Türen öffneten sich, Löhr ließ Esser den Vortritt, sie gingen hinaus, und erst, als sie auf den Bürgersteig traten und ein paar Schritte gegangen waren, räusperte Esser sich seinerseits.

»Ich *wußte*, daß das jetzt kommen würde!« sagte Esser, und Löhr meinte in seiner Stimme nicht nur Enttäuschung, sondern auch tiefe Verachtung zu hören. Das war das erste Mal, daß er einen solchen Ton bei Esser wahrnahm.

»Rudi!« flehte er. Doch Esser ging mit scharfem Schritt und nach vorn gerecktem Kopf weiter, warf noch einmal einen Blick auf seine Uhr und beschleunigten dann den Schritt so, daß Löhr fast neben ihm herlaufen mußte.

»Rudi!« keuchte Löhr. »Es ist wirklich wichtig!«

Keine Reaktion, noch nicht einmal ein Seitenblick. Essers Miene blieb hart und undurchdringlich.

»Ich hab 'nen Termin bei Fischenich!« japste Löhr. »Da geht's um die Quirinus und die Geldwäsche von diesem Zuhälterring. Und da wollte Fischenich, daß ich dabei bin, wegen der Mordsache Stephan. Weil die ja in einem der Häuser von der Quirinus ...« Das ist zwar nur die halbe Wahrheit, aber was soll ich machen?, entschuldigte sich Löhr im Innern. Ich kann ihn doch erst einweihen, wenn alles gelaufen ist, sonst tut der sich noch was an.

Esser überquerte, ohne auf den Verkehr zu achten und damit einen roten Fiat zum abrupten Bremsen und dessen Fahrerin zu einem Tobsuchtsanfall bringend, die Severinstraße und hielt auf die Kriminalwache zu. Immer noch schweigend, und Löhr keines Blicks würdigend.

»Ich *muß* da hin!« jammerte Löhr, der Essers Tempo kaum mehr halten konnte. »Und den Termin beim Haftrichter, den wirst du doch wohl allein stemmen können, oder, Rudi?«

Die einzige Reaktion, die Löhr an Essers Miene ablesen konnte, war eine kleine verächtliche Falte, die sich neben seinen verhärteten Mundwinkel eingrub.

»Urbanczyk ist doch auf unserer Seite, Rudi! Der macht das schon! Der ist doch dabei! Der will – «

Ohne auf seine Worte zu achten, bog Esser in die Einfahrt zur Kriminalwache und ließ den keuchenden Löhr auf dem Bürgersteig der Severinstraße allein zurück. Löhr blieb stehen und sah Esser nach, sah, wie er die Stufen zur Pförtnerloge hinaufging und dann im Gebäude verschwand, ohne sich noch ein einziges Mal umgedreht zu haben.

Löhr blieb noch ein paar Augenblicke stehen. Mit einem Schlag kam er sich sehr einsam, sehr verlassen, sehr hilfebedürftig vor. Und es war seine Schuld! Wieder mal ganz allein seine Schuld! Er sehnte sich nach Irmgard. Er sehnte sich nach ihr, weil sie die einzige war, von der er noch ein bißchen Wärme, ein bißchen Zuspruch und Zuneigung erwarten konnte. Und das – ja! Es war alles seine Schuld!, alles seine eigene Schuld! –, weil sie die einzige war, die er noch nie richtig hintergangen – und sehr, sehr selten nur belogen hatte.

***

Klenk – Löhr hatte ihn noch nie zuvor leibhaftig gesehen –, Klenk war ein Mann der Macht. Mit jeder einzelnen und noch so kleinen Bewegung, mit jedem Gramm seines Körpergewichts vermochte er Bedeutung, Autorität und seinen über alle und alles erhabenen Rang auszustrahlen. Macht, das lernte Löhr gerade, war nicht nur durch äußere Insignien und Symbole zu vermitteln, nicht nur durch teure und distinguierte Kleidung – und Klenks dunkelblauer, zweifellos maßgefertigter Anzug, seine kostbaren Schuhe, sein Hemd, seine Krawatte hatten zweifelsfrei alles zusammen ein halbes Jahresgehalt Löhrs gekostet –, Macht, die Aura der Macht, vermochte nur der auszustrahlen, der sich und seinen Körper unter absolut souveräner Kontrolle hatte. Und ein solcher Mann mit der Aura der Macht war Klenk. Da gab es kein Zittern in der Stimme, keine einzige zaudernde oder fahrige Bewegung, kein Zucken oder unbedachtes Zögern in der Gestik oder Mimik. Was an ihm allerdings ins Auge sprang und was nicht ganz zu seiner souveränen Pose paßte, waren seine Lippen. Außergewöhnlich fleischige Lippen, die von den sie umrandenden krausen grauen Stoppeln des gepflegten Dreitagebarts kaum zu verdecken waren. Sinnliche, kraftvolle Lippen, Lippen, die ständig in Bewegung waren und die ein Eigenleben zu haben schienen. Denn ob der Mann sprach oder schwieg, seine Lippen bewegten sich, und zwar völlig unabhängig von den sie umgebenden Gesichtsmuskeln. Löhr beobachtete diese Lippen. Er ahnte, daß sie ihm mehr über die innere Befindlichkeit dieses mächtigen Fraktionsvorsitzenden verraten würden als der zu äußern freiwillig bereit wäre.

Mit unangreifbarer Ruhe hatte sich Klenk eine Stunde lang Fischenichs Vorhaltungen bezüglich seiner geschäftlichen und persönlichen Verquikkungen mit der Quirinus-Immobilien-GmbH angehört und ihnen anschließend, ohne dabei ein einziges Mal die Stimme zu heben, sachlich und kühl und Punkt für Punkt widersprochen. Was die Vorhaltung angehe, er sei nicht nur anwaltlicher Berater, sondern darüber hinaus Gesellschafter der Quirinus, so hatte Klenk dargelegt, habe das lediglich auf die Gründungsphase der Quirinus zugetroffen. Ein halbes Jahr danach habe er seine Anteile wieder veräußert. Das gleiche gelte in Bezug auf seine persönlichen Bürgschaften für Kredite der Quirinus. Das alles sei einwand- und zweifelsfrei zu belegen. Und was den angeblichen Besitz einer gemeinsamen Strohfirma mit der Quirinus in Luxemburg anbelange, so habe das, was ihm Fischenich dazu als »Beweis« vorgelegt habe, keinerlei forensische Substanz. Keinerlei! Seine geschäftlichen Beziehungen zur Quirinus seien defintiv beendet und er habe inzwischen auch seine anwaltliche Tätigkeit für diese Gesellschaft eingestellt. Fischenichs Vorwürfe seien also unhaltbar. Während er das sagte, wischte er, um seine Worte zu unterstreichen, mit der rechten über die ausgestreckte Innenfläche seiner linken Hand und sah dabei Fischenich mit dem Ausdruck eines tiefen, mitfühlenden Bedauerns an.

Fischenich machte keinen besonders glücklichen Eindruck. Obwohl seinem Mienenspiel nichts anzumerken war, konnte Löhr doch beobachten, wie die Augen des Kommissars mit einiger Ratlosigkeit hinüber zum Staatsanwalt für Wirtschaftsstrafsachen wanderten, den Fischenich neben Löhr zu diesem Gespräch hinzugezogen hatte. Klenk war ebenfalls mit einem Beistand, seinem Rechtsanwalt erschienen. Der hatte sich allerdings bisher zu keinem der vorgetragenen Punkte geäußert, ja, überhaupt noch kein einziges Wort gesagt. Klenk vertrat seine Sache ganz allein. Aber Klenks Anwalt war der einzige der Anwesenden, die im Besprechungszimmer des KK42 in einigem Abstand zueinander um einen großen, von Akten überhäuften Tisch herum saßen, der im Augenblick seine Miene verzog: Ein gelackter, braungebrannter Mittvierziger mit glatt zurückgekämmten pomadisierten Haaren, einem sehr blauen Hemd und einer noch penetranteren gelben Krawatte. Er grinste in stillem Triumph in sich hinein und blätterte, so als sei die Sache bereits abgeschlossen, desinteressiert in der vor ihm liegenden Akte. Löhr sah, wie der Blick des Staatsanwalts langsam zu ihm hinüber schwenkte und der Fischenichs dem seinen folgte. Jetzt war es also soweit.

Er zog eine kleine, durchsichtige Plastiktüte aus der Tasche seines Jacketts, stand auf, hielt die Plastiktüte dabei hoch und ging damit zu Klenk. Er hielt sie ihm im Abstand von einem halben Meter vors Gesicht. Nach Essers abruptem Abgang war er in die im Keller der Kriminalwache gelegene Asservatenkammer gegangen und hatte sich diese kleine Tüte aushändigen lassen.

»Wissen Sie, was das ist, Herr Klenk?«

Klenk runzelte leicht die Stirn, legte den Kopf schief und betrachtete den Inhalt der Tüte mit distanziertem Blick.

»Ein Kugelschreiber«, antwortete er.

»Ja«, sagte Löhr, »ein Kugelschreiber. Ein *goldener* Kugelschreiber. Möchten Sie einmal lesen, was darin eingraviert ist?« Er reichte Klenk das Asservatentütchen, und der nahm den Kugelschreiber näher in Augenschein. Löhr beobachtete, wie Klenks Mund dabei in Bewegung geriet, wie sich seine fleischigen Lippen auseinander- und wieder zusammenzogen, so, als kaue er auf etwas.

»Ja Gott«, sagte der Fraktionsvorsitzende schließlich und reichte Löhr das Tütchen mit dem Kugelschreiber zurück. »Das gehörte mal zu einem Präsent für die Ford-Aufsichtsräte. Ich weiß nicht, was –«

»Sie sind im Aufsichtsrat von Ford?« fragte Löhr.

»Ja, natürlich. Aber ich weiß wirklich nicht ...«

»Interessiert es Sie denn nicht, *wo* wir diesen Kugelschreiber gefunden haben?«

»Nein! Denn ich sehe nicht, was dieser Kugelschreiber mit der hier verhandelten Sache zu tun hat.«

»Wir haben ihn bei einer Prostituierten gefunden, die in einem Haus arbeitete, das der Quirinus-GmbH gehört.«

»Ja und?« Zum ersten Mal während des ganzen Gesprächs sah Löhr, wie Klenk einen Blick zu seinem Anwalt warf. Keinen verunsicherten, hilfesuchenden Blick. Es war eine bloße Kontaktaufnahme, verbunden mit einem fast unmerklichen Schulterzucken, das wohl besagen sollte: Was soll das hier? Muß ich mich darauf einlassen? Der Anwalt reagierte ebenfalls mit einem Schulterzucken, das noch mehr Ratlosigkeit verriet. Fischenich dagegen hatte den Kopf und den Oberkörper vorgeschoben, verfolgte das Gespräch zwischen Löhr und Klenk lauernd wie ein Raubvogel, bereit, zuzustoßen. Und auch der Staatsanwalt, dessen Interesse während der Ausführungen Klenks sichtbar nachgelassen hatte, war plötzlich wieder hellwach.

»Nun«, fuhr Löhr fort, »diese Prostituierte ist tot. Ermordet. Deswegen bin ich hier, weil ich in diesem Mordfall ermittle.«

»Ja, mein Gott!« Klenks Stimme wurde zum ersten Mal laut. Er schien jetzt tatsächlich verunsichert, wußte nicht, worauf das Ganze hinauslaufen würde, erkannte nur, daß er das sichere Terrain, das Parkett, auf dem er sich auskannte, verließ. »Wenn Sie mir bitte endlich den Zusammenhang erläutern würden?«

»Ach ja, der Zusammenhang«, mischte sich jetzt Fischenich mit ungewohnt schneidender Stimme ein. »Der Zusammenhang ist der, daß uns Beweise dafür vorliegen, daß die Quirinus-GmbH als Geldwaschanlage für einen international operierenden Zuhälter- und Menschenhändler-Ring fungiert beziehungsweise als solche instrumentalisiert wird. Und daß wir davon ausgehen müssen, daß dieser Prostituiertenmord im Zusammenhang damit steht.«

Das war eine ebenso freche wie zumindest im letzten Punkt völlig unwahre Behauptung, auf nichts als darauf abzielend, Klenk aus dem Gleichgewicht, zu irgendeiner unüberlegten Reaktion zu bringen. Doch Klenk tat ihnen diesen Gefallen nicht. Er strich sich lediglich kurz durch sein sich lässig lang über den Kragenrand kräuselndes Haar, streckte das Kinn unter seinem immer noch malmenden fleischigen Mund gegen Fischenich vor und sagte in kalkuliert herablassendem Ton: »Ich habe doch eben ausgeführt, daß meine geschäftlichen – und übrigens auch persönlichen – Beziehungen zur Quirinus-GmbH seit geraumer Zeit beendet sind. Ich kann also auch in dieser Angelegenheit keinen Zusammenhang mit meiner Person erkennen.«

»Oh! Wir aber schon!« meldete Löhr sich jetzt wieder und setzte dabei ein hintersinniges Lächeln auf. »Für uns ergibt sich dieser Zusammenhang nämlich, wenn wir einmal der Frage nachgehen, wie die getötete Prostituierte wohl an diesen Kugelschreiber gekommen ist. Und da ...«

»So ein Unsinn!« Jetzt schrie Klenk. Seine wulstigen Lippen bebten. »Was wollen Sie mir hier unterjubeln? Ich habe mit dieser Prostituierten-Geschichte nicht das Geringste zu schaffen!«

Löhr mußte an sich halten, um sich seinen Triumph, den anderen tatsächlich aus der Fasson gebracht zu haben, nicht anmerken zu lassen. »Wenn das so ist, Herr Klenk, dann erklären Sie uns doch bitte, wie Frau Stephan an Ihren Kugelschreiber gekommen ist.«

»*Mein* Kugelschreiber! Das ist doch lächerlich! Davon gibt es nicht nur einen! *Jedes* Aufsichtsratsmitglied hat seinerzeit so ein Schreibset bekommen!« Klenk war immer noch erregt, sein Mund arbeitete wie eine Maschine.

»Sicher«, entgegnete Löhr ruhig und noch immer fein lächelnd. »Aber Sie, Herr Klenk, sind das einzige Mitglied des Ford-Aufsichtsrats, das in Köln wohnt, und da, denke ich, müßte es doch ein äußerst unwahrscheinlicher Zufall sein, wenn einer Ihrer Aufsichtsratskollegen ausgerechnet einer Frau ...«

»Einer Prostituierten«, fuhr Fischenich dazwischen, »die ganz zufälligerweise in einer Quirinus-Immobilie ihrem Gewerbe nachging ...«

»Das ist doch lächerlich!« donnerte Klenk und schlug mit der Faust auf den Tisch. Er war jetzt sichtlich außer Fassung geraten, seine Lippen arbeiteten im Stakkato-Tempo einer Maschine, so daß das Fleisch seiner wohlgenährten Wangen mit in ein epileptisches Zittern geriet. »Ich habe mit dieser Quirinus nichts zu schaffen. Und das verdammte Schreibset hab ich schon seit etlicher Zeit verschenkt oder verlegt – ich weiß nicht mehr ...«

»*Verlegt?*« unterbrach ihn Löhr. »Verlegt wohl kaum. Aber verschenkt. Und ich kann Ihnen auch genau sagen, an wen. – An einen Tatverdächtigen in dem besagten Mordfall.«

Klenk starrte ihn wütend an. Löhr spürte, daß auch die anderen, Fischenich, der Staatsanwalt und Klenks Anwalt, gespannt darauf warteten, was als nächstes kommen würde. Jetzt war der Zeitpunkt gekommen, die Katze aus dem Sack zu lassen, Flaucher in dieser Runde als Tatverdächtigen im Stephan-Fall ins Spiel zu bringen, und damit die Lawine loszutreten. Klenk würde keinen Augenblick zögern, daraus politisches Kapital zu schlagen und seine Informationen im Oberbürgermeisterwahlkampf gegen Flaucher zu verwenden. Löhr hatte es jetzt in der Hand, politisches Schicksal zu spielen. Er zögerte. Stand ihm das zu? Ihm, der mit Politik nie etwas zu tun gehabt und das auch nie gewollt hatte, ihm, dem anarchischen Feind der Politik, jedenfalls dessen, was man hier in seiner Vaterstadt darunter verstand?

»Flaucher, dem Oberstadtdirektor!« sagte Löhr. Die Erinnerung an die Szene mit Flaucher auf der Rheinpromenade war in sein Zögern wie ein Blitz hineingezuckt und hatte alle seine Skrupel mit einem Schlag zerstört. »Vielleicht ein kleines Werbegeschenk? Oder ein kleines Dankeschön? Um ein paar Gefälligkeiten der Stadtverwaltung bezüglich der Grundstücksgeschäfte der Quirinus zu honorieren? Oder ...«

»Hören Sie auf!« schrie Klenk dazwischen. Er war jetzt außer sich. Die Souveränität und die Unerschütterlichkeit der Macht waren von ihm abgefallen. Seine fleischigen Lippen zu dürren Strichen eingetrocknet. »Das ist doch kompletter Unsinn. Ja, es stimmt, ich hab dieses verdammte Schreibset dem Flaucher geschenkt. Aber bloß, als es damals um die Produktionsauslagerung von Ford nach England ging und ich ...« Klenk hielt inne, seine Lippen schlossen sich, preßten sich aufeinander. Ein paar Augenblicke herrschte Schweigen in dem kahlen Raum.

»Aha. Produktionsauslagerung?« fragte Löhr schließlich mit amüsiertem Interesse.

Klenk schwieg, ordnete seine Haare, strich über seinen teuren Anzug, rückte seine edle Krawatte zurecht, schwieg. Ganz augenscheinlich hatte er sich verplappert, etwas gesagt, was er nicht hatte sagen wollen.

»Schade«, lächelte Löhr. »Ich glaube, Sie waren gerade dabei, uns eine ganz interessante Geschichte zu erzählen.«

***

Das Büro war leer, als Löhr zurückkam. Er blieb im Raum stehen und sah sich um. Essers Arbeitsplatz war sorgfältig aufgeräumt, der Aschenbecher gesäubert, die Schreibtischplatte fast leer. Es kam ihm vor, als ob Esser verschwunden sei, ohne eine Spur, irgendeinen Hinweis darauf, daß er wiederkommen würde. So, als sei er für immer fort. Eine wehmütige Mischung aus – natürlich wieder einmal! – schlechtem Gewissen und sentimentaler Sehnsucht nach seinem Kollegen und Freund durchfuhr Löhr. Ähnlich der Gefühlsmelange, die einen überkommt, wenn man sich von einer Geliebten verabschiedet hat im Wissen, daß sie einen auf immer verlassen wird. So weit hatte er es also getrieben! Aber er würde es wiedergutmachen. Nie wieder würde er Esser belügen und hintergehen. Nie mehr! Und wenn er wieder einmal etwas vorhatte, von dem er wußte, daß Esser es nicht akzeptieren oder es ihn überfordern würde wie diese ekelhafte Flaucher-Geschichte, ja, dann würde er es sein lassen, einfach bleiben lassen. Esser zuliebe. Ja, das würde er!

Löhr atmete tief durch und ging, erleichtert und gereinigt durch den mit aller Entschiedenheit gefaßten guten Vorsatz, ins Geschäftszimmer, erkundigte sich bei Engstfeld nach dem Verbleib Essers und erfuhr, daß der vor anderthalb Stunden mit einem Erkennungsdienstler zu einer nochmaligen Durchsuchung von Heyms Haus gefahren war. Löhr hatte also noch etwas Zeit, um ein paar Sachen in Ordnung zu bringen.

Zurück im Büro setzte er sich hinter seinen Schreibtisch, der sich, im Gegensatz zu dem Essers, im üblichen Chaos wild aufeinander geschichteter Akten und Notizen präsentierte. Obenauf lag die Ermittlungsakte »Stephan«. Löhr schloß eine Schreibtischschublade auf, holte die zuvor entfernten, zu Flaucher gehörigen Aktenstücke samt der Fingerabdruck-Analyse daraus hervor, heftete sie wieder in die Ermittlungsakte zurück und hoffte dabei inständig, daß weder der Staatsanwalt noch sonst jemand den kleinen Betrug je entdecken würden. Das erinnerte ihn an Urbanczyks Bemühungen, in Frankfurt bei den Entomologen ein neues gerichtsmedizinisches Gutachten zum Todestag der Stephan zu bekommen. Er rief im Büro des Staatsanwalts an, der ging nach dem ersten Klingeln gleich selbst an den Apparat. Nein, antwortete der Staatsanwalt gehetzt auf Löhrs Frage, aus Frankfurt lägen ihm noch keine Ergebnisse vor, er warte darauf. Und übrigens, wo er denn eben beim Haftprüfungstermin gewesen sei? Ja, murmelte Löhr, das sei der zweite Grund seines Anrufs, er wolle sich dafür entschuldigen, aber er habe zeitgleich einen wichtigen anderen Termin im KK42 gehabt, aber Esser hätte doch bestimmt ihre Sache gut vertreten und überhaupt, wie es denn gelaufen sei?

»Gelaufen?« schnaubte der Staatsanwalt am anderen Ende der Leitung verächtlich. »Es ist gerade mal so geschlittert! Das war haarscharf! Der Haftrichter war drauf und dran, diesen Heym wieder auf freien Fuß zu setzen!«

»Ja? Tatsächlich?« gab sich Löhr harm- und ahnungslos.

»Sie sind gut, Löhr!« fauchte Urbanczyk. »Wenn wir keine DNA- oder Faserspuren finden und diese Frankfurter Fliegenfänger auch auf den 15. statt auf den 14. als Tattag tippen, dann können wir den Mann vergessen. Dann kommt der wieder frei!«

»Ich bin davon überzeugt, daß er's war«, antwortete Löhr ruhig. »Und wenn er's war, dann nageln wir ihn auch fest.«

»Ich mach jetzt die Leitung frei«, sagte Urbanczyk abrupt, ohne sich mit einem Kommentar zu Löhrs Antwort abzugeben. »Ich warte auf den Anruf von diesen Entomologen aus Frankfurt. Sie können froh sein, daß ich ein Fan von solchen Experimenten bin, sonst hätte ich dem Haftrichter am Schluß noch recht gegeben.« Urbanczyk hängte ein, und Löhr legte ebenfalls den Hörer auf.

Nachdenklich fuhr er fort, Ordnung in das auf seinem Schreibtisch waltende Chaos zu bringen, prüfte Aktenvermerke, Notizen und Telefonnummern, legte sie beiseite, wenn er glaubte, sie noch gebrauchen zu können oder warf sie in den Papierkorb, wenn das nicht der Fall war. Daß die Gefahr bestand, sie könnten Heym am Ende doch nicht überführen, glaubte er tatsächlich nicht, und auch der drohende Unterton des Staatsanwalts beunruhigte ihn nicht weiter. Dafür ging ihm aber das Verhör Klenks noch einmal durch den Kopf. Er hatte am Ende also doch seinen Plan durchgeführt, erreicht, was er wollte: Flaucher als Verdächtigen im Stephan-Fall im Polizeiapparat so lange geheim zu halten, bis sich die Gelegenheit bot, diese Information exklusiv seinem politischen Gegner als Wahlkampfmunition zu liefern. Er war jetzt allerdings skeptisch, ob dieser Streich auch wirklich zum gewünschten Erfolg, nämlich zum Platzen dieser Bombe in der Endphase des Wahlkampfs, führen würde. Denn Klenk hatte durch sein Verplappern am Ende des Verhörs offenbart, daß es zwischen ihm und dem Oberstadtdirektor trotz der offiziellen politischen Gegnerschaft engere Beziehungen gab, als es Löhrs Plan gut tun konnte. Okay, daß die beiden ihre Machtpositionen dazu mißbrauchten, um sich gegenseitig lukrative Geschäfte zuzuspielen, das war ihm, ohne je Genaueres gewußt zu haben, klar gewesen und eigentlich auch gleichgültig. Wie aber, wenn sie sich gegenseitig so in der Hand hätten, daß Klenk sich scheuen würde, Flauchers kleines Geheimnis als Wahlkampfmunition zu gebrauchen? Dann war es aus mit Löhrs schönem Plan! Ob die beiden sich nun bei den Geschäften der Quirinus oder bei Entscheidungen bei Ford oder sonstwo etwas zugeschoben hatten, war ihm dabei völlig gleichgültig. Fischenich hingegen war bei der Nachbesprechung des Klenk-Verhörs ganz aus dem Häuschen geraten. Überschwenglich hatte er Löhr zu seiner Technik, Klenk aus der Reserve zu locken, gratuliert. Da hätten sich ja wahre Abgründe aufgetan, Steinbrüche! Geschäfte zwischen der Stadtverwaltung und der Quirinus! Da würde er nachfassen! Und auch bei dieser seltsamen Ford-Geschichte! Das sei ja hoch interessant, was Klenk da angedeutet habe, daß bei dieser geplanten Produktionsverlagerung nach England offenbar Absprachen zwischen Ford und der Stadtverwaltung, sprich Flaucher als Oberstadtdirektor, getroffen worden seien und daß auch da Klenk offenbar seine Finger im Spiel gehabt habe. Auch da werde er nachhaken. Je mehr Fässer er gegen Klenk aufmachte, um so größer sei die Chance, daß der in eines hineinfiele, jetzt, wo der Nachweis seiner Verquickung mit der Quirinus ins Stocken geraten sei ... Löhr konnte zwar Fischenichs Begeisterung, einen Fisch wie Klenk an der Angel zu haben, teilen – schließlich ging es ihm mit Flaucher ähnlich. Doch ob Fischenich dem mächtigen Fraktionsvorsitzenden letztendlich ein Bein stellen würde oder nicht, interessierte ihn schon erheblich weniger. Ihm ging es um Flaucher und darum, diesem ein Bein zu stellen. Ob das bei den Interessensverflechtungen zwischen Flaucher und Klenk noch möglich sein würde, erschien ihm nunmehr sehr fraglich. Ihm blieb aber jetzt nichts anders mehr, als abzuwarten, abzuwarten, ob Klenk trotz allem den Köder annehmen würde.

Um vier hatte Löhr es geschafft, wenn nicht gerade Ordnung, so doch Übersichtlichkeit auf seinem Schreibtisch herzustellen, und er überlegte gerade, ob er noch auf Essers Rückkehr warten oder doch lieber schon nach Hause gehen und die unausweichliche Auseinandersetzung mit Esser auf morgen verschieben sollte, als die Tür aufging und Esser hineinkam.

Esser nickte kurz und ohne ein Lächeln, hängte sein Wildlederblouson an die Garderobe und ging dann, weiter schweigend, zum Schreibmaschinentisch, legte seine Notizkladde auf die Ablage, spannte ein Vierfach-Protokollblatt in die Maschine und versenkte sich in seine Notizen.

Löhr kannte eine Menge von Verhaltensvarianten Essers, wenn der sauer auf ihn war. Vom beleidigten Augenaufschlag bis hin zu giftigen und lautstarken Attacken. Dieses eisige Schweigen, diese hölzerne Ignoranz waren neu, bedeuteten nicht nur eine bisher nicht gezeigte Spielart Essers negativer Gefühlsäußerungen, sondern auch eine alarmierende Eskalation ihres auf die abschüssige Bahn geratenen Verhältnisses. Entsprechend behutsam erwog Löhr dann auch, auf welche Weise er nun den Dialog wieder beginnen sollte. Wieder einmal einfach so zu tun, als wäre nichts gewesen, dazu war es jetzt zu spät. Er mußte zu subtileren Mitteln greifen, von Anfang an Wärme, Mitgefühl, Reue, Bußfertigkeit zeigen. Er räusperte sich.

»Ich hab Mist gebaut, ich weiß.«

Schweigen. Esser blätterte lediglich – äußerste Konzentration vorgebend – in seiner Notizkladde eine Seite weiter.

»So verhält man sich nicht gegenüber einem Kollegen. – Und Freund.« Löhr legte sehr viel Betonung und Wärme in das Wort »Freund«.

Esser legte seine Notizen zur Seite, richtete den Schlitten der Schreibmaschine und begann, die Kopfzeile des Protokollblatts auszufüllen.

»Ich hab eingesehen, daß es nichts gibt, was mein Verhalten dir gegenüber rechtfertigen könnte«, fuhr Löhr fort und kam sich vor wie ein salbadernder Wanderprediger. Er räusperte sich noch einmal. Esser tippte. Er war jetzt beim Text seines Protokolls. Löhr hielt es nicht mehr aus, er stand auf, ging um Esser herum, und baute sich vor ihm auf.

»Rudi! Sag mir, was ich tun soll! Wie ich das wiedergutmachen kann!«

Esser schien an einer prekären Stelle seines Protokolls angelangt zu sein. Angestrengt nach einer treffenden Formulierung suchend, sah er an Löhr vorbei zum Fenster hinaus. Dann plötzlich schien er den passenden Begriff gefunden zu haben, wandte sich wieder der Maschine zu und bearbeitete weiter die Tatstatur.

Löhr, der nicht mehr weiter wußte, sank vor Essers Schreibmaschinentischchen in die Knie, und klammerte sich mit den Händen an dessen Rand wie an einen Beichtstuhl. Esser schien das gar nicht zu bemerken, sondern tippte weiter, und es schien, er sei dabei in Fluß gekommen, seine Finger hackten in enormem Tempo auf die Tasten ein. Löhr war schon entschlossen, so lange in dieser unterwürfigen Haltung zu verharren, bis Esser nicht mehr umhin konnte ihn wahrzunehmen, bis Esser aufstehen, um den Tisch herumgehen würde, ihm die Hand reichen und ihn erlösen würde.

Das Klingeln des Telefons auf seinem Schreibtisch enthob ihn eines längeren Wartens. Mit knackenden Knien stand er auf, ging zu seinem Schreibtisch und hob ab.

Es war Fischenich. »Ich glaub, ich hab da was«, sagte der Wirtschaftskriminalist.

»Aha«, machte Löhr, kurz angebunden.

»Diese Ford-Geschichte«, fuhr Fischenich im Überschwang dessen, der gerade eine brisante Neuigkeit erfahren hat und sie sofort weitergeben will, fort. »Da scheint was dran zu sein. Da sind wir auf Gold gestoßen. Ford hatte 1999 tatsächlich vor, die Endfertigung von zwei Typen nach England zu verlagern. Da ist nichts draus geworden, weil Flaucher damals die Beteiligung der Stadt an den fälligen Sozialplänen der Kölner Fordarbeiter nicht zusagen wollte. Aber es hat aufgrund dieser Überlegungen gewaltige Veränderungen bei den Aktienkursen der FORD-AG-KÖLN gegeben …«

»Und was hat das mit unserem Fall zu tun?«

»Flaucher hat damals Aktien von Ford gekauft und verkauft! Das ist es, was ich noch rausgekriegt hab. Und das ist das eigentlich Interessante an der Sache!«

»Versteh ich nicht«, sagte Löhr, immer noch abweisend und mit besorgtem Blick auf Esser, der geschäftig weitertippte.

»Der Zeitpunkt, Löhr! Der Zeitpunkt ist es! Er hat gekauft, kurz bevor diese Spekulationen in Gang kamen. Danach hat er wieder verkauft. Ein paar Tage, bevor er selbst die Auslagerungspläne von Ford mit zum Scheitern gebracht hat. Da war der Aktienwert inzwischen um hundertfünfzig Prozent gestiegen! Er hat einen Reibach von hundertfünfzig Prozent gemacht, Mann! Und jetzt raten Sie mal, wer ihm, bevor er selbst davon wissen konnte, diese Informationen gegeben hat!«

»Da brauch ich nicht lange zu raten«, sagte Löhr. Das konnte nur Klenk gewesen sein. Das mochte Fischenich freuen, aber für ihn bedeutete diese Neuigkeit lediglich die Bestätigung dessen, was er ohnehin schon befürchtet hatte. Die beiden hatten ihre korrupten Geschäfte so miteinander verquickt, daß keiner den anderen bloßstellen konnte. Fehlschlag der Aktion Flaucher. Aber egal jetzt. Jetzt ging es um Wichtigeres.

»Ich ruf zurück«, sagte er laut ins Telefon. »Bin gerade in einem wichtigen Gespräch.«

Löhr legte auf, kehrte zurück zu Essers Arbeitsplatz und baute sich wieder vor ihm auf. Er versuchte, Esser ins Gesicht zu sehen, doch der hatte nur Augen für seinen Text. Was sollte er tun? Er schloß für einen kurzen Moment die Augen, dann öffnete er sie wieder und riß mit einem Ruck den Protokollbogen aus Essers Schreibmaschine.

»Rudi! Ich spreche mit dir!«

Esser sah ihn jetzt an, ohne Zorn, scheinbar gleichgültig, Löhrs Gewaltakt einfach ignorierend. »Wenn der Stephan-Fall abgeschlossen ist«, sagte er betont ruhig, aber mit unüberhörbarem Zittern in der Stimme, »dann werd ich Schuhmacher bitten, mich 'nem anderen Team zuzuteilen.«

»Rudi, das kannst du ...«, dröhnte Löhr, unterbrach sich aber sofort, weil ihm bewußt wurde, daß nun auch Lautstärke nichts mehr auszurichten vermochte. Was überhaupt noch, wußte er allerdings auch nicht. Er dreht sich um, ging zum Fenster und lehnte sich auf die Fensterbank.

»Das ist schade, Rudi. Wir waren ein gutes Team«, sagte er leise; eine

Feststellung, ohne Anklage, ohne Bitterkeit, nur mit einem Hauch Wehmut.

»Nein, Jakob. Das waren wir nie«, sagte Esser, ebenso leise, ebenso konstatierend, aber ohne Wehmut. »Das versteh ich nicht unter 'nem guten Team, wenn der eine den anderen als Laufburschen, Aktenträger und Fußabtreter benutzt und als Gegenleistung ab und zu mal 'n Schulterklopfen oder 'nen Alibianruf erbringt.«

Das war natürlich blanker Unsinn. Die wahrscheinlich berechtigte Empörung Essers über Löhrs Alleingang verstellten dem Armen den objektiven Blick auf ihre in der Tat hervorragende Ergänzung im Team. Aber das aufzurechnen hatte jetzt keinen Sinn.

»Du hast recht, Rudi. Ich hab den ganzen Mittag auch da drüber nachgedacht, und ich denke jetzt auch, daß wir da gewaltig was ändern müssen.«

»Das ist zu spät, Jakob. Ich hab mich entschieden.«

»Ich werd dir in Zukunft immer die Wahrheit sagen, Rudi«, beteuerte Löhr, und er war sich seines unwürdigen Betteltons vollkommen bewußt. Sei's drum. »Ich werd dich nie mehr im Stich lassen!«

»Hättest du dir vorher überlegen müssen«, war Essers kalte Antwort.

Löhrs Hirn arbeitete wie eine chinesische Rechenmaschine. Blitzschnell zählte es Perlen ab und erwog bei jeder, welche davon sich eignete, in die Waagschale geworfen zu werden als Argument für die Fortsetzung ihrer Zusammenarbeit. Sein Essers überlegener kriminalistischer Instinkt in Ergänzung zu dessen Fleißarbeit? Sicher nicht! Auch umgekehrt wurde kein Schuh daraus: Essers immense bürokratische Umsicht in Ergänzung zu seinem genialischen Scharfsinn? Das noch viel weniger. Vielleicht ihre, bis auf Ausnahmen wie diese, ihre Schwächen und Stärken ergänzende Harmonie? Schon besser. Aber jetzt, in diesem Augenblick von Harmonie sprechen?

Wieder klingelte sein Telefon. Er ging hinüber, überlegend, was er nun gegen Essers Argumente vorbringen, wie er ihn noch umstimmen sollte. Er nahm ab.

»Hilfe! Ich brauche Hilfe!« wisperte eine zerbrechliche und verheulte weibliche Stimme am Ende einer knisternden, die Worte verzerrenden Leitung. Um Gottes Willen! Doch nicht etwas wieder Tante Helene? Hatte sich Oliver jetzt an ihr vergriffen?

»Tante Helene?« schrie Löhr in den Hörer.

»Nein. Hier ist die Sekretärin von Dr. Flaucher. – Es ist etwas Schreckliches passiert! Bitte! Kommen Sie so schnell wie möglich in sein Büro! Da ist ein Mann, der ihn bedroht. Es geht um sein Le– « Die Leitung wurde unterbrochen.

Ein tödlicher Schreck mußte sein Gesicht verzerrt haben, denn Esser, der ihn beim Telefonat beobachtet hatte, erwachte mit einem Schlag aus seiner beleidigten Lethargie und rief, ebenfalls erschrocken: »Jakob, was ist?«

»Flaucher!« sagte Löhr mit weit aufgerissenen Augen.

***

Es hatte keinen Sinn, mit dem Auto die paar hundert Meter von der Löwengasse hinüber ins Historische Rathaus zu fahren. Also gingen sie zu Fuß, das heißt, sie rannten.

»Bedroht? Hast du 'ne Ahnung, von wem?« rief Esser Löhr zu, als sie durch dichten Verkehr hindurch trabten, die rote Fußgängerampel an der Pipinstraße ignorierend.

Löhr hatte eine Ahnung. Er erinnerte sich an seine seltsame Begegnung vom vergangenen Morgen, als er Hundertgeld vor ihrem Büro Flaucher auflauern und ihm anschließend folgen gesehen hatte, und er erzählte Esser außer Atem davon.

»Und das sagst du mir jetzt erst?«

»Ich hab's nicht für so wichtig gehalten, mein Gott, und danach wieder vergessen.«

»Der hat doch, als wir ihn verhört haben, unsere Unterlagen auf deinem Schreibtisch gesehen?«

»Ja. So ist er auf Flaucher gekommen.«

»Menschenskinder, Jakob! Du hättest ...«

»Hätte, hätte! Ich *hab's* aber nicht! Hab Hundertgeld von Anfang an für 'nen armen Irren gehalten, 'nen Spinner ...«

»Nen *kriminellen* Spinner, Mann! Ich hab dir doch aus seiner Akte vorgelesen. Der ist wahrscheinlich bewaffnet. Hast du ...?«

Löhr schüttelte den Kopf. Natürlich war er nicht bewaffnet. Esser hob seine Jacke, zeigte Löhr das Halfter mit seiner Sig-Sauer und nickte ihm dabei beruhigend zu. Esser, sein Freund. Sein Schutzengel. Und der will mich verlassen! Löhr spürte einen schmerzhaften Stich in der Herzgegend.

Sie liefen die Hohe Pforte hinunter, drängten sich durch den Strom der Einkaufenden, kamen am Gürzenich vorbei. Löhr ging die Luft aus. Er lehnte sich gegen die Mauer und japste wie ein alter Hund. Jetzt hatte er wirklich Schmerzen in der Brust. Laufen, Sport überhaupt, waren seine Sache noch nie gewesen. Und jetzt zwang ihn dieser Flaucher dazu! Jetzt kriegte er wegen dem auch noch einen Herzinfarkt! Keinen Meter würde er mehr laufen. Sollte Hundertgeld ihn massakrieren. Gut so! Wenn er das gewußt hätte, hätte er sich 'ne Menge Mühe sparen können. Samt dem Ärger mit Esser. Der war neben Löhr stehengeblieben und sah ihn besorgt an.

»Geht's noch, Jakob?«

»Ich renn keinen Meter mehr.«

»Soll ich vorlaufen?«

»Nein. Auf die zwei Minuten kommt's jetzt auch nicht mehr an.«

Löhr setzte sich wieder in Gang. Esser ging neben ihm, ihn weiterhin besorgt beobachtend.

»Was ich nicht versteh«, schnaufte Esser. »Wieso ruft die Sekretärin von Flaucher ausgerechnet uns an? Die hätte doch den Notruf wählen können. Und wie kommt die überhaupt an unsere Nummer?«

»Von Hundertgeld wahrscheinlich. Der will von uns die Bestätigung, daß er wirklich den Mörder seiner Freundin geschnappt hat.«

»Und? Weiter? Was hat er dann vor?«

»Wenn wir ›Ja‹ sagen, dann macht er ihn kalt. Es liegt also in unserer Hand.«

Esser warf Löhr auf dessen letzte, sehr gelassen, fast kaltblütig geäußerte Bemerkung hin einen befremdeten Blick zu. Aber da standen sie schon im Innern des Rathauses vor dem Pförtner, Löhr zeigte ihm seinen Ausweis und fragte nach dem Büro des Oberstadtdirektors.

»Der hat aber eben angerufen und will nicht gestört werden«, sagte der Pförtner.

»Was glauben Sie, warum ich Ihnen meinen Ausweis gezeigt habe?« entgegnete Löhr.

Der Pförtner öffnete den Mund, klappte ihn gleich darauf wieder zu. »Zweiter Stock, Zimmer zwo null neun.«

Die Tür des Zimmers zweihundertneun öffnete sich erst, nachdem Löhr auf sein Klopfen hin die zittrige Frage der Frauenstimme, die er eben am Telefon gehabt hatte, beantwortet und seinen Namen genannt hatte. Esser hatte auf dem Weg über den Flur seine Pistole aus dem Halfter gezogen. Löhr deutete auf die Waffe.

»Steck sie dir hinten in den Hosenbund. – Reserve.«

Esser sah ihn einen Augenblick an, verstand und tat, was Löhr ihm gesagt hatte. Sie betraten das Vorzimmer von Flauchers Büro.

Flaucher saß vor der Fensterfront des Raumes auf einem Schreibtischstuhl, die Hände dilettantisch mit einer Paketkordel auf den Rücken gebunden, wobei die Kordel ihn gleichzeitig an die stählerne Lehne des Stuhls fixierte. Löhr, der inzwischen wieder zu Atem gekommen war, stellte nicht ganz ohne Befriedigung fest, daß der Mann sich in einer desolaten, einem Oberstadtdirektor und Oberbürgermeisterkandidaten wenig würdigen Verfassung befand. Sein Haar war wirr, die Brille war verrutscht und offenbarte ein Paar wäßrige Glupschaugen mit gewaltigen Tränensäcken. Es war nichts mehr übrig von Flauchers geheimnisvoll-gefährlichem Eulenblick, mit dem er die halbe Stadt in den Bann seiner Macht zu ziehen gewußt hatte. Nun war er nichts weiter als ein jammervolles, angsterfülltes Wrack, in dessen Hosenschritt sich unaufhaltsam ein dunkler Fleck ausbreitete. Und er hatte Grund zu solcher Todesangst, denn der Mann, der ihn bedrohte, schien alles andere als ein ruhiger, umsichtiger Mann zu sein, der seine Waffe unter Kontrolle zu halten wußte. Es war, wie Löhr auf den ersten Blick erkannte, eine alte 7,65er FN, die Hundertgeld Flaucher an die Schläfe hielt. Kein besonders durchschlagendes Kaliber, aber auf diese Distanz reichte es allemal. Die Hand, mit der Hundertgeld die entsicherte Waffe hielt, zitterte, der Finger am Abzug, der ganze dürre Mann zitterte. Es war kaum auszumachen, wer von beiden mehr Angst hatte.

Esser, der hinter Löhr ins Zimmer getreten war, faßte die Sekretärin, die ihnen geöffnet hatte – auch sie in völlig derangiertem Zustand – an ihren schweißnassen Schultern und wollte sie durch die noch offene Tür hinausschieben.

»Nein!« krächzte Hundertgeld, den Lauf seiner Waffe gegen Flauchers Schläfe drückend. »Die bleibt hier! – Und Tür zu!«

Esser sah Löhr fragend an, Löhr nickte und Esser folgte Hundergelds Anweisungen. Beide, Esser und Löhr, blieben neben der Sekretärin an der Tür stehen, den Blick auf Flaucher und Hundertgeld gerichtet.

»Als erstes würde ich vorschlagen, Sie legen die Waffe weg«, sagte Löhr ruhig.

»Ha! Damit ihr mich abknallen könnt?«

»Wir sind unbewaffnet«, behauptete Löhr und lüftete sein Jackett. Auch Esser hob sein Blouson an und zeigte auf sein leeres Schulterhalfter. »Ich hab meine im Auto gelassen«, log er. »Ist Vorschrift bei Verhandlungen mit Geiselnehmern.«

»Hier gibt's keine Verhandlung. Und das ist auch keine Geiselnahme.«

»*Bitte*«, sagte Löhr eindringlich. »Legen Sie die Waffe weg. Sie können Sie meinetwegen in Reichweite legen. Aber nehmen Sie die von seinem Kopf. Das Ding ist entsichert.«

»Keine Verhandlung!« wiederholte Hundertgeld mit belegter, unsicherer Stimme, machte trotzdem einen Schritt von Flaucher weg und senkte die Waffe, so daß deren Lauf jetzt auf Flauchers Schritt zielte, wo der dunkle Fleck sich inzwischen weiter ausgebreitet hatte und die Feuchtigkeit ihren Weg die Hosenbeine hinunter nahm. »Das wird 'ne Exekution. Keine Verhandlungssache. Ich will nur wissen, ob das Bullenschwein hier Inna umgebracht hat oder nicht. Danach ist Ende. So oder so.«

Flauchers Glupschaugen begannen zu flackern.

»Bullenschwein?« fragte Löhr. »Wieso Bullenschwein? Der ist kein Polizist! Sind Sie sicher, Sie haben da überhaupt denjenigen vor sich, den Sie meinen?«

»Er *ist* ein Bulle! Ein Verfassungsschutz-Spitzel!«

Löhr erinnerte sich, einmal in der Zeitung gelesen zu haben, daß Flaucher seine Karriere vor über zwanzig Jahren beim Verfassungsschutz gestartet hatte, bevor er von da in die Laufbahn eines politischen Beamten wechselte. Aber er erkannte keinen Zusammenhang zu der Äußerung des Zettelkastenmenschen.

»Würden Sie jetzt *bitte* die Waffe weglegen? Legen Sie sie auf den Schreibtisch. Bitte!« sagte Löhr, weiter ruhig und jedes Wort betonend.

»Ich will wissen, ob er's war!« antwortete Hundertgeld und richtete die Pistole wieder auf Flauchers Kopf.

»Nein, er war's nicht«, meldete sich Esser. »Wir haben den Täter überführt.«

»Beweise!« bellte Hundertgeld.

»Wie soll ich Ihnen das jetzt beweisen?« sagte Esser. »Ich kann Ihnen nur versichern, daß eine erdrückende Indizienlast für einen anderen Täter spricht. Fingerabdrücke, Faser-, wahrscheinlich auch DNA-Spuren.«

Löhr warf einen raschen Blick auf Esser. Also war der in Heyms Wohnung doch noch auf weitere Spuren gestoßen.

»Der mutmaßliche Täter ist auch bereits verhaftet. Er befindet sich in Untersuchungshaft«, fuhr Esser fort. »Herr Flaucher kann Corinna Stephan unmöglich ermordet haben. Als der Ihre Freundin besuchen wollte, war sie bereits tot; wahrscheinlich schon länger als vierundzwanzig Stunden.«

Hundertgeld schwieg. Bewegungslos verharrte er in seiner Position, die Waffe auf Flauchers Kopf gerichtet. Nur die Hand, mit der er die Pistole hielt, zitterte immer noch. Löhr sah, wie sich Hundertgelds Augen hinter der randlosen Brille mit Tränen füllten.

»Legen Sie jetzt die Waffe weg«, sagte er, nicht mehr bittend, sondern fordernd, bestimmt.

»Nein!« schluchzte der Zettelkastenmann auf. »Ihr müßt mich umlegen. Sonst bring ich ihn um, das Bullenschwein! Mit dem hab ich noch 'ne ganz andere Rechnung offen, mit dem Drecksspitzel.«

»Mensch Hundertgeld!« winselte Flaucher, die Augen zum Angesprochenen verdrehend. »Das war nicht so, wie Sie denken. Ich hab Ihnen nie 'nen Strick gedreht. Im Gegenteil, ich war immer auf Ihrer Seite, hab immer meine schützende Hand über Sie gehalten. – *Ich* war's, der sie aus allem rausgehalten hat. *Ich* hab Sie gedeckt. Bei dem Raubüberfall in Wuppertal und auch bei dem Überfall in Trier. Ich hab's so gebogen, daß Sie da rausgekommen sind!«

»Ich glaub dir kein Wort!«

»Es ist so!« flehte Flaucher. »Sie *müssen* mir glauben! Warum denn sonst, denken Sie, sind Sie in beiden Verhandlungen mangels Beweisen freigesprochen worden? Ich war's, der die Beweise damals zurückgehalten hat.«

»Warum? Warum hättest du das tun sollen, Bullenschwein?«

»Weil ich dich noch als Köder in der Sympathisantenszene brauchte. Dafür mußtest du auf freiem Fuß sein! Das war's!«

Hundertgeld starrte Flaucher ungläubig an. Löhr verstand kein Wort von dem, was die beiden miteinander sprachen. Aber das spielte im Augenblick keine Rolle. Er und Esser mußten diese Situation so schnell wie möglich beenden, bevor sie weiter eskalierte.

Entschlossen ging er auf Hundertgeld zu und streckte dabei die rechte Hand nach dessen Waffe aus.

»Sie haben's gehört, Hundertgeld. Das ist nicht der Mann, den Sie suchen.«

Augenblicklich richtete Hundertgeld die Waffe auf Löhr. Die Mündung zielte genau zwischen dessen Augen. Löhr sah den zitternden, sich weiter krümmenden Zeigefinger Hundertgelds. Noch einen Millimeter, und er würde den Druckpunkt erreicht haben. Trotzdem griff er zu, umfaßte die Pistole am Lauf und schob ihn gleichzeitig hoch. Der Schuß, so nahe an seinen Ohren, schlug auf sein Trommelfell, daß es schmerzte und er für ein paar Augenblicke völlig taub war. Noch bevor er sich gelöst hatte, war Esser mit zwei schnellen Schritten hinter Hundertgeld gesprungen, dabei seine Waffe aus dem Hosenbund ziehend. Jetzt hielt er sie ihm in den Nacken.

»Waffe fallenlassen!«

Hundertgelds Griff um die FN löste sich. Löhr nahm sie ihm aus der Hand, die im gleichen Augenblick von Esser ergriffen wurde. Löhr trat einen Schritt zur Seite und schaute zu, wie Esser dem Mann die Hände auf den Rücken bog und ihm Handschellen anlegte.

»Brrr« machte Flaucher und sackte zusammen. »Binden Sie mich los! Bitte!« brachte er mühsam hervor.

Löhr sah ihn abschätzend von oben herab an. Die Taubheit in seinen Ohren ließ allmählich nach.

»Bitte! Losbinden!« jammerte Flaucher.

»Das hat Zeit. Zuerst müssen mal alle raus hier.« Löhr drehte sich zu Esser, winkte mit dem Kopf zur Tür. Esser verstand nicht.

»Was? Raus?«

»Ja. Alle. Bitte. Ich muß mit dem Herrn Oberstadtdirektor noch was klären. – Unter vier Augen.«

***

Der Wirt des »Lederer-Stübchens« war ein Typ wie sein Bruder Bernd, trug den gleichen an den Spitzen nach oben hochgezwirbelten Schnurrbart, hatte die gleichen wachen braunen Mauseäuglein und fühlte sich wie Bernd als der Mittelpunkt der Welt. Löhr beobachtete fasziniert den kleinen Mann mit der Lederschürze, wie er hinterm Tresen hin- und herwieselte, aus dem Handgelenk und immer in zwei Gläser auf einmal Kölsch zapfte und dabei die Thekengäste mit frechen Sprüchen unterhielt. Mit

Erstaunen nahm Löhr jetzt wahr, daß der Wirt offenbar ein Verhältnis mit der neuen Kellnerin haben mußte. Denn während er sonst sein Personal immer recht barsch zu behandeln pflegte, ging er mit der Neuen nahezu fürsorglich um. Es schien ihm das Herz zu brechen, daß die Kellnerin offenbar unter einer Erkältung litt und nicht so ganz auf dem Damm war. Immer, wenn sie zu ihm hinter die Theke kam, um ihr Tablett mit Kölschgläsern zu füllen, scharwenzelte er um sie herum, fragte, ob es noch ginge, ob er ihr was abnehmen könne, ob sie nicht besser doch nach Hause gehen wolle und er sich um Ersatz für sie bemühen solle und so weiter, dabei ein Vokabular benutzend, das Löhrs kölsche Seele zutiefst anrührte: der Wirt nannte nämlich seine Kellnerin nicht beim Namen, sondern bezeichnete sie als »Stinkemuus«, ein Kosename, der für ihn der Inbegriff von Zuneigung und Zärtlichkeit sein mußte, denn er intonierte dieses »Stinkemuus« mit einem Höchstaufwand an Timbre und Gefühl und jedesmal mit einer anderen Betonung, mal als saftiges »Schtinkemuus«, mal als zwitscherndes »Sstinkemüüsje« ausgesprochen. Gierig lauschte Löhr auf jede neue Variante.

»Jakob! Du starrst schon wieder!« ermahnte ihn Esser, und Löhr konnte sich nur schweren Herzens entschließen, seine Aufmerksamkeit wieder dem Kollegen zuzuwenden.

Während er sich mit Flaucher in dessen Büro mehr als eine halbe Stunde lang unterhalten hatte, hatte Esser den festgenommenen Hundertgeld nach unten gebracht und einer Streifenwagenbesatzung zum Abtransport übergeben.

Danach hatten sie Flauchers Sekretärin im Beisein des Oberstadtdirektors zum Stillschweigen über den Vorfall verpflichtet und waren dann hierher, zum »Lederer-Stübchen« am Wallraffplatz gegangen, um sich über ihr weiteres Vorgehen abzustimmen.

»Du hast mir immer noch nicht gesagt, was du mit Flaucher da drinnen die ganze Zeit über besprochen hast!« beschwerte sich Esser.

Löhr zuckte die Schultern. »Über seine Beziehung zu Hundertgeld und zur Stephan natürlich.«

»Und?«

»Es stimmt. Flaucher hat Hundertgeld in seiner Zeit als Verfassungsschutzagent bespitzelt. Und er hat die beiden Überfälle von Hundertgeld Anfang der Achtziger Jahre gedeckt, so daß man Hundertgeld nichts nachweisen und ihn nicht verurteilen konnte.«

»Das wußte Hundertgeld aber bis heute nicht?«

»Nein, Hundertgeld nicht. Der kannte Flaucher bloß als Verfassungsschutzspitzel, und dann ist er ihm jetzt als Tatverdächtiger wieder untergekommen.«

»Und weiter? Was war mit der Stephan?«

»Tja!« machte Löhr bloß und kippte sein Kölsch mit einem Schluck. »Das ist schwierig. Soweit ich das verstanden hab, beschuldigt Hundertgeld Flaucher, daß er sie jahrelang erpreßt hat.«

»Waaas?« Esser drückte seine bloß halbgerauchte Zigarette aus und sah Löhr fassungslos an.

»Hundertgeld meint offenbar«, fuhr Löhr fort, »Flaucher hat ihn damals nur gedeckt, um sich an die Stephan heranzumachen, ihr gedroht, ihren Freund in den Knast zu bringen, wenn sie nicht ...«

»... mit ihm schläft?«

»Scheint jedenfalls Hundertgeld Flaucher vorzuwerfen, ja.«

Esser schüttelte ungläubig den Kopf. »Glaubst du das etwa?«

»Auf jeden Fall ist das der Grund, weshalb Hundertgeld dem Flaucher aufgelauert, ihn in seinem Büro überfallen und festgehalten hat.«

»Und Hundertgeld hat Flaucher da mit seiner Theorie, seinen Vermutungen konfrontiert? Und Flaucher hat dir das eben alles so erzählt?«

Löhr nickte. »Ob da wirklich was dran ist – keine Ahnung. Wir können Hundertgeld nachher im Zellentrakt ja noch mal selbst befragen. Aber ob da noch was bei rumkommt?«

»Wenn's wirklich so war. Mein Gott! Was für 'n Schwein ist der Flaucher!« sagte Esser und zündete sich eine neue Zigarette an.

»Ja«, sagte Löhr bloß.

»Stinkemuus«, die erkältete Kellnerin, kam an ihren Tisch und fragte, ob sie zwei neue Kölsch bringen sollte. Löhr und Esser nickten und »Stinkemuus« entfernte sich mit den leeren Gläsern.

»Auf jeden Fall wär das vielleicht 'ne Erklärung für diesen merkwürdigen Knick in der Biographie von der Stephan«, sagte Löhr. »Warum sie alles hingeschmissen hat und in die Prostitution abgerutscht ist. Verzweiflung, Ekel, Resignation ...«

»So ein Drecksack!« sagte Esser.

»*Wenn's* stimmt. Wenn Hundertgeld sich das nicht alles zurechtgebogen hat«, meinte Löhr, plötzlich nachdenklich. Er nahm von »Stinkemuus« ein frisches Kölsch in Empfang, trank einen kleinen Schluck und sah den ebenfalls trinkenden Esser an. »Jedenfalls, egal, ob das alles stimmt oder nicht, *muß* es 'ne engere Beziehung zwischen der Stephan und Flaucher gegeben haben.«

»Du meinst, dann hätte der doch nicht komplett gelogen, als er mir beim Verhör erzählt hat, er wär nur zu der hin, um sich mit der auszuquatschen?«

»Durchaus drin«, entgegnete Löhr. »Aber ich mein was anderes, ich meine den Kuli in ihrem Auto, mit Flauchers Fingerabdruck drauf.«

»Wieso? Was ist damit?«

»Ist doch eigentlich nicht normal, daß 'ne Prostituierte, die in 'nem Appartement arbeitet, ihre Freier chauffiert, oder? Und nur so kann der Kuli ja da hingekommen sein.«

»Hm«, machte Esser. »Du meinst, das müßten wir weiterverfolgen?«

Löhr schüttelte den Kopf.

»Nein?«

»Nein«, sagte Löhr. »Ich glaub, es ist besser, wir machen das Faß nicht auch noch auf. Ich denke, wir lassen den Hundertgeld laufen und die ganze Geschichte auf sich beruhen.«

»Aber Flaucher!« begehrte Esser auf. »Haben wir denn nichts gegen den in der Hand?«

»Was denn?«

»Weiß nicht. Irgendwie müßte man so einem Schwein doch ein Bein stellen können!«

»Ja«, antwortete Löhr gedehnt und in sich hineingrienend. »Müßte man ...«

Esser wurde hellhörig. »Was hast du vor?«

»Stinkemuus« brachte ihnen wieder zwei Kölsch und verschwand, um sich hinterm Tresen vom Wirt betütteln zu lassen. Doch statt sich wieder diesem Schauspiel zuzuwenden, nahm Löhr sein Kölschglas und streckte es Esser entgegen.

»Zuerst möchte ich mich mit dir wieder vertragen«, sagte er.

»Vertragen?«

»Ja. Oder hast du vergessen, daß du nichts mehr mit mir zu tun haben, mich verlassen wolltest?«

»Ach«, machte Esser und schaute zur Seite. »Hätte ich jetzt wirklich glatt vergessen.«

»Hättest du oder hast du?«

»*Hab* ich«, sagte Esser, und grinst Löhr an. »Kann ich dir *irgend etwas* nachtragen?«

Löhr schwieg und wartete, bis Esser ebenfalls sein Glas erhoben hatte. Dann stieß er mit ihm an.

»Tut mir leid«, sagte Löhr. »Hab mir fest vorgenommen, daß das nicht mehr vorkommt. Daß ich dich nie mehr im Stich lasse.«

»Jetzt komm aber! Ist schon gut!« raunzte Esser mit belegter Stimme, und Löhr meinte, ein winziges Glitzern der Rührung in seinen Augen zu bemerken. »Aber jetzt«, räusperte der sich, »erzähl mir, was du vorhast mit dem Flaucher.«

Löhr nahm einen ordentlichen Schluck aus seinem Kölschglas. »Hast du schon mal was von einem Rattenkönig gehört?« fragte er.

»Rattenkönig? Der König der Ratten?«

»Nein, nicht der König der Ratten«, sagte Löhr. »Man denkt zuerst, das wär das dominierende Tier in 'ner Rattenhorde, der Chef sozusagen. Ist es aber nicht.«

»Sondern?«

»Ein Rattenkönig entsteht, wenn zu viele Ratten auf zu engem Raum unter zu viel Streß zusammenleben. Ihre Schwänze verschlingen sich ineinander, und je mehr sie zerren und ziehen, um sich zu befreien, um so fester wird der Knoten, der sie aneinander bindet, bis er schließlich zu einem festen Gewebeklumpen wird. Und das Wesen, das dabei entsteht, insgesamt vielleicht dreißig Ratten, die mit den Schwänzen zusammengebunden sind, nennt man Rattenkönig.«

»Ach?« machte Esser.

»Die meisten Rattenkönige, die man findet, sind gesund und gedeihen prächtig. Das heißt aber nicht, daß sie ihre Situation genießen, denn meistens werden sie entdeckt, weil sie verdammt teuflische Schreie ausstoßen.«

»Und warum erzählst du mir das?«

Löhr blieb die Antwort schuldig und fuhr fort: »Der Glaube, der Rattenkönig sei ein einzelnes Wesen, das zäheste, rücksichtsloseste und heimtückischste, die Superratte, diese Auffassung führt zu der Hoffnung, daß man diese Superratte eines Tages in die Falle locken und vernichten könnte. Aber das Vertrackte am Rattenkönig ist, daß es eben nicht ein einzelner ist ...« Löhr machte eine Pause und schaute dem immer noch verständnislos dreinblickenden Esser in die Augen. »Es sind die *Verhältnisse*! Verstehst du?«

»Nein«, sagte Esser.

»Es ist eine Verschwörung ohne Absprachen und Geheimcodes. Der Rattenkönig reguliert sich selbst; er reagiert automatisch und effektiv auf jede Bedrohung. Jede Ratte verteidigt die Interessen der anderen. Die Stärke der einzelnen ist die Stärke von allen. Verstehst du jetzt?«

»Immer noch nicht«, sagte Esser.

»Gut. Flaucher ist vielleicht eine Superratte. Klenk auch. Und noch eine Menge anderer. Aber keiner von ihnen ist der Rattenkönig. Der Rattenkönig, das sind sie alle zusammen!«

»Das heißt, man kann eigentlich nicht einzeln gegen eine der Ratten im Rattenkönig vorgehen?«

»Genau«, sagte Löhr. »Man kann den Rattenkönig nur als Ganzes vernichten. Aber dazu sind weder du noch ich noch irgendein Staatsanwalt, Richter oder Untersuchungsausschuß in der Lage. Die übrigens noch viel weniger als unsereiner. Weil die meistens auch schon alle einen Knoten im Schwanz haben. – Das, was unsereiner tun kann, ist, vielleicht einmal ein paar Rattenschwänze durchzuschneiden. Oder sie zumindest fester zusammenzuknoten, so fest, daß es wehtut.«

Er machte ein Pause.

»Und das, das hab ich eben getan«, sagte er dann. »Ein paar Schwänze fester zusammengeknotet. So, daß es wehtut. Hoffentlich.«

***

Zum ersten Mal um sieben Uhr hatte ihn das blecherne Schlagen des Glöckchens vom Dominikanerkloster auf der Lindenstraße von schräg gegenüber geweckt. Er hatte einen Blick zum Schlafzimmerfenster hinaus geworfen. Die Sonne schien, und der Himmel war klar und blau, und er hatte sich sofort auf die andere Seite gedreht und versucht, noch einmal in den Schlaf zurückzufinden. Für eine Dreiviertelstunde war ihm das auch gelungen, dann war er hellwach. Wenn er Sonntage im allgemeinen nicht liebte, so haßte er sonnige Sonntage im besonderen. Ein verregneter Sonntag, na schön. Da konnte man im Bett bleiben, lesen, Musik hören, im Bademantel herumschlurfen, es sich gemütlich machen – zumal gemeinsam mit Irmgard, wenn sie denn da war. Aber sie war nicht da, noch nicht, würde erst heute abend kommen. Bis dahin stand ihm ein sonniger Sonntag bevor, allein. Wenn die Reflexe von den gegenüberliegenden

Fensterscheiben in die eigenen Zimmer hineinblinkten, dann fand er partout keinerlei angemessene Beschäftigung zu Hause. Alles trieb ihn an solchen Schönwettersonntagen hinaus, die Frühlingsdüfte zu erkunden, sein Gesicht der wärmenden Sonne entgegenzustrecken. Das Fatale an diesem Wunsch aber war seine Unerfüllbarkeit. Ein Schritt auf die Straße würde sein Alleinsein vervielfachen und seine Langeweile unerträglich machen. Was sollte er draußen tun? Sich einreihen in die Prozession der flanierenden Familien und händchenhaltenden Paare? In die Flora fahren, an Blüten schnuppern? Mit der Gondel oder dem Boot hinüber in den Rheinpark, im Troß mit Kinderwagen und Rollerbladern planlos Kieswege abwandern? Als Kind schon hatte er sich zu Tode gelangweilt an solchen Sonnensonntagen: Allein draußen auf der Straße zwischen all den Ausflüglern. – Die Ziellosigkeit der sonnigen Sonntage!

Dabei war es diesmal paradoxerweise eben nicht das Fehlen eines Plans oder Ziels an diesem Sonntag, was ihn sich im Bett wieder und wieder herumwälzen ließ, sondern im Gegenteil das *Vorhandensein* eines solchen Ziels, einer sehr präzisen, einer sehr dringlichen und äußerst peinlichen Aufgabe. Er mußte zu seiner Mutter, ihr von der absurden Hochzeit seines Bruders Gregor berichten, die gestern stattgefunden hatte, und er mußte sie über die Homosexualität ihres jüngsten Sohnes unterrichten. Löhr schielte zum Wecker hinüber. Es war jetzt viertel nach acht. Er drehte sich ein weiteres Mal um und zog die Bettdecke über den Kopf.

Der Rest der Woche, die Tage nach der Festnahme Hundertgelds und nach seinem Gespräch mit Flaucher, waren ihm rasch und so flüchtig wie ein Traum vergangen. Denn alles, was geschehen war, hatte für ihn keine allzu große Bedeutung mehr erlangen können angesichts der gleichermaßen gespannten wie bangen Erwartung dessen, was noch kommen würde. Der Frage, ob und welche Früchte sein Gespräch mit Flaucher tragen würde, ob sein Plan gelingen oder ins Gegenteil, gegen ihn selbst zurückschlagen würde. Und dann, natürlich, hatte er nicht weniger ängstlich diesem Sonntagmorgen, dem Besuch bei seiner Mutter, entgegengezittert. Was Flaucher anging, war jedoch bisher alles ruhig geblieben. Verdächtig ruhig? Das Fehlen der kleinsten Notiz in den Zeitungen sowohl zur Verwicklung Flauchers in den Stephan-Fall wie auch zu der Klenks in den Quirinus-Fall konnte bedeuten, daß sich Flaucher und Klenk über seinen, Löhrs Vorschlag, noch nicht einig geworden waren. Es konnte aber auch bedeuten, *daß* sie sich einig geworden waren – und zwar gar nicht in

Löhrs Sinn –, sondern umgekehrt, sich zusammengetan hatten, dichthielten und gemeinsam dabei waren, zu einem Schlag gegen ihn auszuholen. Im Polizeipräsidium allerdings war bisher davon noch nichts zu spüren gewesen. Im Gegenteil galten dort Esser und er als die Helden der Stunde, nachdem sie noch am Freitag auf so glänzende Weise den Fall Stephan zum Abschluß gebracht hatten.

Sie hatten, wie Löhr es nicht nur vermutet, sondern geradezu *gewußt* hatte, mit Heym vollkommen richtig gelegen. Esser hatte tatsächlich in der Garage von Heyms Haus in Merheim eine Art Latexanzug gefunden, den Heym bei der Tat getragen haben mußte, denn der Erkennungsdienst fand daran DNA-tragende Spuren sowohl der Stephan wie auch von Heym selbst. Aber nicht nur dieses weitere Indiz, sondern in erster Linie der positive entomologische Befund der Frankfurter Gerichtsmediziner hatte den Ausschlag, dem Fall die endgültige Wende gegeben, und ihnen den Ruhm eingetragen. Aufgrund von Nahaufnahmen des Gewebes der Ermordeten – und darin abgelegter Fliegenlarven – hatten die Entomologen den Todestag der Stephan exakt auf den 14. statt auf den 15. April datieren können, auf den Tag, für den Heym kein Alibi hatte. Mit Urbanczyk waren sie am Freitagnachmittag nach Ossendorf gefahren, hatten Heym bei einem erneuten Verhör mit den ED-Analysen und dem Gutachten der Frankfurter Gerichtsmediziner konfrontiert – und der war zusammengebrochen und hatte ein komplettes Geständnis abgelegt, zugegeben, Corinna Stephan in einer Art Gewaltrausch, als sie sich weigerte, über das Vereinbarte hinaus seine sexuellen Wünsche zu befriedigen, getötet und anschließend die Tat vertuscht, das Appartement leergeräumt, die Schlüssel dazu weggeworfen zu haben. Es war das erste Mal in der Kölner Kriminalgeschichte, daß ein entomologisches Gutachten den Ausschlag in einem Mordfall gegeben hatte. Und wem war das zu verdanken? Nein, nicht Urbanczyk, der hatte es lediglich zugelassen und würde damit in der Hauptverhandlung Triumphe feiern. Löhr verdankte es der Aufmerksamkeit Irmgards, eines kriminalistischen Laien – und seiner Ehefrau! Er schaute noch einmal auf den Wecker. Halb neun. Er mußte raus. Den leidigen Sonnensonntag und die noch leidigeren familiären Pflichten hinter sich bringen und dann würde er frei sein, würde zum Bahnhof gehen, würde Irmgard abholen, würde mit ihr essen gehen, Wein trinken, – es würde ein Fest geben, das diesem verdammten Sonntag am Schluß doch noch einen Sinn verlieh.

Unrasiert und noch nicht richtig angezogen stolperte Löhr aus dem Haus, ging schnellen Schrittes zum Kiosk auf dem Plätzchen, wo die Beethovenstraße auf den Hohenstaufenring mündet und kaufte die Sonntagsausgabe des Express. Die Samstagabendausgabe kannte er bereits. Aber es könnte ja sein, daß sich inzwischen etwas getan hatte. Und so war es. Die Schlagzeile war fast einen halben Meter groß und lautete: »Klenk beschuldigt Flaucher illegaler Insidergeschäfte. Das ›Aus‹ für den OB-Kandidaten?« Darauf hatte er zwei Tage, achtundvierzig Stunden lang, gewartet.

Er saß am Frühstückstisch, schlürfte seinen Tee, knabberte an einem angetrockneten Croissant vom Vortag und las gerade zum fünften Mal den Artikel über Klenks »Todesstoß« gegen Flaucher, als das Telefon klingelte. Es war Esser.

»Hab gerade den ›Express‹ gelesen ...«

»Ich auch.«

»Ist ja 'n Ding, was?«

»Nun ja ...«

»Sag mal ...« Essers Stimme wurde gedehnt. »Hat das vielleicht was damit zu tun, was du am Donnerstag mit Flaucher in dessen Büro bequatscht hast?«

»Nun ja ...«, sagte Löhr wieder, zögernd. Er hatte Esser bisher noch nicht detailliert über seinen Rachefeldzug gegen Flaucher in Kenntnis gesetzt. Doch erinnerte er sich jetzt an seinen Vorsatz und an sein Versprechen, ihm immer die Wahrheit zu sagen. Doch halt! Im »Lederer-Stübchen« hatte er lediglich versprochen, ihn nie wieder im Stich zu lassen. Das war etwas anderes, als ihn in jedes seiner Geheimnisse einzuweihen. Er bräuchte ihm also nicht *alles* zu erzählen. Oder vielleicht doch? Jetzt, wo sein Plan aufgegangen war? »Nun ja«, sagte er noch einmal. »Ich hab ihm einen deal vorgeschlagen«

»Einen *deal*? Ein Geschäft? Was denn für 'n Geschäft?«

»Nur du und ich wußten, daß Flaucher in diesen Stephan-Fall verwikkelt war. – Und noch zwei andere. Einer davon war Hundertgeld.«

»*War?*«

»Ich denke, weil wir den nur wegen unerlaubten Waffenbesitzes und Widerstands gegen die Staatsgewalt angezeigt haben, wird der dankbar sein und den Mund halten. Außerdem hat er die Befriedigung, daß Flaucher jetzt weg vom Fenster ist.«

»Du hast eben von zweien gesprochen.«
»Ja«, sagte Löhr. »Der zweite, der davon weiß, das ist der Klenk.«
»Klenk? Klenk, der Fraktionsvorsitzende?« rief Esser am anderen Ende der Leitung. »Wieso denn ausgerechnet Klenk?«
»Weil ich es ihm ins Öhrchen geflüstert hab«, sagte Löhr. »Das war der Grund, weshalb ich am Donnerstagmorgen nicht mit zu dem Haftprüfungstermin kommen konnte. Ich mußte zu Fischenichs Vernehmung von Klenk in der Qurinus-Geschichte, um dem das stecken zu können.«
»Heißt das, du hast das mit *Absicht* gemacht?« Löhr spürte, wie Esser am anderen Ende die Luft wegblieb. Aber jetzt war er schon mal so weit, jetzt konnte er ihm auch alles sagen.
»Ja. Natürlich. Das war's, was ich meinte, als ich sagte, ich hab dem Rattenkönig 'n paar Schwänze mehr verknotet. *Wir* konnten das nicht an die Öffentlichkeit bringen, Flauchers Verstrickung in den Stephan-Fall. Aber Klenk. Damit konnte der Flaucher im Wahlkampf ein Bein stellen.«
»Wow!« machte Esser. Und Löhr meinte, nicht nur Entsetzen, sondern auch einen kleinen bewundernden Beiklang in diesem »Wow!« zu hören.
»Na gut«, sagte Esser, als er sich vom ersten Schock erholt hatte. »Aber *damit* ist Klenk ja jetzt gar nicht an die Öffentlichkeit gegangen. Sondern mit diesem komischen Insider-Geschäft mit den Ford-Aktien.«
»Das war der Punkt, den ich am Donnerstagnachmittag mit Flaucher in dessen Büro besprochen hab.«
»*Besprochen*, Jakob? Du hast ihn *erpreßt*!«
»Nein. Ich hab ihm ein paar Alternativen aufgezeigt, das war alles.«
Esser lachte. Das war gut so. Esser war auf seiner Seite. Er hatte den Brocken geschluckt und kam ihm nicht mit tausend Bedenken und Befürchtungen. Vielleicht hatte er ihn bisher doch ein bißchen unterschätzt. »Trotzdem«, meldete sich Esser wieder. »Das mit dem Insider-Geschäft, das kapier ich nicht. Also erstens nicht, wie das überhaupt gegangen ist und zweitens, wie du da Wind von gekriegt hast.«
»Klenk hat sich während der Vernehmung bei Fischenich ein bißchen verplappert. So sind Fischenich und ich dahintergekommen, daß Flaucher als einer der ersten von einer bei Ford geplanten Verlagerung von Produktionsanlagen nach England wußte und dieses Wissen dazu benutzt hat, schnell ein paar Geschäfte mit Fordaktien zu machen. Die sind nämlich, sobald das allgemein bekannt wurde, um etliche Punkte in die Höhe gegangen.«

»Aber aus dieser Fordsache ist doch nie was geworden!«

»Flaucher hat die Aktien wieder verkauft und seinen Gewinn eingestrichen, bevor die Geschichte geplatzt ist.«

»Hm. Okay. Aber wieso hat der Klenk das und nicht die Stephan-Story an die Öffentlichkeit gebracht?«

Löhr grinste. »Nun ja. Ich hab Flaucher die Wahl gelassen. Was ihm lieber war. Entweder die Ford- oder die Stephan-Geschichte. Konnte er sich aussuchen und mit Klenk aushandeln, womit der an die Presse geht. Hauptsache, daß es bis Samstag passieren soll.«

Schweigen am anderen Ende. Schließlich kam ein anerkennungsvoll gestöhntes »Jakob! Das hätt ich dir nie zugetraut, verdammt noch mal!«

»Ich mir auch nicht«, sagte Löhr bescheiden, und diese Bescheidenheit war keineswegs geheuchelt. »Aber was hätte ich tun sollen? Oder hättest du gern so einen Typ wie Flaucher als Oberbürgermeister?«

Esser lachte, wurde aber gleich wieder ernst. »Das heißt, der wird es nicht?«

»Hast du doch gelesen! Mit der Geschichte kommt der nie und nimmer durch. Ein Betrüger *und* einer, der seine Vaterstadt verrät? Davon profitieren will, daß hier 'n paar tausend Arbeitsplätze den Rhein runterfahren?«

»Aber wenn die Sozis seine Kandidatur zurücknehmen, steht auch im Express, dann können sie jetzt keinen neuen Kandidaten mehr aufstellen!«

»Na und? Ist das mein Problem?«

»Dann wird's dieser Krüger! Willst du das?«

»Oder die Grüne. Mir egal. Für mich sind die alle gleich.«

»Aber der Krüger wird's! Ganz sicher! Und der ist ja auch nicht gerade 'n Kind von Traurigkeit, was die Geschäftemacherei angeht.«

»Der wird sich sowieso nicht lange halten«, meinte Löhr gelassen.

»Wie meinst du das?«

»Fischenich hat mir 'n Tip gegeben. Der hatte mal wegen irgend 'ner Immobilienschieberei mit dem zu tun. Der ist schwer herzkrank. Der wird so 'n aufreibenden Job wie das OB-Amt kaum länger als 'n halbes Jahr durchstehen.«

»Und was oder wer kommt dann?«

»Woher soll ich das wissen? Bin ich Gott?«

»Im Augenblick kommst du mir ein bißchen so vor«, lachte Esser. »Zumindest spielst du für einige Leute ganz schön Schicksal.«

Nachdem er aufgelegt hatte, blätterte Löhr den Lokalteil des Sonntags-Express durch. Und, wie er es befürchtet hatte, war der Aufmacher ein halbseitiges Foto des Hochzeitspaars Gregor und Robin: Gregor im schwarzen, Robin im weißen Anzug beim Verlassen der Martin-Luther-Kirche. Löhr las gar nicht erst den darunterstehenden Bericht, sondern stand mit einem Ruck auf und ging ins Bad, um sich so schnell wie möglich zu rasieren und danach auf den Weg zu seiner Mutter zu machen.

***

Während er am Zülpicher Platz auf eine Bahn Richtung Ebertplatz wartete, liefen ihm ein paarmal kribbelnd-kalte Schauer den Rücken hinunter. Was, wenn seine Mutter den Sonntags-Express schon gelesen hatte? Was, wenn er sie gleich in ihrer Küche fände, auf dem Tisch zusammengebrochen über dem Foto ihres jüngsten Sohnes, zitternd unter der Wirkung eines Schlaganfalls? Nicht auszudenken! Verdammt noch mal, warum kam die Bahn nicht? Verdammte Sonntage! Da fuhren die nur alle halbe Stunde. Verdammter, publicity-süchtiger Pfarrer Milde! Benutzte eiskalt dieses arme Schaf Gregor. Auf dem Foto hatte er sich dreist in nächster Nähe des Brautpaars postiert. Die einzige Chance, daß seine Mutter den Express, den ihr ein Nachbar täglich vor die Wohnungstür legte, noch nicht gelesen hatte, war, daß sie vorher zur Kirche gegangen, jetzt noch in der Messe war. Jeden Sonntagmorgen, das wußte Löhr, ging sie um zehn in die Messe nach St. Kunibert. Eine alte Familientradition. Alle Löhr-Kinder waren in Kunibert getauft worden. Außerdem war da seit Jahren der Bruder seiner Mutter, Onkel Toni, Küster. Seine Mutter und er pflegten sonntags nach der Messe immer ein Schwätzchen zu halten. Er hatte also eigentlich noch eine gute Chance, sie zu erwischen, bevor sie die den Express aufgeschlagen hatte. Aber was, wenn Onkel Toni ihn bereits gelesen und seiner Mutter brühwarm die frivole Neuigkeit unter die Nase gerieben hatte? Diskretion war noch nie Onkel Tonis Stärke gewesen. Löhr stieg in die Bahn, als ihm gerade ein neuer kalter Schauer den Rücken herunterrieselte.

Sicher, er hätte schon viel früher zu seiner Mutter gehen können, bevor es zu spät war, möglicherweise zu spät war. Er hätte schon am Montag, als er bei ihr war, den Mut aufbringen müssen, ihr reinen Wein einzuschenken statt bloß ihre Meinung zu Schwulen im allgemeinen zu erkunden, drumherum zu reden. Er war schlicht und einfach zu feige gewesen. Gut, er hatte dann versucht, die Ursache des drohenden Ungemachs selbst zu bekämpfen, dann aber bei Pfarrer Milde diesen unsäglichen Auftritt hingelegt, mit dem er endgültig alle Türen zugeschlagen hatte. Ja, er hatte gestern, am Samstag, dem Tag der Trauung, sogar noch einen allerletzten Versuch unternommen, das Unheil abzubiegen. Er hatte sich den schwarzen Anzug, den er normalerweise auf Beerdigungen zu tragen pflegte, angezogen und eine schwarze Krawatte umgebunden und war zur Stunde der Trauung in die Südstadt zur Martin-Luther-Kirche gefahren. Nicht, um seinem Bruder die Ehre zu erweisen, das wäre nur der Vorwand gewesen. Vielmehr hatte er die Absicht verfolgt, sich den Express-Fotografen vorzunehmen, zu versuchen, ihn umzustimmen, ihn von seinem Vorhaben abzubringen. Er hätte ihm angeboten, eine Exklusiv-Geschichte über seinen nächsten spektakulären Fall fotografieren zu können – was normalerweise von der Pressestelle des Präsidiums nicht erlaubt wurde –, wenn er auf das Hochzeitsfoto verzichten würde. Aber dann, als er vor der Kirche stand, sich in einer Gruppe ausgelassener junger schwuler Männer versteckend, hatte er gesehen, daß der Express-Fotograf nicht allein zu diesem Termin gekommen war, sondern einen Lokalredakteur mitgebracht hatte, und gab sein Ansinnen auf. Beide, den Redakteur *und* den Fotografen, hätte er nicht umzustimmen und zu bestechen vermocht. Mutlos hatte er sich davongestohlen, ohne seinem Bruder gratuliert zu haben. Feige war er sich vorgekommen. Aber was hätte er auch anderes tun sollen? Seine Mutter an die Marotten ihres exaltierten Jüngsten verraten?

In der U-Bahn-Station Hansaring stieg er aus, kletterte schwerfällig die Treppe hoch und ging dann langsam, mit schleppendem Schritt die Weidengasse hinunter. Dies, schien ihm, war sein schwerster Gang seit langem. Eine Kleinigkeit, den Fall »Stephan« zu lösen, eine Kleinigkeit, Flaucher ein Bein zu stellen, schnell einmal Politik zu machen, den aussichtsreichsten Oberbürgermeisterkandidaten in den Abgrund zu stürzen. Kleinigkeiten gegen das hier, einer armen alten Frau, einer überzeugten, papstgläubigen Katholikin, seiner Mutter, die Welt neu erklären, sie darüber aufklären zu müssen, daß ihr Jüngster, ihr Lieblingssohn ... O Himmel! Hoffentlich war es nicht zu spät!

Als er klingelte, hoffte er immer noch, sie wäre in der Kirche, und er könnte auf der Straße noch eine Viertelstunde lang Luft schnappen. Aber sie drückte auf.

War sie irgendwie verändert? Sie schien ihm einen verklärten, fast entrückten Gesichtsausdruck zu haben, als sie ihm die Wohnungstür öffnete. War das schon die Wirkung des Schlaganfalls? Oder freute sie sich bloß, ihn wiederzusehen?

»Jakob! Wat machst du denn hier?« Das war allerdings weniger Freude als Erstaunen, was da aus ihrer Stimme klang.

»Ach« log Löhr, jetzt wieder bis auf den Grund seines Herzens feige, »ich hol gleich dat Irmgard vom Bahnhof ab, und da dachte ich, komm ich vorher mal auf 'n Stündchen bei dir vorbei.«

»Ja so wat! Du warst doch erst am Montag da. – Aber komm doch rein, Jakob.«

Was war mit ihr los? Hatte er da ein wenig Distanz herausgehört? Als er hinter ihr durch den Flur zur Küche ging, stellte er fest, daß sie gar nicht ihr Sonntagskleid trug, das sie immer zur Sonntagsmesse anzuziehen pflegte, sondern ihren üblichen hellblauen Hauskittel. Hatte sie sich bereits umgezogen? Oder war sie gar nicht in der Kirche gewesen? Hatte also schon den Express gelesen?

»Warst du denn heut morgen noch gar nicht in der Kirche?« fragte er, als er die Küche betrat, dabei mit schnellem Blick den Tisch und die Fensterbank nach dem aufgeschlagenen Express absuchend. Es war keiner da.

»Nee. Ich war schon gestern abend in der Spätmesse«, sagte seine Mutter und machte sich am Herd zu schaffen, setzte einen Wasserkessel auf. »Dat darf man ja, seit Johannes dem dreiundzwanzigsten«, fügte sie, fast entschuldigend, hinzu. »Du trinkst doch schnell noch 'n Kaffee, Jakob?«

Schnell? Wieso schnell? Was war bloß mit seiner Mutter los? Seit wann hatte die es eilig? Seit wann war ihr sein Besuch offenbar ein wenig lästig?

»Wieso ›schnell‹?« fragte er vorsichtig.

»Ach«, machte sie, ohne sich dabei nach ihm umzudrehen, während sie Kaffeemehl in einen Filter schaufelte. »Ich hab gleich noch 'ne Verabredung ...«

»Du? 'ne Verabredung?« Es wurde immer merkwürdiger. Das war höchst außergewöhnlich, daß seine Mutter sonntags nachmittags, ja überhaupt, Verabredungen traf, es sei denn, solche zu Familienfeiern und -treffen, und davon hätte er gewußt.

»Ja«, antwortete sie unbestimmt, und Löhr konnte, während sie heißes Wasser auf den Filter goß, an ihrem Profil beobachten, wie dieser verklärte Ausdruck wieder auf ihrer Miene erschien.

»Ist das vielleicht so was wie 'n Geheimnis – deine Verabredung?« fragte Löhr.

»Ach«, machte seine Mutter wieder.

Was war hier los? Konnte es vielleicht sein, daß sie sich mit einem Mann traf? Daß sie sich auf ihre alten Tage noch einmal verliebt hatte? Unmöglich! Unvorstellbar! Doch nicht seine Mutter! Sie wandte sich ihm jetzt zu, eine kleine Kaffeekanne unsicher in ihrer kleinen Hand balancierend. Der verklärte Gesichtsausdruck war einem bänglichen, zagenden gewichen.

»Ich weiß nit eso richtig, ob dir dat überhaupt recht wär ...« Sie stellte die Kaffeekanne vor ihn, drehte sich zum Küchenschrank um und nahm eine Kaffeetasse heraus. Also doch! Ein Mann!

»Ach Mama!« sagte er, so warm, wie das seine aufgewühlte Stimmung überhaupt zuließ. »*Alles*, wat du machst, ist mir recht. Dat weißt du doch.«

Sie wollte sich setzen, erhob sich aber gleich wieder, ging zum Kühlschrank und holte Milch, und als sie ihm die Milch neben die Kaffeetasse gestellt hatte, ging sie zum Küchenschrank und holte Zucker, obwohl sie hätte wissen müssen, daß Löhr seit Jahr und Tag, wenn er überhaupt Kaffee trank, den schwarz zu trinken pflegte. Während all dieser Verrichtungen hatte sie keinen Ton gesagt, und die Bangigkeit in ihrer Miene hatte sich bedrohlich verstärkt.

»Willst du mir wirklich nicht sagen, was los ist?« fragte Löhr, jetzt ebenso bang wie seine Mutter.

»Ich weiß wirklich nit, ob dir dat recht wär, Jakob. Nach allem, wat ich eso jehört hab.«

Himmel Herrgott! Was war hier los?

»Doch, Mama! Es *ist* mir recht!« sagte er fest und fast dröhnend, er wollte endlich Klarheit.

Seine Mutter sah ihn bloß an, statt zu antworten, zögernd, unsicher. Dann schlich sich ein feines Lächeln in ihre Züge, sie stand, immer noch schweigend auf, ging dann aus der Küche hinaus – er hörte, wie sie die Tür zum benachbarten Wohnzimmer öffnete – und kam ein paar Augenblicke später wieder. In ihrer kleinen, pummeligen, von Altersflecken übersäten Hand trug sie einen auf ein Stück Pappe aufgeklebten, sauber ausgeschnittenen Zeitungsausschnitt. Sie zögerte, ihn ihm zu zeigen, er aber griff danach, drehte die Pappe um – und sah das Express-Foto mit seinem Bruder Gregor, dessen Freund Robin und dem sich frech in den Bildrand drängenden Pfarrer Milde.

»Was?« stieß er aus, und er fühlte, daß er jetzt einem Schlaganfall näher war, als seine Mutter es je gewesen war.

»Ich hab et doch jewußt, dat du wat dajejen hast!« hörte er seine Mutter jammern.

Löhr atmete schwer, sah seiner Mutter ins verzagte Gesicht. »Seit wann weißt du das, Mama?«

»Dat war heut morgen im Express. Seit heut morgen.«

»Ja und? Warst du denn nicht ...?« Er wußte nicht, was er sagen sollte.

»Und du? Findest du dat denn wirklich eso schlimm, Jakob?«

»Ich? Wieso ich? Ich doch nicht! Ich dachte, du ...«

»Du findst et also wirklich nicht schlimm?«

»Nein, Mama! Ich wirklich nicht!«

Ein Lächeln zog in einer breiten Bahn über das Gesicht seiner Mutter. »Ach! Jottseidank! Und ich hatt mir schon solche Sorgen jemacht!«

»Wieso denn?«

»Der Gregor sagte, du hättest wat dagegen!«

»Der Gregor? Wann hast du denn mit dem gesprochen?«

»Eben. Direkt, nachdem ich dat Foto gesehen hab, hab ich den angerufen. Um dem zu gratelieren. Und dann hat der mich nachher in et Café Eigel eingeladen. Nachträglich sozusagen ...«

Löhr war sprachlos. Er drehte das Foto in der Hand. Er schaute seine Mutter noch einmal forschend an, konnte aber keine Spur von Wahnsinn entdecken, höchstens Glück.

»Aber ich hab immer gedacht, Mama, du hättest wat gegen – gegen Schwule ...«

»Ich? Woher denn, Jung? Die können doch nix dafür!«

»Aber ich hab dir doch am Montag den Express gezeigt und da hast du ...«

»Ach! So aufjetakelte Hühner! Nee, dat is auch wirklich nix für mich. Dat find ich nit normal. – Aber der Gregor, der Gregor der ist doch janz anders. *Janz* anders!«

»Aber du wußtest doch bisher überhaupt nicht, daß der Gregor ...«

»Schwul ist?« ergänzte sie, das Wort verwendend, als habe es immer schon zu ihrem Vokabular gehört.

Löhr blieb der Mund offenstehen.

Seine Mutter lachte. »Aber Jakob! Dat ist doch auch meine Jung! Meinst du, ich wüßte nit, wat mit euch los wär? Für wie dumm hältst du mich eijentlich?«

ENDE

KOMMISSAR LÖHR

»Der kölsche Maigret hat das Zeug dazu,
eine neue kölsche Kultfigur zu werden.
Klasse-Krimi mit Kult-Kommissar.«
Express

Peter Meisenberg:
Schwarze Kassen
Kommissar Löhrs erster Fall
Broschur, 170 Seiten, ISBN 3-89705-171-0

Ist es Zufall, daß ausgerechnet Hauptkommissar Jakob Löhr vom KK11 – der Kölner Mordkommission – immer mit der Aufklärung der spektakulärsten Kölner Kriminalfälle beauftragt wird? Ausgerechnet Löhr, der doch wirklich wichtigeres zu tun hat, als akribische Spurensuche zu betreiben und Aktenvorgänge abzuheften. Löhr nämlich ist in erster Linie Familienmensch, hat sein Herz und seine Zeit ganz den Nöten seiner ebenso verzweigten, durch und durch kölschen und deshalb nicht ganz unkomplizierten Verwandtschaft gewidmet. Da brennt es mal wieder an allen Ecken und Enden. Und ausgerechnet jetzt führt ihn die Leiche eines im Rheinauhafen gefundenen Domprobstes in die finsteren Verliese des Generalvikariats, das von einer ebenso finsteren Dachdecker-Mafia um zwanzig Millionen betrogen wurde! Wenn Löhr nicht über eine gehörige Portion kriminalistischer Intuition und seinen zuverlässigen und fleißigen Kollegen Rudi Esser verfügen würde – der Fall bliebe ungelöst und begraben im Giftschrank des Generalvikariats.